大樟树下烹鲤鱼

雷默 著

宁波出版社

图书在版编目（CIP）数据

大樟树下烹鲤鱼 / 雷默著 . -- 宁波：宁波出版社，2021.1
ISBN 978-7-5526-3792-2

Ⅰ . ①大… Ⅱ . ①雷… Ⅲ . ①中篇小说—小说集—中国—当代②短篇小说—小说集—中国—当代 Ⅳ . ① I247.7

中国版本图书馆 CIP 数据核字（2020）第 219141 号

大樟树下烹鲤鱼
DA ZHANGSHU XIA PENG LIYU

雷　默　著

责任编辑	罗樱波　苗梁婕
责任校对	叶呈圆
装帧设计	金字斋
出版发行	宁波出版社

（宁波市甬江大道 1 号宁波书城 8 号楼 6 楼　邮编　315040）

网　　址	http://www.nbcbs.com
印　　刷	宁波白云印刷有限公司
开　　本	880mm×1230mm　1/32
印　　张	9
字　　数	170 千
版　　次	2021 年 1 月第 1 版
印　　次	2021 年 1 月第 1 次印刷
标准书号	ISBN 978-7-5526-3792-2
定　　价	56.00 元

如发现缺页或倒装，影响阅读，请与出版社联系调换　电话：0574—87248279

目　录

祖先与小丑　　001

你好，妈妈　　021

盲人图书馆　　046

飘雪的冬天　　068

苍蝇馆子　　100

著名病人　　126

大樟树下烹鲤鱼　　153

祖母复活　　181

密　码　　254

祖先与小丑

父亲得了食道癌，生命倒计时的时候，他还在惦记着吃的。他说最好过年的时候能杀一头猪，猪尾巴做成酱肉，切成小段，放饭锅里蒸，会嗞嗞冒油。事实上，膨胀的肿瘤让他咽口水都非常困难。我很难过，如此热衷于吃的人偏偏生这样的病！

也是在那个月，母亲偷偷跟我说，你爸活不到过年了，应该为他准备后事了。我去喊了村里的木匠，让他为我父亲打一口棺材。木匠是我远房表亲，平日里看不出是个木匠，大部分时间他都扛着锄头游走于路上，慢吞吞的像只乌龟。他问我，娘舅怎么了？我说快不行了，大概就这几天。他停下了手里的活，带上工具就来了我家。

楼下伐木的声音传到了楼上，父亲就知道是在给他打棺材。他问我用的是什么材料，我说浸池塘里的几段木头都捞起来了。父亲又问,那段阴干的檀木呢?我说也用了。父亲迟疑了一阵,陷入了沉默中。我知道他是心疼那段木材,当初找到这棵碗口粗的檀树时,他欣喜不已,说留到以后可以派大用场,那时候他绝没想到是为自己打棺材用的。我说,一段木头而已,用就用了。父亲没有再吭声。

我猜没有那口棺材,父亲可能早几天就走了,他一直在等那口棺材。村里也有这样的老人,奄奄一息,挨着挨着又挺过难关,活过来了,等棺材打好,又用不上了。所以木匠的活干得不紧不慢,他还时不时地去探望一下我父亲,在床头跟我父亲聊一会儿天,告诉他,棺材打好还需要一段日子。他看多了弥留之际的老人,知道哪些老人还能挺一挺,如果真不行,他也会加快进度,绝不会发生人过世了,棺材还没打好的情况。

每天吃晚饭的时候,木匠都会言之凿凿地留下一句话:娘舅一时走不了,你们放心。十天后,他给棺材上完漆,收拾着工具要走了,我真有点舍不得他。我说,你空的时候多来看看他。他笑嘻嘻地答应了。事实上,后来他再也没来过。

楼下安静了,父亲的胃口突然好了起来,他喝下了满满一碗粥。陈小秋在床边高兴得像个孩子,她说,爸爸要好起来了。那时候,父亲脸色红润,精神也好像回来了。喝完粥,他让我给他捶背,我触到他的后背,发现他瘦得吓人。那仿佛是一具空壳,我特别留心力道,生怕下手重了会捶疼他。

捶了一小会儿,他示意我停下,我从他后背伸出脖子去看他,发现他脸上的光泽变淡了。

父亲指了指床边的橱柜,让我去拿上面的种子。我竟然不知道橱柜上还放着种子,那些种子都用旧报纸包着,包得很规整,形状和大小都差不多,握在手中像个面包,打开后,种子光鲜亮丽,一颗颗都饱满而圆润。父亲语气低沉,不容商量,他说,你仔仔细细,用手捋一遍!我不明白,他为什么让我这么做,他说那都是他留下的种子,活人的手不摸一摸,他担心来年发不了芽。

那时候,我挺沮丧的,母亲却出奇地顺从,她跟我说,你都答应了去,不要让你爸不痛快。我只好都依着做,捋完种子,我又重新用旧报纸包好,每一包都包得小心翼翼,仿佛那是我父亲全部的心血。

父亲的精神彻底委顿下来,他躺在床上跟我们说,你们去休息一下,晚上可能会没得睡。我激灵了一下,母亲却凑到他的跟前,问他大概什么时候走。父亲犹豫了一下,指了指窗外的夕阳。我转过头去看,通红的落日如同老人的一声叹息,正缓缓地往西边隐退下去。

他眼睛中的光变得微弱,仿佛隔着一层轻薄的雾气,一直看着我和陈小秋,我想这可能是他最后一次认出我们了。我喊了他一声,他微微地点了点头,陈小秋哭了起来,我看到父亲脸上的愁容像波纹一样扩散了开去,他的脸色变得恬淡而安详。

晚上,婶子、堂哥他们都来了,床前站满了人,我恍惚间明白过来,父亲已经到了弥留之际。原来,送终跟送一个出远门的人情形是差不多的。大家都站着,伸长了脖子,依依不舍地看着他。父亲躺在床上,只剩下出气的声音,声音很大,仿佛在干一件重活,看上去十分吃力。

母亲跟我说,你去抱抱你爸,送他一程。众人都上来帮忙,把躺着的父亲上身抬了起来。我盘着腿坐到了父亲的背后,感觉像抱着一个大孩子。那一瞬间,我感觉发生了一些奇妙的事,最早的童年记忆发生了偏移。我清楚地记起小时候父亲抱着睡得朦朦胧胧的我往楼梯上走,我的两条小腿露在外面,时值隆冬,小腿肚那里凉丝丝的,木楼梯发出了咯吱咯吱的声音。之前,我一直以为最早的记忆是在五岁的时候——我手上拿着一块南瓜饼,在堂哥家的黄狗面前晃了晃,被它一口叼走了,我哇哇大哭起来,那动静是如此之大,以至于很多年过去了,我还记忆犹新。

我恍惚出神的时候,周围的哭声响了起来,所有的女人都开始号啕大哭,我的眼眶也湿润了。母亲凑上前来跟我小声叮嘱,要忍一忍,千万别把眼泪滴到父亲脸上,不然他会走得不安心的。我应了下来。那时候,母亲在父亲的身边不停地讲宽慰的话,意思让他放心地走,家里她会照顾好的,再过些年,等孩子大了,她就下去陪他。这个过程很漫长,母亲一直絮絮叨叨地讲着，我好几次想把父亲放下来，因为我的腿坐麻了，但我也不想放下还未彻底咽气的父亲，我知道这一放下，就永远地放下了。盘着的双腿由麻木变成针扎般的刺痛，这让我尴尬不已，我起不了身，又不能跟人讲述我的感受，就这样一直抱着父亲，直到他的身体开始慢慢变凉。

堂哥率先看到了我的六神无主，他把我从床上扶了下来，我险些跌倒在地，他以为我是伤心过度，我低声跟他说，腿坐麻了。他赶紧挪了一条凳子，让我坐下。片刻之后，我的脚恢复了知觉，悲伤的情绪如同轻柔的潮水，一寸寸地淹上来，淹没到脖子那里，我几乎难以呼吸。这一晚，我不知道是怎么过来的，精神处于游离的状态，很多人叫我，我都没听到。

第二天清晨，堂哥变成了最忙碌的人，我看着他进进出出，理着千头万绪的杂事，恍然间有点心疼他。我也跟了出去，发现家里来了很多人，哭声如同号角，一响，四面八方的人都赶过来了。堂哥问我，请哪里的道士？我蒙在那里，不知道该如何回答。堂哥说，算了，还是我去请吧。说着，他匆匆忙忙地往外赶，走不了几步，又停下来吩咐租赁碗筷的人。我看到堂哥手里拿着一本污垢很厚的小笔记本，还有一支鹅毛圆珠笔。他麻利地记着账，那些字又粗又大，笔迹还挺难看。他记账的时候，特别专注，蓬松的头发会微微地颤抖。

那时候，我感到很丢脸，一个人站在门外，不停地有人过来安慰我,我却记不清到底是哪些人,脑袋中突然浮现出傻子马勒的样子,哪里有热闹他就往哪里凑。很奇怪,在闹哄哄的人群中竟然没见到他的身影。

我在人群中找来找去,想着马勒以前的嗅觉是多么的灵敏,十里路以外的哪个村庄有越剧演出,他都摸得一清二楚,他怎么就不知道这里有葬礼呢?似乎,他不来,这葬礼缺了点什么?他喜欢学人家吹唢呐,抿紧嘴巴,把脸涨得紫红。每次,他一学,就引来一阵哄笑。这葬礼仿佛因为有了他的出现,而变得欢乐起来。悲伤的悲伤,欢乐的欢乐,五味杂陈的气息掺和在一起,就成了一个我所熟悉的场面。

我呆呆地立在门口,看着人们像蚂蚁一样,排成蜿蜒而绵长的队,陆陆续续朝我家走来。

道士来了,三个枯瘦如柴的中年人,领班的戴着一顶灰色毡帽。我那时候才知道还有一套迎接的礼节,要给他们奉茶、递烟。因为不懂这些,我看出领班有些不太高兴。喝过茶,吃过点心,他们才稀稀拉拉地开始上活。他们从箱子里取出的不是唢呐,而是一件件五花八门的道袍,有黄色的,也有绿色的,颜色鲜艳得有些虚假。他们穿上行头,又取出了一套笔墨,让我去拿些黄纸来。我愣了一下问,什么黄纸?领班道士倒墨汁的手停在了空中,他把墨汁瓶往桌上一搁说,这些都应该提前备好的,你们要写吗?不写,我也无所谓。我连忙说要写要写,赶紧央了人去准备。

道士在那些黄纸上写了很多字，包括父亲的名字、生辰八字、家里成员的生辰八字等等。他们写完后，就把那些长条形的黄纸晾在桌上。我好奇地打量着，发现有些称呼很拗口，比如我父亲叫张志忠，他们写着"先考张公讳志忠府君生西之莲位"。我还在一堆黄纸中发现了一个陌生的名字——张端木。我想了很久，也不清楚这个人是谁，但我又不敢轻易乱说，我怕说错了，会遭到他们责怪。这种氛围很怪异，既肃穆，又显得有点轻率。领班的道士写完一张，就自我欣赏似的读一遍，有时还喝一口茶。我似乎有些明白过来，那种怪异的感觉主要来源于这些人，这是一群吃葬礼饭的人，他们身上有一股说不透的气息。

我把堂哥叫到了屋外，问他，张端木是谁你知道吗？堂哥摇摇头，惊讶地说，不会写错了吧？我去跟他们说！我看到堂哥进了屋，跟领班的道士嘀咕了一阵，他又走出来跟我解释，说那是你未出生的孩子。

我蒙在原地，陈小秋怀孕了吗？堂哥说，一般都是这样，小孩没出生，先写一个去，你们迟早会有的。

我觉得这事好像草率了，至少得跟我说一声。我去找陈小秋，她和我母亲在一起，守在父亲的遗体旁。因为从来没经历过葬礼，她的表情看上去有些木然，跟当初结婚的时候一样，每一个环节都显得生疏而笨拙。我找到她们的时候，我的姑姑和表弟正在那里。母亲相对来说显得有经验多了，她哭一阵歇一阵，每回停下来的时候，就跟姑姑讲述父亲临走时的情形。她仿佛在安慰别人，又仿佛在说给自己听。她说，还好，没怎么痛苦！姑姑在一旁默默地抹着眼泪。

每来一个人，母亲都这么应对，她不厌其烦地跟他们述说父亲临走时的情形，来一个人就述说一遍，到后来有点像背书。我有种奇怪的感觉，仿佛旁边躺着的父亲还在听他们说话。我觉得母亲把这事说体面了，事实上，还是有些不堪的细节，比如父亲最后时刻的痛苦，但没有人愿意去反驳她。

我把陈小秋喊到一旁，轻声问她有没有怀孕。陈小秋瞪大了眼睛说："你怎么问这么奇怪的问题？"我着急起来："干脆点，回答我！"她接着反问我："你难道不知道吗？有了我会不告诉你？"我说："孩子的名字都已经写到爸爸的灵位牌上了。"陈小秋惊异地问："怎么会这样？"我说："不知道，可能风俗就是这样的。"

陈小秋又问我："这样行吗？孩子叫什么名字？"

我愣了一下说："端木。"

"端木……端木……"陈小秋开始喃喃自语，她突然蹙了蹙眉头说，"这名字好土！"

"我也这么觉得，不过以后真有了孩子，可能也不一定会用。"

"那写在灵位牌上干吗？"陈小秋说着，还惶恐地往父亲的遗体瞥了一眼。

"写一个去,也是一种安慰吧。"

"如果以后有了孩子,不叫这个名字,那不是在骗爸爸吗?"陈小秋涨红了脸,似乎在摆脱什么可怕的念头,她赶紧摇头说,"这事不能随便,骗谁都可以,不能骗爸爸!"

我有些后悔,感觉这件事不应该跟陈小秋讲的,很多事情不说,可以当作没发生,但一说破,就会徒增很多烦恼。我说:"那你想个好听的名字,我让他们去改!"

"是木字辈吗?"

"可能吧。"

"嘉木怎么样?"

"你说行就行,我无所谓。"

陈小秋突然生起气来,她说:"什么叫你无所谓?这又不是我一个人的事!"在这样的情境中,我不想说话的分贝越来越高,招惹别人的注意,我马上开始妥协:"好的好的,我也想想,如果没有更好的,就用你的建议。"陈小秋似乎更加生气了,她觉得我是在敷衍她。我觉得她有点反常,平时她不是这样的。招架不住,我只能抽身离开。

我找到了领班的道士,把陈小秋的想法跟他说了一遍,没想到他还挺痛快的,把原来的那张黄纸折叠起来,小心地收了起来。这个动作虽然看起来微不足道,但让我对他的好感倍增。他又重新写了一张,还问我写得怎么样,我冲他竖了竖大拇指,这让他很高兴。他还眯着眼睛看了一会儿,陶醉过后,他谦虚地说,一般一般,只是字迹工整而已。

连续三天,我都没有合眼。父亲被抬到了堂屋的后间,中间挂了一块帷幕。帷幕是蓝色的,拉起来的时候有点像舞台闭幕。堂屋的前半间留给了道士们,他们热闹了两个晚上。其实后半夜能听出来,他们也倦怠了,唢呐声时而低落、时而高亢,听起来一惊一乍的。我估摸高亢的时候,也是他们打盹的时候,一激灵,就猛打猛冲,也是想赶走自己的困意。

葬礼进行得很顺利。第三天一大清早,我们就把父亲送上了山。回来的路上,大家都不说话,沉默和疲惫混杂在一起,连抬棺材的脚夫都有些无精打采。一直走到家门口,也许是披麻戴孝的缘故,拴在门前梨树上的黄狗又扑又叫。母亲径直走到梨树旁,给了黄狗一个大嘴巴,厉声喝道:"自己人还叫!"黄狗停止了叫唤,改为伏在地上呜呜地低鸣,像在抱怨什么。母亲在那里站了一会儿,幽幽地跟我说:"你爸没了,这树也快死了。"

我看到拴狗的铁链在梨树上勒出了一道深深的疤痕,跟母亲说:"不该把狗拴在树下,一纵一跃的,容易伤到树皮。"

母亲轻声说道:"不是狗的缘故,是白蚁。树根下有蚁巢,整个树干已经被蛀空了。"

梨树下以前有个防空洞,据说里面四通八达,另一个出口在大山背后。刚挖好的时候,夏天有很多人在那里纳凉。

后来，美国佬的飞机没来，防空洞就荒废了，里面积满了水，再没有人去。再后来，父亲搬了很多黄泥来填洞，蚁巢大概就是那时候搬来的。

我看着树干上白蚁留下的泥路，像一条河流一直往树上延伸。这棵梨树在我小时候就生机勃勃，很远能看到它冲天的树冠。这两年里，每年都有枝条枯死，枯了就锯，剥笋似的，只剩下了两片孤零零的枝干。我猜，不出几个月，这棵梨树就会真的枯死。陈小秋突然在那里惊叫起来："你们看，那是老树长出的树苗吗？"

我们都围了过去。果然，在原来的根部附近探出了一棵小树苗的脑袋。母亲的脸上浮过一丝淡然的笑意，她说："把这棵树苗挖起来，种到别的地方去，不然很快又被白蚁蛀死了。"

我和陈小秋找来了一把锄头，在树根处挖了一个很深的坑，把小树苗的根连泥挖了起来。母亲说，泥也不要了，可能黄泥中就有白蚁卵。我们只好把黄泥都剔除干净。树根和人参的形状差不多，枝枝蔓蔓的根须看上去柔弱不堪。

我把它移植到了屋后。种下那棵树苗，陈小秋舀了一盆水过来。换在平时，她可能一下子全倒下去了。她知道那可能会把树苗淹死，于是临时改了主意，用手蘸着水，一下一下地淋。我和母亲在旁边看，虽然嫌麻烦，但谁也没阻止她这么做。母亲看了一阵，走开了。她去收拾屋前的杂物，那如同一地狼藉的心境，总得慢慢收拾起来，生活还得回归原本的模样。

堂哥经过了三四天的折腾，疲惫不堪。租赁来的碗筷和桌凳还得需要他还回去，他在屋子里转来转去，哈欠连天。他跟母亲说，想先回去睡一觉，睡醒了再来处理。母亲说，好的。堂哥转身就走了，走到门口，母亲像突然记起了什么，叫住了堂哥。堂哥一半身子站在门外，一半站在屋内，侧着身子停了下来，问母亲什么事。母亲摇了摇手说："没事，辛苦你了！"

堂哥轻轻地笑了一下，我突然发觉他的脸色是憔悴的。

屋里弥漫着一股静悄悄的气息，少一个人的区别一下子凸显了出来。我们嘴上谁都没说，但我敢肯定，母亲和陈小秋都觉察到了。那天晚上，陈小秋迟迟没有入睡，在我身边翻来覆去。我问她有什么心事，她说，在想那个孩子。

我说："都还在天上飞，想他干吗？"

黑暗中，她沉默了许久，我以为她睡着了。在朦朦胧胧即将入睡的时候，陈小秋又说了一句："不知道他是男的还是女的。"

我的睡意瞬间被赶跑了，再也没法入睡。我说："男的女的都可以呀。"

"最好是男的，家里三代都是单传。我突然明白爸爸临终前为什么看着我们，他想说而没说出来。"

我把陈小秋抱在怀里,她轻轻地哭了起来。在黑夜里,这哭声闹出了一些动静,我听到隔壁房间母亲也翻了一下身。

陈小秋轻声说:"我们生个孩子吧。"那一刻,我挺感动的,但又有些犯难,我说:"还在头七呢。"

我不知道陈小秋是不是真的出于害怕,她在我怀里簌簌发抖。过了好一会儿,她又说:"爸爸才离开一会儿,我好像感觉他离开我们很久了。家里也没有留下他的照片,我现在突然想不起他长什么样子了。"

这真是一种奇怪的感觉。说实话,我也有这样的感受,一想起父亲,他的模样就开始往后退,像随风飘散一样,不由你控制地越走越远,想得越用力,他的样子就越模糊。

我跟陈小秋说:"我也这样。你不说,本来我也不想说,我以为是累的缘故。"

"怎么会这样?"

我说:"想起来就后悔,在他还活着的时候,没去拍个全家福。"

"家里少了一个人,真的不一样了。"陈小秋说着,拍了拍我的后背。我能感受到,她在安慰我。

这时候,母亲起来上厕所,鞋子踩在木地板上发出了声响。她上完厕所,陈小秋也起来了,她走到了母亲的房间,母亲问她:"睡不着吗?"陈小秋说话的声音小小的,像做了错事。

我常常有一种错觉,感觉母亲和陈小秋才是一对真正的母女。她们会聊一些非常私密的话,在她们面前,我倒显得生疏一些。母亲的声音很轻,在问陈小秋:"你怎么比我还伤心呢?"陈小秋不语,传来抽抽搭搭的哭泣声。母亲又说:"其实我也伤心,可看到你伤心,我就不能再伤心了。"

之后,她们窃窃私语了很久,我一直没有睡着。陈小秋回到床上,她掀了一下被子,我顺势翻了个身。她惊讶地问我:"你怎么还没睡?"我说:"睡不着了。"她说:"你还想爸爸吗?"我"嗯"了一声。她跟我说:"那你闭上眼睛。"

我在黑暗中闭上了眼睛,外面微弱的光线也跟着消失了,整个人仿佛被扣在一个密闭的罩子内。她问我:"闭上了吗?"

"嗯。"

她摸着我的肩膀说:"你放松些,全神贯注地放松些。"

我的身体神奇地顺从了陈小秋的指引。那一瞬间,很奇妙,我从之前那种黑暗、逼仄的空间中解放了出来,仿佛感到身体飘起来了。

宁谧的夜晚,我听到陈小秋深呼了一口气说:"慢慢地……想爸爸!……你看到了什么?"

我惊讶得差点叫出声来。父亲的轮廓慢慢清晰了起来,他在门前的梨树下乘凉,还是一身黝黑的皮肤,上身赤膊,手中摇着一把大蒲扇,天空是如此之蓝,阳光把树叶照得闪亮,父亲脸上的汗珠都清晰可见。我屏住呼吸,害怕它突然离我远去。

陈小秋仿佛知道我看到了什么,她问我:"神奇吗?"

我点点头,问:"妈告诉你的?"

"是的!"

"要是我是个画家就好了,现在我就能把他画下来了!等我们以后有了孩子,就可以给他看了。"

"其实,你跟爸爸的轮廓长得很像。二三十年以后,你们就是差不多的模样。"

我在黑暗中咧咧嘴,笑了。

父亲留下的种子,过完年后,我都播到了地上。春雨过后,它们大部分都活了,也有少量没有发芽,地上的绿色疏密不均,一目了然。我不知道是不是我当初捋种子的时候不够均匀,没有捋到这些种子。我同时也在怀疑,如果当初没有捋那些种子,是不是真如父亲所言,发不了芽?

那年春天,陈小秋顺利地怀孕了,这让家里一下子有了生机。母亲把所有的家务都揽了过去,让陈小秋安心养胎。我每天都会把躺椅搬到屋子外面,看着陈小秋挺着个日益隆起来的大肚子,笨拙地晒着太阳。

那个被写进父亲灵位牌的小东西在太阳的照耀下,像禾苗一样开始萌动。它的每一次游动,都会让陈小秋惊叫起来:"又动了!快看,快看!"自从有了小家伙,家里的氛围变了,连每天一模一样的太阳也变了,暖融融的,照得陈小秋牙根发痒。她的味觉也发生了奇妙的变化,能从葫芦里吃出西瓜的味道。那时候,她已经不纠结肚子里的孩子到底是男的还是女的,名字该叫"嘉木"还是"端木"。

过完年后,孩子出生了,是个男孩,我还是把他取名为嘉木。名字定下来时,我和陈小秋默契地相视一笑。母亲并不知情,她说,孩子的名字不能取得太洋气。于是又给他起了一个小名,叫"小丑"。

我以为陈小秋会反对这个难听的小名,没想到她默认了。不光如此,陈小秋在跟着我们生硬地喊了几次"小丑"后,竟然也把"小丑"叫顺口了,之前取的"嘉木"反而躲到了"小丑"的身后。

母亲总在心满意足的时候叨唠父亲命薄,没有福气看一眼这么可爱的小家伙,但她很快又从失落中自己解脱出来。她说,谁知道呢,说不定是父亲去了那边,才换来了小丑。

我发现母亲在带孩子的过程中,常常会带着对父亲的复杂感受。有时候,她好像把小丑看作是转世后的父亲,用戏谑的口吻调侃着他。短暂的迷失过后,她又回过神来,觉得自己的想法有些荒唐。

父亲走了以后,家里确实出现了转机。以前心心念念惦记的过年杀猪,在父亲过世后的第一个年关就实现了,猪尾巴做成了酱肉，放在饭锅里蒸。出锅后，我们祭奠了父亲。母亲和陈小秋一边烧着纸钱，一边偷偷地抹起了眼泪。

这以后，酱猪尾成了家里祭奠父亲必不可少的供品。似乎通过它，我们能真切地感受到父亲对生活的依恋。每年的清明和冬至，我们都会去父亲的坟头。母亲说，小丑太小，不要去坟地。于是，她留下来照顾小丑。其实，她也很想去看看父亲。我跟她说，父亲的坟头上长出了一棵檀树。她觉得不可思议，一直想去看看。但说归说，终究还是耽搁了下来。

小丑比别的孩子更早地表现出了语言天赋，到他三岁的时候，跟我们的交流已经没有什么障碍。清明和冬至，我们不带他去祭奠，让他的好奇心迅速地膨胀，每次都会不厌其烦地问我去了哪里。我说，是去给爷爷扫墓。他又问我，爷爷是谁。我说，对他来说就是祖先。于是，他吵着要去看祖先。

母亲只好把他领到屋后的那棵小梨树下，说："这是你！"然后又把他领到屋前，指着那棵已经彻底枯死的老梨树说："这是你爷爷！"说的次数一多，小丑就认定他爷爷是一棵树。

那棵老梨树在白蚁的吞噬下，渐渐成了一段朽木，枝条纷纷剥落，朽成了粉末。母亲担心小丑在树下跑来跑去危险，让我把它砍了。砍伐的当天，小丑抱住那棵老树，哭得伤心欲绝。但最终，我还是把它劈成了柴火，送进了灶台。

屋后的小梨树已经高过了小丑。虽然身高落在了后面，小丑仍孜孜不倦地比对着树上的标记，他说那是在跟自己比赛。

小丑五岁那年的清明节，我才带着他去看了他爷爷。那天，他睡得很熟，不过裹着的棉被已经蹬散了，整个人横在床中央。我喊了他几次，他都迷迷糊糊地不肯起床。母亲说："孩子喜欢睡，让他多睡会儿。"

直到快中午的时候，我才把小丑叫起床，他揉着惺忪的眼睛问我："爸爸，地球是不是在旋转？"

我愣了一下，说："是啊！怎么了？"

他微微地笑着，露出了神秘兮兮的表情，说："我发现睡觉的时候，人在慢慢移动。每次睡下，我头都在枕头这边。醒来后，头和脚都调换了位置。刚才你把我叫醒的时候，我刚刚移动了一半。"

"哦，是这样的。地球是圆的，它悬浮在宇宙中，围着太阳转。"我说。

小丑看着我，大概在他脑袋中浮现出一个旋转的球体，歪着头问我："我们站在圆滚滚的球上不会滑下去吗？"

小丑的异想天开，让我惊愕不已。我说："地球很大很大，我们在地球上就跟蚊子停在牛背上一样。不！比牛背还大，是什么呢？"我思索着，想打一个合适的比方，却又找不到合适的对象。

"大象！对不对？"小丑眨着眼睛。

"可能比大象还要大，但爸爸现在想不出来。等想出来了，再告诉你？"

那天去扫墓的时候，小丑一直在想这个问题。看到他爷爷的坟墓，小家伙兴奋地钻进了旁边空着的墓穴，在那个杂草丛生的墓穴中钻进钻出，我们看着他都笑了。他在他爷爷的坟墓上发现了一只黑色的蚂蚁，又问我："我们在地球上，是不是跟蚂蚁在爷爷的坟墓上一样？"

我笑了笑说："应该是的。"

小家伙很开心。在下山的路上，他又问我："爷爷一直住在山上吗？"

我愣了一下说："是的。"

"那老虎来了，他怎么办？"

"呃——他不怕，那是他养的小狗。"

"他一个人会孤单吗？"

我的喉咙口瞬间滚过一阵热流，说："每年的清明和冬至，我们就来看他。"说完这句话，我竟然没忍住，眼泪"哗"地流了下来。

小家伙看到我流泪，惊呆了，两只小手在我的衣领上磨蹭着。过了一会儿，他大概想替我把眼泪擦掉，又觉得有些不好意思，小手摸到了我的腮帮处又缩了回去。

我把儿子紧紧地搂进了怀里，不能确定我有没有被父亲这么抱过。我搂得有点太用力,以至于儿子涨红了脸蛋,但他并没有激烈地挣扎,任由我抱着。那一刻,我想着,我失去的都已经回来了。

(发表于《花城》2017年第3期)

你好,妈妈

我姓金,单名乙,上面还有个哥哥,叫金甲。从名字及排行上看,我父亲在设想下一代阵容上有一个雄心勃勃的计划,但由于我,他的理想过早地破灭了。

随着我呱呱坠地,我母亲过世了,她死于难产大出血。

"你是妈妈用命换来的。"金甲第一次这么对我说的时候,我已经六岁,距离那场事故过去了整整六年,我毫不知情。那天,十一岁的金甲和六岁的我挤在一张破沙发上看动画片《葫芦兄弟》,大概是七个葫芦兄弟提醒了金甲,他本该有一大帮兄弟,而眼下却只有我一个,他才突然冒出了这句话。

我不知道该如何应对,那时候我已经知道了死亡是怎么回事。就在前不久,整天嘻嘻哈哈的玉萍阿姨溺水死了。据说那天晚上她喝了点酒,然后一个人去水库洗澡,倒在及膝盖深的水里没有起来。找到她的时候,她被水草覆盖着,就露了几缕头发在外面,整个人都僵直了,手上挂着一块毛巾,毛巾上叮着几颗螺蛳。她的三个儿女挤在一张藤椅上,翻来覆去地哭。我觉得这是非常不好的事。我也不喜欢那种一边停放着棺材,一边吹吹打打的氛围,那是一条生命没了。我不清楚母亲当时是怎么没的,用金甲的话来理解,好像我和她中间隔着一道门,我一脚跨进了门,她一脚跨出了门,这之后,我们再也没有遇到过。

　　金甲见我没动静,似乎也意识到话说重了,他主动地来跟我示好。他从书包里翻出了一包"唐僧肉",递给我。用好吃的零食来疗伤,是金甲惯用的方法。每年暑假,电视里都会播放《西游记》。有个食品厂的人脑子非常好使,发明了一种零食,叫"唐僧肉",吃上去鲜美无比,嚼起来还有肉感,我至今也没弄明白那到底是用什么材料做的。我们从父亲那里讨到零钱,然后去小店换成"唐僧肉"。每次我和金甲都均分,往往我先吃完,金甲的"唐僧肉"却没完没了。他总是骗我说已经吃完了,却经常趁我不注意偷偷地吃。我怀疑他有个神奇的宝贝,把"唐僧肉"存放在里面,会一包变两包,两包变四包……

　　这次不一样,我接下了"唐僧肉",却迟迟开心不起来。金甲见我闷闷不乐,他像给自己打了鸡血,学着葫芦娃的模样,在那里大喊大叫。他只要一兴奋,我就不好意思不理他,但我总感觉,他每次一兴奋准出事。果然,我们在沙发上蹦跳了几下,就听到下面的木板发出了清脆的断裂声。金甲和我都愣住了,小心翼翼地从沙发上下来,趴到地上去察看。沙发底部好端端的,没有断裂的木板,金甲说没事。他一屁股坐回沙发上,又是一记惊心动魄的声音。

"断了!"我喊了一声。

金甲吓得脸色也变了,他默默地穿上拖鞋,看着门外。

院子里,父亲正在给我们做玩具弓箭。为了这把弓箭,他砍了好多竹子。我们家院子里的竹子不是毛竹,是春竹,细细长长。这堆竹子也不是父亲一口气砍的,他砍一棵,修剪完枝条,觉得不合适,便丢弃在一旁,再砍一棵。显然父亲也不太擅长做玩具,但既然答应了,他便硬着头皮在做,砍刀、钢锯、锤子、榔头散落一地。他被这个玩具困住了,满头大汗,嘴巴里不停地骂人。骂归骂,但他又不肯停下来,他好像就是这么个臭脾气。

金甲很怕把他招惹进来。闯下祸,似乎搁置一段时间,父亲的怒气会消掉一些。金甲在屋里转了个圈,突然跟我说,第一下断裂是我造成的,没有第一下,他坐上去,那木板不会断。我蒙了,说实话,事情刚刚发生,但我也记不清到底是谁在沙发上蹦跶,造成了沙发木板的断裂。当时,我们两个人都在沙发上又蹦又跳,混乱当中,谁踩断的木板?

金甲总是这么聪明,如果是一个人造成的后果,父亲会把怒火全撒到那个人身上,那人肯定遭殃;如果两个人分担,父亲的责罚会轻很多。我和金甲激烈地争辩起来,父亲放下手中的活计进来了。他问出了什么事,我和金甲都没有急着说,似乎谁先把这事说出来,就是谁弄断的木板。

父亲让金甲先说。金甲说完了,他会让我再陈述一遍。这是他一贯的做法,两个孩子,他一直用平等的方式对待着,对谁都不偏心。在陈述的过程中,他不喜欢我们插嘴,我和金甲之间的分歧,他会自己做一个判断。

我以为逃不过挨一顿打,没想到父亲检查了沙发后说:"本来就快破了,看看还能不能修好,以后当心点。"

这事就这么过了。我和金甲心中大喜,果断放弃了看动画片,快速地逃窜到外面,生怕父亲反悔,又追罚我们。在奔跑的过程中,我突然想到了这事的起源在于金甲。我常常这样,在事情发生的时候,理不清头绪,事后把事情捋一遍,会找到问题的根源。我跟金甲说:"应该怪你的,你不提妈妈,我会生气吗?我不生气,你会在沙发上逗我开心吗?"金甲笑嘻嘻地看着我说:"爸爸都不计较了,你还想着。再提,我不让你跟着了。"我只好放弃了争辩,转头又问他:"你记得妈妈是什么样子的吗?"

金甲贼兮兮地看了我一眼说:"当然知道,可我不会告诉你。"

我丧气极了,金甲转眼之间又有了鬼主意:"你绕着这棵树跑十圈,我告诉你。"金甲指着池塘边的大樟树说。那棵樟树我们几个孩子一起手拉手抱过,需要九个人才能围起来,树干像一堵陡峭的悬崖,已经没有人可以爬上去了,它的树冠高过了所有的屋顶。我总是很羡慕它,觉得大树长到足够大,就远离了各种伤害。

"跑就跑。"我围着大樟树跑了起来。金甲在一旁给我记数。跑到第五圈的时候,我就晕了,脚下的路往后退得飞快。我想尽办法,想让自己慢下来,却还是感觉到天旋地转。我扶住了树干,喘着粗气。金甲在旁边催促着,说停下来不算。我又跑起来,接连不断地摔跤。金甲在一旁看得哈哈大笑。

跑完后,我拉住了金甲,让他告诉我妈妈的样子。我们家里没有妈妈的一点痕迹,她穿过的衣服,用过的东西,什么都没有留下。金甲显得很神秘,他凑近我,用头顶住了我的头说:"你觉得妈妈会是什么样子?"

我的脑袋中豁然出现了《葫芦兄弟》的画面,妈妈会不会也是一条葫芦藤?上面挂满了葫芦,葫芦熟了,掉到地上,蹦出来一个孩子?

金甲笑得前俯后仰,他说:"傻瓜!那是植物,人怎么可能是葫芦变的。"

我问他:"那是什么变的?"

"妈妈跟玉萍阿姨长得差不多,我用这只眼睛看到过的。"金甲指着他的左眼,说得一本正经,我觉得他不像在骗人。金甲又说:"那个地方只能用一只眼睛看,她住在一个箱子里,爸爸看完就锁上了。"

我惊讶得瞪大了眼睛,眩晕的感觉还在,抬起头,阳光透过树冠照下来,晃动的光斑像天上有人在朝我眨眼睛,那感觉美妙极了。我想象着那个住着妈妈的箱子,原来她并不是没了,而是找了个地方躲起来了。

"那箱子大吗?"

"当然大!铜锁比你手臂还粗,钥匙一直由爸爸保管着。你不能去看,连我也只能偷偷地看。"

金甲特意叮嘱我,这事不能跟任何人说,尤其是父亲,不然他以后再也看不到妈妈了。虽然我也想看到妈妈,但我怕一提,连金甲也不跟我说妈妈了,只好点点头。金甲又变戏法似的从裤袋里掏出了一包"唐僧肉",他说:"这真的是最后一包了,你一半,我一半。"他艰难地分了一小撮给我,没有他说的那么爽气。

那个午后,因为从金甲那里获得了一个巨大的秘密,我觉得空气都是香喷喷的。金甲提议去后山的柿子树那里玩,我高兴地答应了,一路尾随着他。他跑得飞快,经常在远处停下来等我,等了几回后,他有点不耐烦了,说带着尾巴真不方便。我也不跟他生气。金甲好像长到了身体快破壳的年纪,他跟我说过,地球引力对他快不起作用了,他感觉自己会飞。

那棵蓬勃的柿子树据说是我爷爷的爷爷种下的,现在正是它生命力最旺盛的时候,我和金甲的夏天的一半时光都是在这里度过的。金甲到了柿子树下,总会往手心里吐一口唾沫,搓一搓,然后像猴子一样灵巧地攀上树枝,其中有一条横卧的树枝可以睡觉,那上面的树皮已经被金甲的屁股磨得精光。金甲挂着两条腿坐在上面,看着树底下爬不上去的我,眼睛里既有得意,又有点炫耀的意味。

那天,他突然心血来潮,要拉我上树,说有重要的事告诉我。我对别的不感兴趣,但上树对我来说充满了诱惑。我试着爬过那棵树,因为够不到第一个树杈,抱着树干蹬两下就溜下来了,还经常擦破腿上的皮。尝试了几次,都以失败告终,我就再也没爬过那棵树。其实,我做梦都想上去。

金甲一条腿挂在了树枝上,左手攀住了上面的树杈,像只猴子一样垂了下来。我握住了他的右手,使劲往上爬。他夸张地喊起来,说我太沉了,像头猪。可说归说,他的手并没有松,扯住我的手臂往上拉。我见他脸憋得通红,红得带了绛紫色。树干还是要命的光滑,我的两条腿在那里不停地打滑,我在树下说:"要不算了,我不上去了。"金甲也没有立刻松开手,他又做了一番努力,然后把我放回了地面。

手一松,他脸上的紫红色立刻就消散了。看着他不停地甩手喊累,我打起了退堂鼓:"上不去,算了。"金甲在上面怪我,他说:"你自己不努力,我怎么可能拉你上来?拉一头死猪比拉一头活猪难多了。"他好像跟这件事耗上了,这点跟父亲的脾气很像,不懂得知难而退,一定要死磕到底。

我越退缩,他就越想坚持,弄得我兴致全无,想一走了之。这时,金甲从树枝上飞跃而下,一把拦住我。他劝导了我一番,耐心地告诉我,先迈左脚,脚尖搁在一个凹槽上,再迈右脚,放在另一个高一点的凹槽里,然后再上一步,挂住第一个树杈,这样就上树了。他又回到了原来的位置,像猴子捞月似的垂了下来。我按照他的指点,一步一步地往上攀,终于爬到了树枝上。

在树枝上一坐下来,金甲大舒一口气,冲我大喊:"笨死了。"我却觉得非常的惬意,脱离了地面,那真是一种神奇的感觉。金甲在我身旁窜来窜去,还微微地摇晃着树枝。我紧紧地扳住树杈,感觉浑身硬成了一块铁板。金甲却像没事一样提醒我放轻松点。他闹了一会儿,在我身旁坐了下来。

"一棵大树,两个小人,有没有觉得很诗情画意啊?"金甲得意地说。我点点头,看到他伸出舌头,舔了一圈上嘴唇,那里的绒毛粘在皮肤上,湿漉漉的,好像比前阵子黑了一点,也长了一点。

我问金甲:"你会不会长胡子?"

金甲惊异地看着我,说:"你怎么知道我要跟你说的事?"

我说:"不知道啊!原来你要说这个事,那我不听。"

金甲说："不是我的事,是我们班的长脚,他平时下课了上厕所从来不跟我们一起,老是一个人偷偷摸摸地躲在角落里撒尿,别人说他那里长毛了。我还不信,有一次,趁着他不注意,走到他身后,一把把他的裤子脱了下来,很多人都看到了,说那里果然有毛,而且是黑毛,比胡子还长。"金甲说完,怪笑起来,笑得上气不接下气。好不容易收住了,他又说："长脚当场就哭了,跑到老师那里去告状,结果我挨了一顿批评。老师说,这是正常的生理现象,到了一定时候,每个男孩身上都会长毛,嘴唇上也会长胡子。咦——难看死了!"金甲露出一脸的鄙夷。我也被他说得恶心起来,说："我不想那里长毛。"

金甲说："谁想啊?可这事由不得你。这几天晚上睡觉的时候,我摸摸自己那里,好像有东西要钻出来,刺喇喇的。"

金甲一脸愁容,他发呆的样子让我觉得这事确实挺烦人的。金甲的眼睛中充满了忧愁,他说："如果和长脚一样,长那么难看的毛,我就从树上跳下去,摔死。"这念头是如此可怕,我险些从树上一头栽下去。我强烈要求金甲把我从树上放下去。金甲犹豫了一下,同意了。

我们从柿子树上下来,径直回了家。父亲还在忙着给我们做玩具弓箭,看样子快成型了,削好的竹片用火一烤,弯曲成了弓的形状,他正在给弓上弦。旁边还立着一个人,我认识她,她在菜市场卖活鹅。大概是经常跟鹅待在一起,她看上去也像鹅,四肢短小,屁股快垂到地上,走起路来一摇一摆的。她经常来我家里,总是跟父亲说,家里少个女人总是不成样子的。她同情地看着我和金甲,似乎想让我们跟她一起觉得自己身世可怜。父亲总是苦笑着说,现在也习惯了。说完,他一脸慈祥地看看我和金甲,那眼神似乎在征求我们的意见。

金甲总是对她充满敌意,似乎知道她不怀好意。因为金甲仇视,我也跟着仇视,只要她跨进家门,我就会马上跨出门外。有时候,她会尖着嗓门说:"我又不会吃了你们的,躲着我干吗?她说这话的时候,我总是不敢看她的样子,怕一抬头真的会看到她张开的嘴巴。在我和金甲的身上白费了力气,她就开始四处转悠,然后跟父亲说,这房子的方位不太好,一般的房屋都是朝南的,再不济也是朝东南或者西南的,我们家的房子朝向正西,所以家里会出事。父亲听了就笑笑,说那是迷信。

我特别不喜欢她的神神道道,这让她看起来像个巫婆。金甲比我勇敢,看着她转来转去,会赶她走。被一个孩子赶,她觉得很没面子,并不立即就离开,还是到处转悠,渐渐地转到门外。她一到门外,我就立刻进屋,远远地听到她跟父亲说:"你孩子真厉害,会赶人了。"父亲直起腰,看着我和金甲。这明明没有我什么事,可那时候我很愿意跟金甲站在一起。父亲教育我们，小孩不能这么没礼貌，对大人要尊重。金甲鼻子里喷出一声很响的气，同时脸涨得通红。就在父亲要爆发的时候，那女人说："算了算了。没有妈妈，孩子总难管教一些。"她说着风凉话走了，似乎她来我家，就是为了挑拨一下我们和父亲的关系。她走路的样子更加难看，从一只母鹅变成了一只公鹅。她走了以后，父亲自动地平息了下来。我总怀疑，很多事情，大人都是做样子给别人看的，连生气都要假装一下。

父亲像没事一样，把做好的两把弓箭递给了我和金甲，这让我们欣喜不已。他给我们各做了三支箭，也是用竹子削的。他先给我们做了示范，冲树上射了一箭，我听到树叶发出一阵哗啦啦的叫喊声，那支箭被耗光了力气，跌跌撞撞地从树枝上摔下来，又轻巧地落回到地面上。父亲捡回了那支箭，一脸满意地回来了。他说练到有准头了，可以射下鸟来。

我和金甲几乎同时有了个梦想，希望可以射到鸟，做一个小小的猎人。但那仅仅是一个梦想，我们猫着腰，蹑手蹑脚地在树底下钻来钻去，也一本正经地冲麻雀开弓，但离谱的误差很快消磨完了我们的兴致。于是我们把目标转向了别的动物，家里的黄狗很快遭了殃。金甲对着它的后腿射了一箭，黄狗哀号着跳了起来。我们在一旁看得快笑晕过去，兴奋地抱在一起庆祝。

很多动物都成了我和金甲射击的目标。我们拿着弓箭找伦叔家的公鹅报了仇。这只趾高气扬的公鹅每次碰到我,都会追着我跑,有几次跑慢了,还被它狠狠地啄过。但这些动物并不笨,它们不会等着挨你的箭,必须追着它们跑,一跑起来,射中它们的概率就没有偷袭的时候那么高。我和金甲得出了结论,最好玩的还是家里的黄狗。虽然它也会痛得跳起来躲开,但你招呼它一下,它又会乖乖地回来。

我们就这么一次又一次地消磨黄狗对我们的忠诚,直到有一天我看到了黄狗的不情愿。我喊它的时候,它的两条前腿动了一下,又站住了。它远远地看了我一眼,注意到了我手中的弓箭,故意把头转过去,看着别的地方,两只耳朵竖得笔挺。金甲怒吼道:"造反了,你给我过来。"黄狗吓了一跳,它的两条前腿本能地想奔跑起来,可疼痛的记忆让它条件反射似的收住了脚。金甲放下了手里的弓箭,朝黄狗跑过去,嘴里开始呼唤它。黄狗冲他亲热地摇晃起尾巴来。金甲跑到它身边,一把抱住了它,然后冲我大喊:"快过来,射它。"

我举着弓箭跑了过去。黄狗意识到了危险,开始激烈地挣扎。金甲也没料到黄狗还有这么大的劲,在他怀里左冲右撞,把他带得踉踉跄跄。金甲使出了浑身的劲,想用身体压住黄狗。他一边试图制服黄狗,一边冲我喊:"愣着干吗?快射它!"

于是我搭箭上弓,冲着挣扎的黄狗射了一箭。可就在箭离开弓弦的一瞬间,金甲被黄狗掀翻在了地上,黄狗一骨碌起身跑开了,那支箭阴差阳错地插到了金甲的脸上。他痛苦地倒在地上打滚,满脸是血。我彻底吓蒙了。

父亲听到动静,从屋里跑了出来。他一把抱起了在地上打滚的金甲,试图掰开金甲的双手。金甲在那里撕心裂肺地哭喊,他哭着跟父亲说:"我看不见了。"我这才发现,那支箭插在了金甲的左眼上。恐惧让我瑟瑟发抖,我走上前去,被父亲一巴掌扇翻在地,他冲我大吼:"滚远点,你这个害人精!"

我忘了疼痛,也忘了哭泣。以前,我以为一个人哭了就是他最害怕的时候。其实不是,恐惧到了极点,人会变成一张白纸,什么都没有,轻飘飘的,只想飞走。

父亲抱着金甲,一路狂奔。他去了伦叔家。伦叔的拖拉机停在门口,说明他已经拉石灰回来了。随后我看到伦叔急匆匆地从屋里出来,摇响了拖拉机,父亲抱着金甲坐在满是石灰的帆布上,他看了我一眼,那眼神茫然空洞,我本能地低下头去。拖拉机去了镇上,金甲的哭喊声听起来是那么揪心。很多人跑出来看究竟,看到了远去的拖拉机,在那里七嘴八舌地说话。我听到了自己心跳的声音,胸口那里隔着衣服,能看到上下剧烈的起伏。我很担心,心脏会不会从那里飞出来?

那天傍晚,伦叔一个人回来了,他看到我,竟出奇的和蔼。他告诉我,金甲伤得挺重,镇里的卫生院吃不消,已经派救护车送到县城医院去了。他留我在他家吃晚饭,给我盛了饭,送到我手上,又拿了一双筷子递给我。我拿起筷子,发觉手抖得厉害。伦叔说:"别想了,吃饭吧。"

我把头埋在碗里,使劲往嘴里扒饭。吃着吃着,我感觉有眼泪滴下来,滴到了碗里。可我不想让伦叔看到,把脸埋得更深了。那些被眼泪泡过的饭粒,吃进嘴里咸得有些走味。我越吃越伤心,鸡骨似的肩胛抽动得厉害。伦叔拍着我的背,说:"你怎么了?"我抬起头问他:"晚上能不能睡在您家?"伦叔说当然可以了。

其实,我不敢讲出来,金甲出事后,我想念妈妈了,但是一想到晚上一个人住在那个屋子里,我又开始害怕,我很担心,妈妈会从黑暗中走出来,即便是抚慰,我也感到毛骨悚然。那个鹅一样的女人说我们家的屋子方位不对,这加剧了我的恐惧。

吃完饭后,伦叔帮我洗了脚,让我睡在他的脚后头。夏天挺热的,他家的凉席有些黏人。睡着睡着,我闻到了一股艾草的味道,那股味道让我很放松,很快地进入了梦乡。伦叔第二天跟我说,我晚上睡着了,抱着他的脚,他整晚都没敢翻身,怕弄醒我。我听了,觉得很难为情。伦叔却笑笑,问我是不是做梦了。我摇摇头,心里却想,这艾草的味道会不会是伦叔身上散发出来的?

就这样,我在伦叔家吃住了差不多一个月时间。一个月过后,父亲和金甲回来了。金甲的脸上缠着绷带,只露了一只眼睛在外面。父亲消瘦了很多,眼窝子凹进去,看人的目光有点深邃。他们回到村里,引来很多人嘘寒问暖。父亲一一向他们道谢,然后他来伦叔家把我接回去。一个月过去了,父亲的怒气已经消散了。他对我不冷不淡的,轻声喊道:"回去。"我默默地跟在他身后,回到家里,金甲露在绷带外面的眼睛看了我一眼,也没有跟我打招呼。

我问他:"你还疼吗?"

他摇摇头说:"还好,已经不疼了。"他说话声音小小的,像个腼腆的小姑娘。离开了一段日子,金甲好像对家里的一切都陌生了,四处打量着,像在别人家做客,不敢轻易地去碰触东西。

这种生分让我有些尴尬。我突然在心头涌起一股莫名的客气劲,主动地去烧了一壶开水,给父亲倒了一杯茶。端过去的时候,他指了指桌子,示意我放在上面。他沉默良久,然后跟我说:"以后你离金甲远点。"我"哦"地应了一声,脸迅速地烫了起来。我看了一眼金甲,他也正好看着我,一副不知所措的样子。

金甲出事后,我感觉自己的处境完全变了。只要我一接近小伙伴,他们的父母会立即把他们喊回身边,他们像看怪物一样地看着我。我听到过他们的窃窃私语,他们说:"离他远点,他不知道轻重的。""这么小年纪,对自己的哥哥都敢下这么重的手。""别忘了,他妈妈是怎么没的,这人是个灾星。"我很想告诉他们,我不是故意的,可他们远远地躲着我,似乎我身上携带着瘟疫病菌。

父亲叮嘱我之后,我主动地远离了金甲。也许他们说的是对的呢?我就是一个灾星。可几天过后,金甲主动地来跟我说话。

我和他保持一段距离,说:"别靠近了,爸爸看到了不好。"

金甲却像没事一样,晃着脑袋说:"这事不怪你,怪我自己运气不好。"

"可谁能保证你跟我玩了,以后不会再出事呢?"

"出就出吧。我不跟你玩,你还跟谁玩?"金甲说得很轻松。我却听得鼻子发酸,说:"你真的不疼了?没骗我吗?"

"不信你自己过来摸摸。"他把那些绷带扯开了一道缝,让我看里面受伤的眼睛。我犹豫了一下,凑上前去,看到里面的眼睛闭着,眼眶周围还有结痂的血迹。

"拆了布条,你以后还能看见吗?"我忧心忡忡地问。

"医生说看不见了。管它呢,看不见就看不见了,不是还有一只是好的吗?"

"我宁愿伤的人是我。如果我受伤了,你们可以不用担心。"

金甲推了我一把说:"别瞎说!你以为这很好玩吗?"金甲这一推,我感觉他下手挺重的,但我心里很痛快,觉得他挺仗义的。我难以想象,如果这一箭射到别人的眼睛里,将会是什么样的后果。

那个鹅一样的女人已经来我家附近转悠过很多次了。这次她瞅准机会,逮到了缠满绷带的金甲,嘴巴里发出了"啧啧啧"的声音,她说:"伤得这么重啊,让我看看,让我看看。"她凑近了金甲,金甲厌恶地闪到了一边。她又看着我说:"这是你闯的祸吧?"我也没有理她。

"这事得亏发生在你们亲兄弟身上,要换成别人,那还不把家给掀翻了?"她继续说着。见她又要往我家里闯,金甲一把挡住了门,我也跟了上去,靠在了门的另一侧,堵死了她的去路。这时候,父亲从屋里出来了,他拨开了我们。那个女人跟父亲说:"你还让他们一起玩啊?"

父亲愣了一下,他看了看金甲,又看了看我,说:"没事,现在他们应该有分寸了。"那一瞬间,我注意到父亲漠然的表情开始融化了。

"这还有分寸哪?到时候闹出人命来,后悔都来不及了。"

父亲尴尬地笑笑说:"不会,不会,哪有那么严重。"他看我的眼神像大鸟看着雏鸟,似乎才意识到我这只雏鸟快被大自然淘汰了,突然心生了不舍,想把我呵护起来。

鹅女人眨了眨眼睛,跟父亲小声说:"我没说错吧?这房子的朝向有问题。"

父亲的脸上顿时布满了阴云,他的声音沉了下来,冒着寒气:"你不要给我瞎说,再说我们家不欢迎你来。"鹅女人讨了没趣,翻了翻白眼走了。我看到父亲像受了打击,在台阶上坐了半天,脚边丢满了烟屁股。

金甲受伤后,父亲每天晚上必来一趟我们的卧室。他一推开门,我们就必须睡觉,直到我们鼾声起来,他才退出房间,所以我一次都没看到过他关上门出去的样子。父亲总是比我们更晚睡觉,更早醒来,他每天都比我们多活几个小时。

有一天,我突然纳闷起来,那段我们睡得毫无知觉的时间里,父亲在干什么呢?金甲斜着眼睛瞥了我一下说:"那还会有别的?在跟妈妈见面呗。"他突然来了兴致,凑近我耳朵,给我出了个主意。

那天晚上,我和金甲早早地躺到了被窝里,假装睡着了。过了一阵,父亲推开我们的房门,看到我们熟睡的样子,他放心地掩上门退了出去。又过了一会儿,如果不是金甲提醒我,我真的就睡过去了。他指指门外,示意我出去。我蹑手蹑脚地来到了父亲的卧室门外,卧室的门关着,通过锁孔,我看到父亲背对着门,他果然在跟人悄悄地说话。他说,金甲的眼睛好不了了,这是一辈子的事,也不能怪小的,要怪就怪他给我们做了那个该死的玩具。他说着说着,双手抱住了头,显得痛苦不堪。

我在门外几乎要喊出声来:"哦,妈妈!"父亲似乎听到了动静,他抬起了头。我听到箱子盖合上的声音,他站了起来,朝门口走来,我正想往回走,他拉开了门,问我干什么。我紧张地捂住了嘴巴,支支吾吾地说,起来上厕所。他一脸严肃地跟我说:"小心伤风,快去睡觉。"我看了他一眼,他脸上抹得很干净,没有哭过的痕迹。

这之后,金甲去拆了线。他的眼睛好像被摘除了一些东西,小了很多,起初一直闭着。某一天,他也能眨巴着睁开一道缝了,只是那里面全是眼白,眼白往上翻,似乎不想再看这个纷扰的世界。

半年过后,父亲突然跟我们宣布,他把房子卖了,以很低的价格转手给了伦叔。金甲立刻不安起来,他问:"那我们住哪里?"

父亲笑了笑说:"鸦雀窝。"

鸦雀窝是一个地名,跟我们住的上庄并不远,两三里路。父亲用伦叔买房的钱在那里重新买了一幢房子,也是别人住过的。我们举家搬过去后才发现,新家比原来的房子还破旧。父亲请瓦工重新理了瓦片,补上了屋顶的漏洞。但老旧的墙体疏松不堪,一碰就会簌簌地往下掉石灰,有的地方还结了霜一样的磷粉。金甲用纸片刮着,他说搜集起来可以放烟火。

搬家那天,我特意留意了从父亲卧室里搬出来的箱子,一个接一个的大箱子,并没有用铜锁锁上,倒是有一个很不起眼的小箱子挂着一把铜锁。我很诧异,是父亲施了魔法吗?让箱子变得这么小?妈妈住在那么小的箱子里,她是怎么钻进去的呢?我试图接近这个箱子,父亲看着我,那如炬的目光让我心里打起了鼓。

金甲悄悄给了我一个肯定的眼神,那时候我确定这就是他说的那个箱子。我不知道是哪里来的勇气,突然跟父亲说:"妈妈住在里面吗?"问完后,我鼓起来的勇气一下子逃得精光。因为我看到父亲的脸色变得凝重起来,他一言不发,抽了足足一支烟,才跟我和金甲说:"你们怎么知道的?"

我并没有正面回答父亲,那时候我只顾着自己,只想把要说的话都尽快说出来。我深信,只要一迟疑,那些话就会溜走,再也想不起来。我也怕一犹豫,那些话就再也没有机会说出口。我说:"我想看看她。"

父亲又停顿了一阵子。他默默地从口袋中掏出了钥匙,我和金甲都凑了上去,他却让我们退开一段距离,我们往后退了几步站住了。父亲用奇怪的眼神看着我们,似乎在丈量我们和他的距离,等他觉得安全了,他才开始动手开锁。那把铜锁的钥匙非常简单,就是一个弯曲的铁片,一插进去,铜锁就自动地弹开了。那时候,我感觉我的心跳到了嗓门眼上。父亲把箱子掀开了一小半,从里面拿出了一张发黄的照片。

我眼尖,就在父亲开箱子取照片的时候,看到了箱子里的一切——里面没有妈妈,只有一套衣服,衣服是灰色的,好像很脏，上面有一块块黑色的斑渍。更让我惊讶的是，我和金甲玩过的那两把弓箭也放在里面，只是已经折断了。我曾经在家里偷偷地找过那两把弓箭。不知道从什么时候起，它们就不见了，原来是被父亲收起来了。我猜金甲也看到了那两把断了的弓箭，他的表情很复杂，既吃惊，又有点若有所失的样子。

父亲递过来的照片上有三个人——两个大人，一个婴儿，他们都让我感到陌生。看着看着，我突然认出了父亲。那时候的父亲脸颊没肉，却留着两撇八字胡。他的头发比现在浓密，仿佛还有点卷曲。他穿着一件白衬衣和一条裤筒很大的紧身裤，一副意气风发的样子。旁边的女人手上抱着一个婴儿，父亲说那是金甲。那么小的金甲把我逗乐了。金甲却说，他完全不记得小时候的模样了。

我们的注意力落到那个女人身上，那就是妈妈。我想叫她一声，发觉她终究还是太陌生了，但这种陌生的感觉又有点奇怪，仿佛在哪里见过。我恍然间醒悟过来，这应该是在金甲的身上。金甲一半长得像父亲，一半长得像妈妈。他那张脸上很容易看出父亲年轻时的轮廓，只是眼睛不大像。他长了双眼皮，而父亲是单眼皮。我觉得这里面藏着妈妈的秘密。

父亲说，这就是我们的妈妈，之所以没让我们看到，是怕我们太想念她。我说，不让我们看到，我们也想念她啊。说这句话的时候,我看着照片上的妈妈,她仿佛也听到了,能从她脸上看出笑意来。

看到了妈妈后,金甲开始有点闷闷不乐。他偷偷地跟我说,这跟他以前看到的妈妈的样子不太一样。我问他以前是什么样子的,金甲有点闪烁其词。最终他那只完好的右眼冒出了精光,非常肯定地说,妈妈的头发不是这个样子的,而是一头大波浪。

照片上的妈妈头发是直的,而且扎着两条辫子,看上去确实一般了点。我一直弄不明白,为什么金甲非得认定那个大波浪头发的女人才是我们的妈妈。他似乎有点和以前不太一样了。搬入新家后,我发现了一个重大的秘密:房子不再朝着太阳落山的方向了,但也不是朝向正南,应该是偏东一些,每天太阳一升起,阳光就铺满屋前的空地,空气中有股棉花的味道,暖洋洋的。我把这个秘密告诉了金甲。金甲说,他早知道了。父亲竟然相信了别人的谣言,这让他愤愤不平。

金甲说:"这都是大人的把戏,从来没考虑过我们的感受。"我能理解他,换了一个地方生活,确实给我们带来了很多不适应。比如和玩伴扎堆的生活不见了,上庄的那些曾经亲密无间的小伙伴,好像一夜之间都失去了联系。金甲一想到这点,就会骂他们没有良心。鸦雀窝也有金甲的同学,但是个女同学。金甲说,他不和女的玩。每次只要远远地看见女同学走来，金甲就会"噌"地跃上别的岔路，避开和女同学碰面。那个女同学的脸永远是红的，红到耳朵根上。我不知道她在害羞什么。

金甲说，我们两个在别人眼里不一样。我问他为什么会不一样，他没有说。从金甲讳莫如深的表情里，我觉得很多东西都变形了，包括他身后的房子。搬到这里来以后，我和金甲有很长一段时间都睡不好觉。父亲说，这是认床的缘故，几乎每个孩子都认床，等习惯了就会好的。

每天一躺上那张床，金甲就把眼睛睁得大大的，开始念叨我们原来的房子。原来的房子已经熟稔于心：出门就是一片院子，院子的栅栏外面是一条小溪，左侧是伦叔家的屋屁股，墙上长满了青苔和杂草，左侧的弄堂出去是一口小池塘，池塘边就是那棵大樟树，它像把巨伞盖住了我家的屋顶……

那天晚上，我对金甲说："要么回上庄去看看？"金甲叹一声气说："已经是别人的房子了，还看什么。"我说："不看房子也可以，可以找人一起玩啊。"金甲突然没好气地说了一声："要去你去，我不去。"

等我醒来的时候，金甲已经醒了。他两只手枕在后脑勺，正盯着墙壁上那扇又小又高的窗户发呆。我问他在想什么，他说没想什么，就发呆。那扇窗户渐渐有一缕阳光照射进来，把房间照亮了。金甲问我："到了这里后，你每天醒来的第一件事是不是问自己：我在哪里？"

我几乎跳了下来，像身体的某个敏感部分被人扎了一针。我说："是啊，每天醒来，总是分不清在哪里，需要好好想一想。"

金甲"嗖"地坐了起来，他说："我改主意了，回上庄去看看，反正那地方是回不去了，说不定道别之后就好了呢。"

我感觉那天的太阳有种吹吹打打的欢喜劲，一路上，我都眯着眼睛在打量它。金甲问我在看什么，我说看天空。金甲说，没飞机有什么好看的。我们说着就回到了上庄，走进老屋前的院子，发现那里也变得有些陌生了。那房子现在住进了伦叔的老父亲，伦叔瘫痪多年的母亲前不久刚刚过世。丧偶的老头无精打采地坐在门口的小凳子上，他倚着墙壁，右手握着拐杖，头靠在拐杖上打盹。金甲嘀咕了一句："他会不会也快死了？"

这让气氛顿时紧张了起来，可屋门大开，我和金甲抵挡不住进屋的强烈念头，我们放轻了脚步，悄悄地绕过他。我很担心他突然醒过来，好在我们走得足够小心，没有闹出任何响动，顺利地进入了我们曾经的家。

搬家的时候，父亲只取走了一部分家具，有很多我们曾经用过的家具还摆在原来的位置，比如那张剥了漆的八仙桌。我们吃饭一直用小桌，那张八仙桌就沦落在角落里，用来堆放杂物。还有那把破沙发，后来父亲在断裂的地方钉了一块木板，把它加固了，还能凑合着用。

看到那把沙发，我和金甲不约而同地站住了。那年，我们挤在上面看动画片的场景仿佛在眼前刚刚发生。现在，上面似乎还坐着十一岁的金甲和六岁的我。

"那时候，我们完好无损。"我突然像宣布重大消息似的说，"我们也很快乐。"

再看金甲，他的眼眶中有了泪水，他迅速地一把擦去，示意我跟他再往里走。外面光线很亮，屋子里的尘埃在光柱里肆意舞动。我们仿佛被一股魔力吸引了，一直上了楼梯。金甲一路走，一路念念有词。他发出的声音很小，我屏住呼吸也没听清楚他到底在说什么。从他的模样看，仿佛在跟人说话，可那个跟他对话的人究竟是谁呢？我想着想着，突然茅塞顿开，应该是妈妈！

那一刻，我也产生了幻觉：在卧室门附近，一头大波浪的妈妈浑身散发着淡淡的光芒，她一手扶着门框，冲着我们微笑。我"嘿"地叫了一声，"妈妈"两个字差点从我嘴巴里冲了出去。

（发表于《江南》2018年第2期）

盲人图书馆

我去图书馆上班的第一天就留意到对面的盲人阅览室，准确地说是那个盲人引起了我的注意。他三十来岁，白白胖胖，头戴红色贝雷帽，鼻梁上架一副玄色遮阳镜，身上穿一件柳芽绿夹克衫，大红大绿的色系搭配很容易引起过往的人注意。

整个盲人阅览室就他一个人。同事告诉我，每天九点一过，那根红白相间的导盲杖便会准时出现在阅览室门口，多少年来，这间阅览室就为他一个人开着。

我好奇地问："别的盲人不来吗？"

同事轻微地蹙了一下眉，漫不经心地说："可能整个城市就他一个是有文化的盲人，也许别的盲人不知道有盲人阅览室，谁知道呢！"

同事明显感到不耐烦，我停止了追问，转头去打量对面的房间。

  盲人阅览室不大,二十平方米左右。沿墙都是书架,上面摆满了空壳似的盲文书籍。中间是一张桌子,周围放了四把椅子。靠墙的一侧是两台电脑,看上去跟普通电脑一样,实际上是有语音提示功能的。电脑旁边是一个饮水机,机壳发黄,有些年代。他对这里的一切了然于心,进门后,把导盲杖折叠收起,打开电脑电源开关,接一杯热水放在桌上,从书架上取下书籍放在水杯旁。他对时间的掌握是如此精准,转身回到电脑前,电脑一切准备就绪。

  我在对门的少儿阅览室工作,对盲人还能用电脑感到匪夷所思。同事已经见怪不怪,她说:"人家打字不会比你慢,每天都上网聊天。"究竟跟什么样的人聊天,同事又回答不上来,她想当然地说:"可能是网恋吧!"想到有个无知的女人跟一个盲人聊得热火朝天,同事觉得这世界太荒诞,暗自乐了起来。

  盲人阅览室没有专门的工作人员。据说以前有,是个老太太,有一次在家里摔了一跤,骨头碎了,瘫在床上再也没有起来。再配一个工作人员好像给他配私人助理,图书馆觉得太浪费,就把盲人阅览室划归到了少儿阅览室。我们这边平时也没人过去,只有在他需要帮助的时候,过去兼顾一下。

  那天,他在对门喊人,同事跟我说:"你那么感兴趣,过去帮他一下吧。"我愣了一下,从同事的语气中能感觉出来,这不是一个好差使,但作为一个新员工,又不好意思拒绝。我从服务台走了出去,仿佛去见一个怪物,心里开始惴惴不安。

与少儿阅览室相比,盲人阅览室确实太冷清。他一个人站在这二十平方米中,宛如大池塘中的一尾小鱼。我问他需要什么帮助,他说帮他找一本书。我问什么书,他说那本书在第三排,从左往右第二本。我突然反应过来,既然知道在哪里,为什么不自己取?虽然心里犯嘀咕,但我还是帮他取下了那本书。盲文书籍都特别厚,但分量轻,土黄色,让我想到了千年骸骨。

取下来后,他说,帮他翻到第二十一页。我心想,他是使唤上瘾了!我气鼓鼓地帮他翻到二十一页,递到他手上。在递送的过程中,我站到了他身旁,让我惊讶的是透过墨镜的一侧,我看到了他枯萎的眼珠诡异地向我转过来,那眼神确实有点恐怖,我赶紧躲开了。他仿佛看到了我的样子,粉嫩的胖脸上浮起了一丝奇怪的笑容,还跟我说了声"谢谢"。

我看到他把那本书搁在膝盖上,手指摸着那几行"凸起"滑过去,嘴里喃喃地念出声来。那是一串奇怪的长句,我隐约只记得"用心去滋养,用生命去感应"几个支离破碎的句子。他念完就笑了,说他的记忆果然出错了。

我以为帮忙到此结束了,正想离开,他喊住了我,说还有重要的事需要我帮忙。我问他什么事,他指了指电脑说,帮他把鼠标移到第三段第一句话后面。我这才发现,他在电脑上打了差不多有一页的字。

"这是你打的字?"

"那还能有谁?"他笑起来,脸上绽开了一朵花,笑容背后又有股羞涩的味道。

我把鼠标移到了他要修改的位置,潦草地瞥了一眼。他仿佛在记日志,语气又有点像在跟人诉说。

他在一旁等着,突然问了我一句:"你是新来的吧?"我说是的,同时又很好奇,他一个盲人怎么会看到我的样子?他似乎能洞察人心,神气地说:"你的声音告诉我,你大概二十多岁,一米七几的个儿,大学刚毕业吧?"

我猜他不是全盲,能看见人,就说:"呃——你连个子也能听出来?"

"那有什么!"他突然之间得意起来,"我不光能猜出你的身高,还能估算出你的体重,前后误差不超过五斤!"

我不得不承认,盲人的感受是异常灵敏的。我问他是怎么做到的,他说主要是听声音,还有判断呼吸。他说:"别以为在盲人面前不出声就不会被发现,房间里多一个人,我就能感觉出来。大致占多少地方,我也知道。"

在一个盲人面前感到有一双无形的眼睛盯着你,这种感觉太怪异了。他又补充说,不是每个盲人都能做到的,后来瞎的人往往感觉会差一点,他是先天就盲的。

我的好奇心被他吊了起来,问:"那你的世界是黑漆漆一片吗?"

他愣了一下说:"我不知道黑是什么样子的,就是一团雾气包裹着,什么也看不见。"

"那雾是什么样子?"

"鸡蛋你知道的,我就是那里面的蛋黄 —— 也类似于胎儿。手脚一蹬,那团软软的东西就跟着你,可能跟蛋清和那层薄薄的蛋衣差不多。"

"你真看不见?"

"这有什么必要装?"

我第一次了解到了盲人的切身感受,感到十分神奇。这也让我对工作产生了一定的兴趣。图书管理员并不是我理想的工作,之前我只要一看到"图书馆"三个字,就会不自觉地联想到公园里慢悠悠的太极拳,我猜想里面的工作人员都是上了年纪的老人家。来了之后,我发现直觉出错了,工作人员虽然也有年纪大的,但大部分还是年轻人,只是图书馆是个女人单位,很少见到男的工作人员。

他坐到了电脑前,熟练地摘下耳机,突然讨好似的跟我说:"只有大城市才有盲人图书馆吧?"我说,应该是吧。他大概觉得只有他一个人用这个阅览室有点过意不去,紧跟着又说:"你们也要宣传一下,可能很多人还不知道有盲人阅览室。"

我脱口而出:"我们这里好像不需要很多人来。"这话听起来有点糙,但现状确实如此。如果来很多盲人,我们接待得过来吗?

气氛陡然间有点尴尬,他突然冒出了一句话:"那这个阅览室会一直办下去吗?"

我很难回答这个问题。同事常常抱怨,认为资源浪费严重,早就应该关了。我想她们也是嫌麻烦,公益性的图书馆,又不花私人的钱,只要有人来,应该不会关,关了不是历史倒退了吗?可是关不关,并不是我们能决定的。

我正在考虑该怎么回答他,有同事喊我回去。我回到少儿阅览室,同事问:"怎么去了那么久?"

我说:"跟他聊了几句,我觉得还挺有意思。"

"有意思吗?"同事用打量异类的眼光看了我一下,她肯定觉得我也是个怪人。她又说:"没事少跟他去聊天,他会没完没了地聊下去。"

我不清楚为什么同事个个会烦他,可能是他长相吓人的缘故。我无意间听她们聊起他深陷、内凹、枯萎如莲蓬般的眼睛,仿佛在聊鬼故事,都一惊一乍的。我发现她们虽然都不愿意接近他,但他出现在她们的话题中很频繁。很多时候,她们会议论他究竟看不看得见。有人在地铁站碰到过他,说车来了,他比谁都跑得快。

我本来想跟她们解释盲人的灵敏性,可话一直哽在喉咙，说不出来。在一群语速飞快的女人中间，我感觉插嘴太不容易了。她们也不主动跟我说话，只有一点她们比较感激我，就是我来了以后，盲人喊帮忙终于有人可以替代了。

次数一多，这就成了习惯，对门有动静，她们觉得跟自己毫无关系。有时候碰到我去别的部门归档成人书籍，她们会尖着嗓门喊一声："等一下，人不在。"

偌大一个图书馆，我不到说话的人，这让工作变得有些沉闷。我尝试着跟那些女同事搭腔，她们只有在彼此无话可说的情况下才跟我聊两句。大多数情况下，她们都当我是空气。有时候她们会毫无征兆地开始谈论女性话题，比如痛经和流产哪个更痛。

我渐渐地发现，在图书馆只能和盲人聊天。有一天趁着午休，我问他："你每天来图书馆，家里人放心吗？"

"这有什么不放心的？我家里没别的人，只有我奶奶，她知道我来这里。"

"你父母呢？"

"他们有他们自己的生活。"

"他们不管你？"

"早不管了，现在有没有他们都无所谓。只有我奶奶比较担心，她担心她没了，我会活不下去。"

说这话时，一道阳光刺穿窗户，刚好照在了他脸上，他仿佛戴上了一副黄金面具。我看到他脸上又浮现出奇怪的笑容,他说:"人心这东西真奇怪,是会变的。我奶奶以前看到我,多么厌恶我,现在我们却相依为命了。"

我说:"怎么可能?哪个奶奶会厌恶自己的孙子?是因为你是盲人吗?"

我发现他不太喜欢别人老提盲人这回事。他的鼻孔抽了一下,突然之间又张开了,像两片小翅膀:"这跟盲不盲没有关系。我即使是个完美无瑕的人,她也会厌恶。"

"哦,你奶奶看来是个怪人。"

"也不能怪她,主要问题出现在我妈身上。"他辩解起来,"我妈过门后,她们婆媳关系就开始紧张,她天天跟奶奶吵架,一家人被吵得不得安宁。后来,我奶奶搬出去住了。她当初对天发誓,她不会认我这个孙子。跟我妈有关的东西,她都恨。"

我笑了一下,说:"那是气话。"

"你不知道,我奶奶性子犟,认准的事没有人可以劝回她,她当时就说我是个贱种。"

我好奇地问:"这是原话?你怎么知道的?"

"是她亲口告诉我的,因为我妈在我出生两个月后就跑了。她就是个吵架精,我奶奶在的时候跟我奶奶吵,我奶奶搬走了,就跟我爸吵,一气之下,就扔下我走了。那时候,我奶奶也没回来,她说她不会帮我爸养这个孩子。我爸就抱着我到处找人家,把我寄养在一户人家那里。他出去找我妈,找了大半个月,把我妈找了回来。之后,我又回到了自己家里,我们相安无事地过了七年。到我七岁的时候,他们两个人终于离婚了。"

他说到这里,莫名地躁动起来,仿佛一头离群的动物误入了人群,被团团围住,他说:"当时,好像很多人知道我父母要离婚,每天大街上有人问我,喜欢跟爸爸还是跟妈妈。如果换成现在,我肯定会骂他们!这些人没一个安的好心,他们都想看热闹,大人那里不敢问,就拿小孩寻开心。我当初愁眉苦脸的,一句话都不说。后来,我父母的婚姻结束在法庭上,法官也问了我同样的问题。很奇怪,虽然我不想回答,但有一种强烈的预感,觉得再不说就没机会了。我不知道哪里来的勇气,说我想跟爸爸。我一说完,我妈就哭了,她哭得很伤心,用手帕不停地擦鼻涕。从法庭出来,我爸带我去吃了一碗馄饨。吃完馄饨,我才知道我妈已经走了。据街坊邻居后来跟我说,那天,我妈拿着法庭判下来的清单,在家里收拾东西,最后都驮上了那辆凤凰牌自行车,自行车变得很笨重,她磕磕绊绊,推得艰难异常,没有一个帮忙的人,她一路都在哭。"

他把头垂在肩膀底下,停止了讲述,气氛一下子沉重起来。我拍拍他的肩,走到窗户边,推开了窗户,时值隆冬,外面的冷空气一下子灌进屋来,他禁不住哆嗦了一下。

"冷吗?冷的话,我关上。"

"开一会儿!"冷空气继续从窗户汩汩地流进来,他仿佛能感觉出它的形状。他突然意识到讲这些私事有点过于亲密,对我不好意思起来:"你不介意吧?我很少跟人讲这些,写出来还好点。"我赶紧打消了他的顾虑,但我没跟他袒露自己的处境。如果让他知道我在单位几乎没有人说话,我觉得挺丢脸的。

他带着自嘲的口气说:"眼睛看不见,就剩下心里想想了。刚才讲到哪了?"

"你妈走了。"

"哦,对,她走了。"他似乎从刚才的语境中挣脱了出来,"她走了以后,我就跟我爸生活了一段时间。那段时间很狼狈,别人都说我过的是小乞丐的生活,平时连衣服都是歪着穿的。我妈走后,衣服破得也快,毛线衣都漏针,一扯就扯出个洞,也没人补。哦,对了,你想不想看看我妈长什么样?"他好像突然记起了什么。

"是照片吗?"

"是的,就一张,别的都被我爸烧了。"他说着,从口袋里掏出了一个橘黄色的皮夹。虽然看不见,他好像对那些鲜艳的颜色有天然的好感,大到外衣,小到纽扣,无不是夺目的色彩。翻开皮夹,那张照片藏在最里面的夹层,是一张四寸见方的黑白照,皱巴巴的,充满了年代感。

我说:"这太珍贵了,怎么被你保存下来的?"

他嘿嘿地笑起来:"小孩子真是聪明,当初他们离婚后,我马上意识到我爸会销毁以前的记忆,趁着他人不在,我找了个邻居,帮我挑了这张照片,藏下来了。你帮我看看,我妈长什么样?"

那并不是单人照,而是一家三口。照片上的孩子大概就几个月大,像个小玩具,被他爸托在手中,看不出先天失明的样子。

"你小时候很可爱啊,跟现在一点都不像!"

他一边听一边笑,睫毛眨个不停:"是吗?给我形容一下!"

"穿着肚兜,手指放在嘴里,圆嘟嘟的脸,眼睛——很大,看着镜头。你被你爸用手托着,你爸好年轻啊,留着淡淡的胡子,感觉顶多二十岁。"我为什么那么说,因为我觉得那胡子更像一个青春期少年唇上的绒毛。

"你觉得我像我爸多点,还是像我妈多点?"

"我觉得两个人都不怎么像,你妈鼻子很大,有点像外国人。"

"是的!"他激动起来,仿佛找回了一些记忆,"很多人都这么说!外国人鼻子都很大吗?"

"那分很多种,卷毛,金发,蓝眼睛,也有黑炭一样的,非洲人。"

我说完,发现他有些茫然,突然想到他对颜色是没有概念的,我说:"你能闻到味道,外国人都喷香水,很浓郁。据说他们有狐臭,香水喷浓了,能盖住那个味道。"

他笑起来:"有一回,我坐电梯,他们说英语,我闻到过那个味道。他们走后,那味道还停留在电梯里,确实挺陌生的。"他停顿了一下,又问:"那 —— 我妈到底是什么样子的?"

我发觉要讲清楚还是很难。他妈除了鼻子大,就是张大众脸,扎着辫子,眼角有点下歪。我看着那照片总会不自觉地想到知青。我猜他不止一次想搞清楚他妈的模样。那张照片上有日积月累触摸过的痕迹,细细碎碎的,分裂成很多毛边小块。

看着那个陌生的女人,我突然产生了疑问:"你不是不喜欢你妈吗?怎么还想她?"

他愣了一下,仿佛也觉得自己有些奇怪。他想了想,说:"是的,就这么奇怪,我不应该想她的!可能我当初没选择跟她,心里觉得愧疚。"他转而又问我:"如果一个恩人、一个仇人,都不认识,你会想先知道哪个?"

我被他问住了,在心里绕了一圈,犹疑不定地说:"仇人?"

他笑了起来,说:"你跟我的性格差不多,都喜欢先苦后甜。我吃水果也是这样,先挑小的吃。"

我很好奇,他父母都是正常的,怎么生出他就先天失明了呢?他说:"我奶奶说过,都是我妈造的孽,当时大着肚子还经常跑去看电影。电影院里到处是射线,估计是电影的射线把我照瞎的吧?"这个说法很荒唐。一说完,他自己也被逗乐了。我说,这是典型的瞎说。他乐不可支,像个孩子。最终我们也没争论出一个结论来,觉得最大的可能还是跟怀孕时不小心有关。

我把相片递还给他,他放入贴身的口袋,仔细地藏好。他浑圆的胖脸上恢复了血色,笑嘻嘻地跟我说:"我的故事三天三夜也讲不完,可以写本书。"

他说着,趴到电脑前,跟我说:"你过来看看,我写了那么多。"我过去一看,他的博客叫"光明使者",里面有二十七页,每一页都有几十篇文章。这如果能出版,得是厚厚一本书。

我点开看,发现他是用五笔打的字,很多字都打错了,我说:"有时间我得给你校对一遍,里面很多字都打错了。"

"那敢情好啊!"

我再往下看,像患了强迫症,不去注意内容,专挑他的错别字。我说:"这没法看啊!错别字乱跳,得理一遍。"

他说:"你先别看了,我跟你讲一遍,我讲的东西就是里面写的。"这个中午,他兴致盎然,熄灭的过往像重新燃起的蜡烛,他看到了一条长长的走过来的路。

他回到了过去:"那时候,我爸带着我生活,我奶奶也知道。她偶尔来我家,我爸让她搬回来住,她不答应。她说,再来这么一个儿媳妇,她就不用活了。我爸后来真的和一个姑娘好上了,人家家里人不同意,他们就私奔了。那是我第一次被交到我奶奶手上。这次我奶奶竟然没有拒绝。她大概在墙角理着葱,我闻到了一股刺鼻的味道。她只跟我爸说了一句,'你们走吧。'我呆呆地站着。然后,我爸反复叮嘱我,'以后谁欺负你了都记着,等我回来。'"

他有些失魂落魄,说:"这种感觉没有人能体会。我那时候还那么小,心里怕极了,可我一句话都说不出来。我想让他别走,可那句话就是说不出来。后来,他就走了,再也没有回来。我和我奶奶还得替他们受罪。那个跟我爸私奔的姑娘失踪后,她家里人就到我奶奶这里来砸东西。我奶奶抱着我,任他们砸,不说话,也不哭。"

我问他:"你爸后来回来过吗?"

他扭过头说:"没有。可能他们又有了别的孩子,有了另外一个家,就身不由己了。"

"那不是还有你和你奶奶吗?"

"他也可能死了。我奶奶说的,一个人死了,就只能慢慢地淡忘他,否则活着的人太累了。当初他走的时候,我还记得是个梅雨季节,外面的雨没停过。他走后一个月,梅雨季才结束,他的衣物都发霉了。我奶奶把他用过的棉被啊、衣服啊,都拿出来晒。晒完之后,棉被变得松松软软。我抱着他的衣服使劲闻,他身上的味道不见了,都是太阳的味道。那真的很绝望,就跟生离死别一样,我在那里号啕大哭。我奶奶也没问我为什么哭,祖孙之间还是有点心意相通的。后来,我奶奶也哭了,她哭得无声无息,可鼻腔里的动静逃不过我的耳朵。"

说到这里,他唏嘘不已。我看到有两滴不成形状的泪水从他墨镜底下流出来,歪歪曲曲,像沟壑间的水流。我相信那一定是滚烫的。我仿佛还看到了一个跌跌撞撞的少年,在一路狂奔,呼喊和追赶他的父亲。我的眼眶也湿润了。

他偷偷地抹了一把脸,端起水杯喝了一口水,那起伏的涟漪慢慢平复下去,他说:"那时候,我妈也嫁人了。她离我家大概十里路,十里路就是一阵春风的距离。我爸和别人私奔的事,突然传到了她的耳朵里。她背着我奶奶偷偷地来看过我一次。在领养我的那户人家家里,她见了我就哭,我像个傻子一样站在她旁边。然后,她把带来的新毛衣一件件翻出来,让我试穿,我觉得挺麻烦的。她走的时候,还留了一些钱在那户人家家里,叮嘱他们给我买些东西。那时候,我完全是蒙的状态,事后想想又有些害怕。我不敢当着我奶奶的面提我妈,她有时候一天要说很多遍'你妈死了',那种仇恨咬牙切齿。我妈来看我的事,整条街的人都知道了,他们议论纷纷,同情我妈的占据了大多数。我奶奶知道这件事后愤怒不已,她恨不得把我塞进米桶里藏起来。她还让我向她保证,下次不再见我妈,否则她就不管我了。我不仅做了保证,还主动当着她的面把那些新衣服扔了。这之后很长一段时间,我奶奶对我不冷不热的。我感觉,我奶奶对我好点起来,也是近几年的事,她大概发觉自己老了,老人家的心肠是会软的。"

我看着他出神。很久之后,我说了一句:"你奶奶也不容易!"

他很赞同我的观点,说:"我小时候,奶奶不光对我凶,对欺负我的小孩更凶,常常拿绣花针扎那些欺负我的孩子。为此,她没少跟人吵架。我挺害怕她和别人吵架的。她就凶了一张嘴,因为个子瘦小,真打架打不过人。打不过也大浪滔天地骂,骂到人家丧气为止。我奶奶对我的朋友都很客气,总是把家里最好的东西拿出来招待人。你有空也去我家坐坐,她看到你一定会开心得不行。"

面对盛情相邀,我真的难以拒绝,我说等有空了去。他立刻把他家的地址抄写在一张纸条上递给我。我看了一眼,他住在城西。

这之后,只要跟他聊天,他就会提起去他家做客的事。拖延了三次以后,我感觉再也拖不下去了,就跟他约定了时间,在图书馆闭馆的日子去他家。

那天,我是坐地铁去的,到了徐家漕站下车。那片地方造了地铁,被拆得破破烂烂,远远的有音乐传来,是用扩音喇叭播放的,我猜是哪个马戏团在招揽生意。那音乐感觉是从棚户区的屋顶上发出来的,在寒冷的空气中散发着一股热辣辣的味道。

走到长乐路,我远远地看到了他,一个人孤零零地站在大街上,旁边不时有汽车摁着喇叭经过,他尽可能地把自己蜷缩起来。他以为站在角落里,其实站在路中央。因为旁边的早餐店搁了几筐煤饼在那里,就挨着他的脚,占据了一半的路面。

我快步跑到他身边,把他领到了路边上。我说:"你怎么出来了?我能找到的。"他憨笑着说:"这里太乱,不容易找。"我手上提了几袋水果,他听到了声音,一定要帮我提东西。我说:"轻的!你带路。"

他撒开步,走得飞快,生怕磨磨蹭蹭的,我会嫌弃。很快,来到了他家楼下。他们住的房子大概造于四五十年前,墙体漏水,斑驳得很厉害。上楼前有一道长长的斜坡,斜坡的尽头才是门,门被漆成了墨绿色,锈迹斑斑。巨大的四扇铁门,把整个楼道包裹起来,看上去像个监狱。门旁是一排破败不堪的信箱,还有几把崭新的小铜锁挂在那里。

一直爬到三楼,在一个巨大的"福"字面前停了下来,他开始掏钥匙,我发现钥匙孔的边上贴了一张小纸条,上面写着:"钥匙插入向右旋转是开,向左旋转是关,门向外开。"开门进去,他喊了几声奶奶,没见回应,他懊恼地嘀咕了一句:"又出去了,早上跟她说好的,有客人来。"

我打量了一圈,厨房、客厅、卧室样样俱全,整个布局有点狭长形,空间逼仄。卫生间埋进了厨房,里面有一道小拉门。除了人门口,屋里也全是用透明胶贴上去的纸条,其中卫生间的门上写着:"进出别忘了关门。"厨房间的门上写着:"睡前关闭此门。"卧室的门上写着:"窗户都关严了吗?"客厅的饭桌上写着:"每月把煤气抄表填在一楼 304 的空格内。"

我忍不住问了一句:"这房子是租来的吗?"

他愣了一下说:"没有啊,是我爸留下来的房子,怎么了?"

我说没什么,心里的疑团却越来越大,那为什么要贴上这些纸条呢?写给谁看的呢?他又看不见。

我突然明白过来,心里揪了一下。我装作若无其事地问了一句:"你奶奶经常忘记事情吗?"

他又愣了一下:"是这样,现在越来越严重。出门前我还叮嘱过她,有客人来,叫她别出去了。这不,又出去了。她应该很快会回来的,可能去买菜了。"

他一边说,一边还在那里忙忙碌碌地烧水。我把水壶抢了过来。他家里的东西除了旧一点,都还是管用的。水龙头一开,热水器呼呼地响,只是温度蹿上去好像很吃力。抽水马桶用了以后,水箱会发出哨子一样的声音,直到水满了才停。

我跟他说,平时让他奶奶少出门,年纪大的人容易健忘,可能会忘了回家的路,脖子上得挂一把钥匙,钥匙上得写清楚家庭地址。他说,那有点夸张了。我说,你奶奶丢了怎么办?他哈哈笑道,那不可能,丢了我把她找回来。

那天,到了午饭时间,他奶奶还没回来,我看他开始焦虑起来,不停地嘀咕:"会去哪里呢?"突然,他记起一桩事,一拍脑袋说:"可能去教堂了,最近老有人拉她信耶稣。"说完,他笑了起来:"你说好不好笑?我奶奶性子犟,从来没信过什么,年纪大了,突然信起这个来了。"

"你想过,有一天你会信吗?"

他笑了笑,没有回答我。房间里一下子安静下来,我听到一根秒针走动的声音。循着声音,我注意到他家客厅的桌上摆着一口古老的木壳闹钟,闹钟里有一只老母鸡,随着秒针的走动,不停地低下头啄米,那秒针的声音仿佛发自母鸡啄米,孜孜不倦,动人极了。

那天走的时候,我提议和他一起去找找他奶奶,他很自信,说她自己会回来的。

第二天,他来图书馆有点晚,碰到我就说,他奶奶后来回来了,问她去哪里了也不肯说,听上去失魂落魄的。我说,以后尽量让她少出门,周围都在拆迁,路也挖得坑坑洼洼的,一个老人家到处走,挺危险的。

"怎么可能不知道呢?她昨天跟我说起了我爸,说他怎么还不回来呢?再不回来,她快熬不住了。我跟她说,要回来早就回来了,可能是真不在了吧!她不响。我说,我能行。她说,'让我怎么放心你?'我说,人这一辈子,总有人要先走的。她又不响。"

我安慰了他一阵,后来去忙别的事了。回到少儿阅览室,同事们正在小声议论,说他难得穿得这么不妖艳。我这才注意到他穿了一件灰色的毛衣,坐在那里发呆的样子,让他看上去显得颓废了许多。

那天从图书馆出来,他一边抚着导盲杖,一边站住了跟我说,可能以后图书馆不能天天来了。我怔了一下说:"你不来,我们这阅览室给谁用呢?"他轻轻地笑了一下说:"总会有别人来的。"

接下来,他真的不来了。这不光让我不习惯,连同事也觉得诧异。她们说,咦!今天什么日子?说着纷纷掏出手机看日历,确定不是周一闭馆的日子,她们觉得不可思议,他怎么能不来呢?从这个盲人阅览室开起来以后,他好像是头一遭缺席。七嘴八舌地议论过后,她们把目光停在了我身上。我说,可能他家里有事吧。

盲人阅览室空空地打开,又空空地锁上。我看着空无一人的房间,好像失去了一件宝贵的东西。我犹豫着要不要再去看看他。其实我很怕见到他奶奶,看到那个老人,我肯定会不自觉地想到他的将来,总有一天,那样的日子会到来的。

连续几天不见他人影,同事说:"反正也不来,不用去开门了,开门只会放些灰尘进去。"

我犹豫了一阵,无所适从地站起来说:"还是去开吧,说不定开了就来了呢?"

"你想开就开吧。"同事一脸的无所谓。我跑到了对面,把门锁打开。从安静的房间里出来,我朝外面看了一眼,空荡荡的,没有人影。我站了一会儿,朝更远的地方张望,他还是没有出现。

又过了几天,我打开了盲人阅览室的门,给饮水机换了一桶水,回到少儿阅览室,几个同事在交头接耳。她们看到我过去,停下了交谈,问我:"还没回来?"

我愣了一下,这好像是她们第一次主动跟我说话。我点了点头,其中一个同事跟我说:"那你去看看他吧!这里我们替你顶着。"

我的心头一热,感到有一股泪水冲到了眼眶。我背过身去,怕她们看到我的样子,然后埋头收拾起自己的东西。我在工作的地方没多少行头,就一个水杯,一只手机,还有一个小包。我把手机放进了包里,就没有可收拾的东西了。我没有立刻离开图书馆,东挪一下,西挪一下,等待着那要命的泪水收回去。可越磨叽,心里越崩溃。我想,可能暂时出不了这个门了。

我低头说了一声,不去了。那泪水却止住了。我抬起头来,看到了一张张惊愕的面孔。我冲她们举起了手,说,好了,我去。于是,我飞快地拎起包,逃离了图书馆。一直到图书馆对面的公交车站,我才停下脚步。我看了一眼图书馆的大楼，发现它高大得如同一座宫殿。

去他家的路上，我突然想，他失踪多年的父亲会不会回来了？想到这里，我激灵了一下。如果他父亲回来了，他奶奶还认识这个儿子吗？他父亲会不会带一大家子的人回来？这些人对他而言，是否意味着生活中闯进了一伙陌生人？

我一路胡思乱想，到达了他家楼下。铁门竟然敞开着，仿佛知道有人会来。我来到了三楼那扇贴着巨大"福"字的门前，心跳骤然间加快了。那会儿，我觉得要叩响眼前的那扇门，突然变成了一件异常困难的事。

大门安静地关在那里，一丝一毫的声音也没有。

我站了很久，举起的右手在半空中停留了一会儿，闭着眼睛敲了三下，空旷而清脆的铁皮声消失以后，里面传出了脚步声。

（发表于《上海文学》2018 年第 2 期）

飘雪的冬天

冷空气不久后就赶到了，门外刮起了大风，空气中残存的温度被清扫干净。南田去关了大门，从呜咽的门缝中能听到四面八方汇聚过来的寒流。他心里嘀咕，这冬天怎么熬过去？

南田走到里屋，从门缝里看了父亲一眼，发现他正睡着，便悄悄地退了出来。母亲在他身后说，打声招呼再走，被南田阻止了下来。父亲睡着太不容易，醒着时他无时无刻不在呻吟，就让他多睡一会儿。提着行李，出了门，南田犹豫了一下，怕这是最后一面，但想归想，终究没有停下脚步。火车票订的是下午三点半，已经剩下不到一个小时，他一路想着要不要再回去看一眼，离家的距离却越来越远。

哥哥南华开车送他去火车站，路上南华突然冒出一句："他可能没有多少日子了。"南田也有这种感觉，迫于无法开口,被南华一点破,竟也释然了。父亲从医院出来,在家住了一个星期,本来还能自己行走,眼下已经需要人架着走了,这溃败的速度有些惊人。兄弟俩你一句我一句地讨论着父亲的大限,气氛竟出奇的轻松。这其中的主要原因是父亲的病,兄弟俩想遍了所有的办法,最终放弃了。

南华说:"住院的时候,医生告诉我,像他这样的病,最终是两种情况,一种是大出血后昏迷,还有一种是肺栓塞,一口气透不过来就没了,都不好过,但也没办法了。"

"我知道。这次住院也是安慰他,实际上已经没有多大用了。"南田剥着指甲说。

"医生说不会超过一个月,他胸腔积液严重,前段时间手臂也水肿,这几天倒是退下去了。他确实痛苦,好几次让妈扶着他去楼上阳台,说要跳楼结束生命。"南华苦笑着摇了一下头,"跳楼,让我们的面子往哪里搁?"

"说说的,不说他更难受。"

之后,兄弟俩陷入了沉默。车外下起了细雨,南华把车窗都摇上了。空调的风很响,在挡风玻璃上吹出了两个圆圈,边角的地方起了雾。一路昏昏沉沉地到了火车站,南田下了车,从后备厢里取出了布袋,里面装着一只酱鸭,是母亲自己晒的。南田对吃的没多大兴趣,几次三番不想带,但母亲还是硬把它塞上了车。关上后备厢,南田刚要往候车室走,车窗再次摇了下来,南华探出头,恶声恶气地说:"香烟能戒就戒了,我们家的基因不好。"南田的脸有点发烫,他不耐烦地回了一句:"知道了。"

那辆黑色的老别克喷着白色的尾气开走了,南田从口袋里掏出手机看了一下,离发车还有二十多分钟,他习惯性地点上了香烟。候车室外气温很低,抽烟似乎能暖和点,南田知道自己终有一天会下狠心戒了这玩意,眼下似乎还早了点。想到戒烟和年龄挂起钩来,南田不免有些失落,跨过年关,自己就整四十岁了,中年时代由不得你乐不乐意,它就来了。

南田猛抽了两口,把烟头揿在垃圾桶上的烟灰缸里。想到接下来整整两个小时在动车上不能抽烟,他又抽出一支,点上了。嘴巴又干又苦,好似在赌气完成一个任务,南田皱着眉头,眯着眼睛看着手中燃烧的香烟,终于半途掐灭了它,进了候车室。

通过安检,来到了检票口,电子显示屏上那班动车信息的颜色跳成了绿色,几乎没有半刻停留,南田刷票进了站台。在陌生的人流中,南田想象得到自己的神情和他们是一样的,冷漠、灰暗,只有寒风吹入皮肤,才有本能的抗拒和哆嗦,几乎每个人都缩着脖子张望着火车来的方向。

上了动车,找到位子坐下,南田就打起了盹。前一晚他整夜没合眼,父亲隔十分钟就要坐起来,坐不了几分钟又躺下,如此反复,折腾了一夜。他们雇的护工阿姨眼圈发黑,跟母亲提了好几次,说这活吃不消干了。母亲求着她,说周末等两个儿子回来,替她两夜,让她回去好好补一补睡眠。

火车上的睡眠并不安稳,两个小时的车程显得有些漫长。临近终点站,南田才睁开眼睛,随着报站的广播响起,他拨通了母亲的电话。母亲接起电话的一刻,暗自嘀咕了一声:"到了,蛮快的。"她以为南田没听到,其实话筒里声音很清晰。

南田重复了一遍:"我到了。"

"那快的,我们正在吃晚饭。"母亲的嘴巴里还有咀嚼声,但听上去匆匆忙忙,随时准备离席。

"阿姨来了?"

"来了,在一起吃饭。"

"爸爸还睡着?"

"醒了,你出门没多久就醒了,好像有感应似的。"

"他现在怎么样?"

母亲略微有些抱怨:"老样子,躺不住,坐不住,一刻不停,刚刚骂过他。他太重了,我们两个人才能把他拉起来。"

"不要骂他,他也没办法。"

"你不知道,他现在跟三岁小孩一样,该骂就得骂,该哄也得哄。"母亲笑着说,"他喜欢听好话的。"

南田愣了一下,又问:"南华上班去了吗?"

"没有,陪他儿子练跆拳道去了,已经好久没去练了。"

母亲突然大着嗓门应了一声,她说,"又在吵了。"

南田挂断了电话。这时火车进站了,透过车窗,他看到站台上的列车员裹着棉大衣,有些瑟瑟发抖。车厢内的温度调得很高,很多人脸上都有红晕,隔着一层玻璃,划成了两个分明的季节,一边是暖春,一边是寒冬。南田想到了自己和母亲眼下的处境,恍惚间,车身晃动了一下,靠站了。

南田提起行李,往出站口走,淹没在熙熙攘攘的人流中。坐上地铁,他给秀萍发微信,问她和儿子在干什么,迟迟没回应。出了地铁站,手机才响,秀萍回复:坐公交。儿子乐乐喜欢坐公交车,这一年多来,他几乎把所有的公交车都乘了一遍。南田怕她又不回话,赶紧问:在哪里?这次回复很快,手机一振动,跳出一行字:快到家了。

南田拨了短号,打过去,那边接起来,没声音。南田知道秀萍开了免提,他喊了一声:"乐乐,你们在哪里?"乐乐很高兴,对着手机喊:"我们在小区门口,你在哪里?"

"我也快到了,问一下妈妈,晚饭哪里吃?"

那边嘀咕了一阵,乐乐说:"家里,你买菜回来。"

到了家门口,天已经全黑了,南田手里提着钥匙串,但他还是敲了敲门。秀萍有个怪癖,即使有人在家,她也喜欢把门反锁。乐乐来开门,果然上了保险,他在里面来来回回地转了三下,才拉开了门。

一见到儿子,南田脸上浮出了笑容。他看到秀萍坐在沙发上,低着头在翻看手机,电视机开着,没人看,满屏的劣质广告。南田把身上的包卸下来,提着买来的菜去了厨房。乐乐跟了进来,南田空出了双手,把他抱了起来,问:"咳嗽好点了吗?"

"好点了,白天只咳过两声。"乐乐边说,边用手指戳着南田的脸。

南田把他抱到了客厅里,秀萍这才抬起头问:"爸爸怎么样了?"

"还是老样子,躺不了,坐不了,一直喊难受。不过应该还有段日子,中午的时候,还吃了半碗饭。"

秀萍低下头去,恢复了沉默,客厅里只剩下乐乐和电视机的声音。南田进了厨房,把门拉了起来。他一边刷锅,一边又点上了烟,口腔里出奇的苦。

吃饭的时候,南田夹了一筷大白菜,咸得有些离谱。他很纳闷,秀萍为什么一直没说。家里好像被一团奇怪的阴云笼罩着,谁都不想多说一句话。

乐乐还在客厅里看动画片。每次一到饭点,他就犯拖延症,总是让别人先吃,别人吃完了,他就等动画片放完,动画片放完了,他就看挂钟,非得挑一个"吉时"才肯上饭桌。南田说:"我像他这岁数的时候,只要有吃的,跑十里路都会去。"

"时代不一样,现在哪个孩子肯好好吃饭?"

"让他去农村待一段时间,就不会这么娇生惯养了。"

"你总是把自己的想法强加给儿子。"秀萍说着,脸上有了不快。南田不再争论下去,他知道,再说下去,两张嘴巴又会打架,让孩子看到他们吵架总是不好的。

等乐乐吃完饭,已经快八点了,秀萍张罗着他睡觉。每次睡觉前,乐乐都会从一大堆书里挑出四五本,让他妈妈讲给他听。家里有很多绘本,但乐乐挑来挑去,总是那么几本,他熟得能背出故事人物的对话。南田想到了父母,他们喜欢看越剧,也是挑熟的曲目,反反复复地看,从来没有厌烦的时候。

洗完碗筷,南田看着窗外黑沉沉的夜幕,心想这会儿父亲又开始不停地起床了。总体来说,他白天的状况好一些,至少还能在沙发上坐一阵,但一到晚上就停不下来,整夜没有合眼的时候。母亲说,活人被折腾死了。雇来的阿姨责任心蛮强的,换个人早就走了,陪夜的价钱都一样,哪里陪都是陪。

南田跟母亲说,要好好待人家,如果阿姨走了,只会辛苦您自己。南田知道自己母亲的性格,她有时候很挑剔,之前也雇过阿姨,人家饭量大,她都会跟南田兄弟俩说。

母亲说她知道的,不会让她委屈。家里做的酱鸭、酱肉,她都分给阿姨。眼下快过年了,她也特意多包了一份粽子,让她带回家。

南田说,这就对了,您怎么待人家,人家就怎么待您,像父亲这样的情况,照料确实很耗精力,最终还是赚回来的。

南田陪过几次夜,知道晚上没得睡的滋味。他特意关照了母亲,趁着父亲白天还好一点的时候,让阿姨多睡几个小时,人不是机器,长时间没有睡眠,会倒下的。母亲说,知道的,下午的时候会让阿姨补觉,睡到自然醒。她还补充说,其实她也忙,又要烧饭,又要洗衣服,还经常有亲朋好友来探望,白天也没空下来的时候。

每次碰到母亲抱怨,南田就不再多说,他转而给哥哥打电话。南华说,她就是这么个性格,一直都操劳,不会做减法。

雇阿姨陪夜是兄弟俩商量出来的对策。母亲以前生过重病,体质本来就弱,经不起晚上折腾。雇阿姨这事也征求了母亲的意见,她坚持不要。南华说,主要是生活习惯的问题,一个陌生人住进家里,她心里总是不乐意的。没办法,只能依她。结果连续几个晚上睡不好,母亲就去医院挂盐水了。挂完盐水,脸色苍白地回到家,她也只好妥协了。

南华笑着说:"再好的阿姨,她也是看不上的。穷过,苦过,她心疼钱。"

南田说:"护工也确实不如自己亲人,她们是为了赚钱,不是替你履行义务,也不能以亲人的标准要求她,只要不虐待人,一般过得去就行。"

"那是自然。我们都得上班,没办法了才雇阿姨。"

南田站在厨房的窗户前,抽完了手上的香烟,也回去睡觉了。乐乐已经睡下,嘴里含着手指,看到南田进来,本来睡眼蒙眬的他一下子又来了精神。秀萍在旁边发了火,嗓门一大,乐乐就安静下去了。秀萍又跟南田说:"你先出去看会儿电视,你在他不肯睡。"

南田说:"今天我也想早点睡,昨天夜里没合过眼。"

"那就不要逗他,都好好地睡觉。"秀萍说得有点重,听上去咬牙切齿地。

南田脱了衣服,钻进棉被,把自己裹得像个蚕蛹。睡了一会儿,他又起来了,在乱糟糟的衣服堆里找手机。秀萍甩了脸:"你不是想睡了吗?"南田说:"就是为了睡得安稳,才要关机。"南田一直有这个习惯,睡觉了必须关机。虽然很少有人晚上给他打电话,但一躺下,他就觉得手机随时会响起来。南田也没觉得睡觉是天大的事,他就是这么一个习惯,醒来了,第一件事就是开手机,然后拿着手机上卫生间。

第二天一开机,信息提示音就噼噼啪啪地响了,一连六条电话提醒短信,微信也跳出了好几条,点开南华的微信,上面赫然写着:"爸走了,速回!"

南田看了一眼哥哥发微信的时间,是凌晨五点十二分,已经过去了快两个小时。南田在卫生间里提高了嗓门说:"爸没了,你把乐乐喊起来,我们要回去。"

秀萍在卧室里发出了一声"啊?"

临近春节,车票有些紧张,南田想自己开车回去,感觉得出来,秀萍不太乐意上高速,但她又没说什么。临出门了,秀萍说:"去杭州转一下车,也快的。"

"这是奔丧,不是旅行。"南田的脑袋"咣"地热了起来。

"你这状态开车,能让我放心吗?要开你开去,我和乐乐坐高铁去。"

南田举起手臂,伸出一个手指,但他抿了抿嘴巴,又把手放了下来。最终他也放弃了开车的念头,直奔火车站。

买了到杭州的高铁票,预计要下午才能赶到家里,南田查了火车时刻表,找了最近的一班高铁,挤了上去。在高铁上,南田接到了同乡老郑的电话,他问南田是自己开车还是坐火车,南田告诉他是火车,他说他来火车站接。

老郑是老家的闲人,五十多岁,还是个光棍,但人很热心,总是哪家有事就主动上门帮忙。他在老家也没什么好名声,主要是他一个没有正经工作的人还开着一辆面包车,这游手好闲的谱摆得有些大,大家看着都觉得别扭。南田以前也这么认为,但这次他心里突然暖了一下,恍如冰封大地节节复苏,暖洋洋地浸润了全身。

赶到家里,门前的凉棚已搭了大半。风很大,吹得油布哗哗响。南田急匆匆地走进家门,父亲已经换好了寿衣,躺在一张凉席上。南田摸了摸他的手,已经冰凉。他喊了声

"爸爸",眼泪就出来了。

母亲在一旁喊着父亲的名字,放声恸哭。亲戚们纷纷劝她保重身体,劝了很长时间,母亲才勉强收住了哭声。她跟南田说:"你爸爸是凌晨五点走的,当时阿姨已经睡下,后来看他样子不对,就赶紧上楼来喊我,我下来的时候他已经没了,赶紧喂了糖水,跟他说甜甜蜜蜜地走。其实就只有阿姨送到他,我也没给他送终,总觉得他还能熬一段时间,没想到走得这么快。昨天你走后不久,他还跟我念叨,说他这两个儿子都送不到他的。果然都被他说着了。"说着说着,母亲又哭了起来。

旁边的亲戚又开始安慰她,说大家也已经尽力了,让他好好地走吧,该放手的时候应该放手。南田也劝母亲,说意思过就行了,不要没完没了的。母亲这才收住了嗓子,她转而对南田说:"有几个金刚已经在了。你们两兄弟去商量,没来的金刚需要你们上门去请,有一套礼节的,具体的事问问你二叔。"

金刚指的是抬棺材的人,一般有八个,而领头的正是南田的远房二叔。南田走出门去,看到一群人还在搭凉棚的脚手架。凉棚沿着门往前搭,有点送人千里的意味。二叔站在人群中,背着双手看那些人忙碌,看到南田走过来,脸上堆满了笑。

这个远房二叔年轻时长得瘦长俊朗,后来好长时间没见到过他。南田再见到他的时候,发现他变得臃肿不堪,头发也没了,成了一个胖头和尚的模样。

南田说:"二叔,请金刚的事让您费心了。"

二叔把他拉到了角落里,说:"这你放心好了,有我在,等下就带你去。有一件事,我得跟你说一下。"他说着压低了嗓门:"本来葬礼的事都是我在负责的,但你家的堂哥自作主张,已经喊了道士班子。"

"哦,这有什么讲究吗?"南田一脸疑惑。

"讲究也没有。我有熟人,一直是另外的道士班子在合作。这事本来应该是我负责的,可以让我赚点香烟钱。"

"哦,那叫了就算了,再退掉也难为情的。"

"是这个理,喊了就算了。你堂哥和那班道士有点亲戚关系,但从流程上讲,应该来过问我一下。这个事我跟南华也讲了,也要跟你讲一下。"

突如其来的"告状"让南田有些无所适从,他摸了摸口袋,想掏根香烟给二叔,平息一下他不快的情绪,但发现走得太匆忙,口袋里忘了带香烟。二叔似乎一眼看出了情况,从自己衣兜里掏出一个磨得锃亮的小铁盒,打开了一条缝。他在里面搜寻了一阵,掏出一根皱巴巴的香烟,递给了南田。南田后来才知道,那个铁盒专门用来收集饭桌上剩余的香烟,里面什么牌子的烟都有。南田接过来的这根香烟是中华牌,但卷纸上带着一点水渍,已经干透。

接过香烟,南田往家里走,准备去取几包香烟。门口碰到了接他的老郑,老郑远远地看了一眼南田的二叔,悄声说:"估计他在说你堂哥坏话吧?他刚当着众人的面发完火,说以后你堂哥家死人,不去了,让他们自己抬上山。"

南田愣了一下说:"多大的事,犯得着这样吗?"

老郑附和上来:"是的,他一直是这副腔调,爱出风头,谁否了他的意思,样子都会变得很难看。"老郑说着,看到了南田不耐烦的神情,改口说:"你自己要保重身体,只能怪你父亲生的病不好,今年刚七十吧?"

南田点了点头说:"是的。"

"还是年轻了点,如果再有十年,你们也好接受一点。"老郑的脸上浮现出感同身受的悲恸,他又说,"你父亲年轻时力气多大啊,方圆十里内的人都知道的。唉,这么好的身体竟然也会生这样的病。"

南田挑了挑眉头说:"这怎么说呢,可能也是命运吧。"

老郑讪讪地笑了一下,没再接话。南田往家里走,找到了南华,他正在跟母亲商量谁来做账房先生,葬礼上有很多人情来往,需要一个头脑清晰的人来负责这件事。母亲说:"你二叔刚推荐过一个人,说让他大哥来管账。他大哥以前当过村里的会计,头脑好,思路清。可我觉得不太合适。"母亲在担心什么,南华似乎很清楚,他说:"这个账房先生不光头脑要灵光,也需要是信得过的人。本来二姐夫是可以的,但他对村里的人不熟。"

他们把村里的亲戚捋了一遍,最后定了南田的堂哥。母亲早已备好了本子和笔,还有一只手提包,她让南华把这些东西带给他堂哥。

南田问南华:"家里有香烟吗?"

南华拉开了柜子说:"都在这里,你是去请金刚吗?"南田点了点头。南华说:"多带几包好烟,这事就交给你了。我还要在外面忙,租赁的酒席用具马上运过来了。"

南田往衣兜里塞了四五包中华,拉住南华说:"二叔好像对堂哥意见很大。"

南华一脸嫌弃地说:"这些人为了点蝇头小利,都小题大做,别去理他们。"说着,南华就匆匆忙忙出门了,看上去一副事务缠身的忙碌样。

南田也走了出去。二叔已经立在门口候着了,他说:"四个金刚已经来了,不用再喊了。剩下的四个,我现在带你去请,你先给我一包烟,我好打点。"

南田递给了他一包香烟,他飞快地塞进口袋里,脸上突然有了神采。一路上,南田跟在他的身后,感觉他走路的模样有些夸张,似乎要飘起来。

"二叔,我妈说请金刚有礼节的,您跟我说说。"

"我正要跟你说,见到了金刚,你得深深地鞠一躬,以前还得跪,现在不讲究了,再说你们都是文化人,这么搞有点作弄人了。然后你得说,家里父亲没了,给您添麻烦了。我们那些人都好说话,你只要意思一下就行了。"

南田跟着二叔挨个到金刚家里走了一遭。消息已经在村里传遍了,人们都知道南田父亲过世的事,看到南田过来,都隐约有些兴奋。其中有一个金刚正在睡午觉,家里大门紧闭,敲了门,他穿着裤衩就跑出来了,两条粗壮如水桶的大腿冻得起了红斑。南田看着冷,让他早点回屋里。他却并不在乎,还聊了一阵,让南田觉得挺煎熬。

请完金刚,南田才缓过神来,原来那些人都是父亲生前的朋友,相比于他们硬朗的身体,父亲确实走得早了。

回到家里,乐乐和一群孩子正在追逐嬉闹,整个院子里都是他们的脚步声和呐喊声。南田拉长了脸,呵斥了一通。秀萍匆匆忙忙地从屋里跑出来,把乐乐牵了回去。

南田立在院子里,看着如织的人流进进出出,大部分都是送礼金的乡党。堂哥捧着记账簿候在门口,逐个登记,这造册的活让他增添了几分斯文的模样。他也一直乐呵呵的,空下来的时候,抓一把瓜子,跟人聊几句天,聊的都是笑话,围着他的人也跟着乐。

下午的时候,南田看到那对走失了儿子的夫妇也急匆匆赶来了。他们和南田在同一个城市,两夫妻平时在一家家政公司做钟点工。他们看到南田,上来打招呼,那妻子看上去快哭了。南田有些惊讶,这么老远他们是怎么知道消息的?

问了他们,他们也不肯说。南田后来猜测是他们同村的哥哥走漏了消息。

南田父亲患病期间,这对夫妇中的妻子就要求了多次,希望由她来照顾南田的父亲。她说她平时也在帮人看管小孩和老人,能应付,但南田的母亲婉拒了她。照顾病人是个复杂的事,万一有什么不快,伤了原来的和气,这多少让人有些顾虑。还有一点,他们的儿子无故离家出走,失踪了好几个月,这事一直拜托南田在查。但他的手机号码、银行账户,包括其他的社交工具,一切都处于停用的状态,查起来毫无头绪,这又让南田有些犯难。这对夫妻平时对南田很客气,总是给他带老家好吃的东西,所以南田看到他们总觉得愧欠了什么。

他们来到了南田父亲的床边,倒头就拜。南田的母亲连忙把他们拉起来,说:"你们这么远的路赶过来,让我们很难为情,本来不用来的。"

那丈夫说:"哪里话?我们在那里也没什么事,应该来的。"他们在旁边坐下来,那妻子还抹起了眼泪,她越哭越伤心,情绪又传染给了南田母亲,这让原本安静下来的气氛又热闹了起来。她看着众人劝南田母亲,在那里显得手足无措。有亲戚跟她说:"你先忍一下。"她拘谨地坐在那里,默默流泪,不时地擦一下脸。她丈夫看不下去,对她说:"你先出去。"她像个听话的孩子,站起来,去了外面。

傍晚的时候,南华跟南田说:"妈的身体会吃不消,让她晚上去睡,我和你守灵,分一下工,你愿意上半夜还是下半夜?"

南田说:"全夜也无所谓。"

"今天还是去睡会儿,明天晚上会没得睡,道士来了,你想睡也不行。"

"那我下半夜吧。"

"好的,你晚饭吃了,早点去睡,十二点半来换我。"

这时候,那对夫妻中的丈夫说:"你们兄弟都去睡吧,我们守着。"南田的母亲连忙说:"那不行,亲人必须在的。"

那丈夫说:"我们跟自己人是一样的,南田待我们就如亲人。"

南田站在一旁,他感到有些无所适从,这对夫妇身上一直有着过火的热情,在他们面前,拒绝成了一件很艰难的事情。

果然,那天吃完晚饭后,他们留了下来。妻子坐在那里守夜。丈夫帮着忙各种杂务:香点完了,他就及时地续上;开水没了,他就跑到外面的炉子上烧开水。

南田早早地上楼睡了,他躺在床上,没有一点睡意。楼下有一桌人在打扑克牌,经常为谁出错了牌,大声地争论着。南田起初担心他们会起争执,后来发现这是他们的习惯,每副牌结束后,他们都会复盘,分析出另外几种打法,然后把牌技烂的人数落一番,这才安静下来,继续新的牌局。这让宁静的夜晚有了一股奇怪的节奏,仿佛黑暗中有个巨大的心脏在规律地搏动。

黑暗中,一旁的秀萍突然说:"这几天,你就忙爸的事情,儿子我会管好的。"

她这么一说,南田忽然觉得有点愧疚,他犹豫了一阵,说:"这段时间以来,爸爸身体不好,我的心情也不好……"

"别说了,早点睡吧。"

秀萍整了整棉被,侧过身去,不一会儿就睡着了。睡梦中,她有一点轻微的鼾声,带着尾音,像在吹一个巨大的泡泡。乐乐睡到一定时候,就把棉被蹬了,南田一次次地给他拉被子,这让他睡得挺不踏实,睡梦中还在吮吸手指。南田熬到了午夜,睡意泛上来的时候,他起床了。

南田下了楼,牌局刚散,几个牌友打着哈欠,冒出团团的热气。那对夫妇看到南田下来,又客气了一番,让南田接着去睡,南田哪里肯从。南华上了楼,不一会儿他又下来了,手上提着几条毛巾毯,他说:"后半夜冷,你们可以盖一下。"

那丈夫搓着双手说:"我一点都不冷,给南田盖,他刚起床会冷的。"

所有人都散去了,就剩下了南田和那对夫妇。南田说:"你们孩子还在查,一有消息会马上通知你们。公安局的网监大队对他所有的账户和社交工具都布控了,一有动静,他们马上会知道的。"

那妻子说:"真的给你添麻烦了,没有你帮我们,我们真的不知道该怎么办了。"

那丈夫说:"不管找不找得到,我们都要感谢你。"

"大家都是老邻居,不要这么客气。我理解你们的心情,这样的事摊在谁头上,都会着急的。我就是不明白,他为什么突然就离家出走了呢?"

"我们平时忙工作,也不太管他。他向高利贷借钱,有的债主已经上门来讨了,我们上半年已经替他还了好几万的债务。"

南田一头雾水,他问:"他不是有工作吗?借钱干什么呢?"

"我们也不清楚。按理说几万块钱也不是小数目,用了总有点响动,也不见他买衣服,或者买别的东西。他自己也有四五千块的工资,平时吃得也很节省,不知道用到什么地方去了。"

南田愣了一下说:"不会在参加传销组织吧?"

那妻子说:"有可能的。他很单纯,别人一鼓动,就容易相信别人。"

南田说:"找到了人,你们得好好问问,这究竟是怎么回事。"

那丈夫突然激动了起来,他说:"回来了,我们也不想打骂,直接关到派出所去,让他交代清楚。说实在的,我这几个月来，没有一天睡过安稳觉。白天要上班，晚上睡不好，她还能哭，我一个男人只能憋着，苦不苦只有自己知道。"

他说着抹了一下眼角，紧跟着掏出一支香烟递给南田。南田看了一眼父亲的遗体，犹豫了一下，但还是接了过来。对方又掏出打火机，伸到了他跟前，南田只好抽了一支。在烟雾里，愁绪弥漫开来，谁也没说话。放在父亲床头柜上的电子观音一遍一遍地播放着《心经》的音乐，听进去了，好像会让人身心逐渐放松下来。

凌晨四点钟左右，母亲先下来了。随后，一些年纪大的亲戚也起来了。南田又去睡了回笼觉，醒来已经十点多了，洗漱过后就开始吃午饭。南田发现八大金刚都过来了，二叔在人群中高声问："道士什么时候到？"

堂哥没理他，堂嫂说："可能下午，稍微晚一点。"

二叔的声音小了下去，混在乱糟糟的人群里。他在金刚那一桌继续发着牢骚，大意是跟他合作的道士班子中午准到东家报到，眼下的这个班子架子有点大。那些金刚都顾自己吃饭，谁也没有搭他的话。

道士领班在下午三点左右来了，一个七十多岁的老头，因为常年走街串巷，很多人都认识他。南田发现了一个奇怪的现象，不管男女老少，大家都喊他"表姐夫"，他也都乐呵呵地应着，似乎"表姐夫"是他的名号。他先来，带着厚厚一沓写着字的白纸。南田后来知道这是为了省事，里面留着空,只要把父亲的姓名、出生年月等填进去就可以。

他在写这些东西的时候,二叔埋怨了一句:"你们来得够晚的啊,其他人呢?"

"表姐夫"一边写,一边说:"都还在被窝里吧,这天气能拖一会儿是一会儿。进入腊月以来,没有消停过,昨天一下子又找上来四个,我们来这里,还得帮另外三个找好别的道士。"

旁边有人说:"生意这么好啊!"

"表姐夫"看了他一眼说:"老年人最怕这样的天,能熬过又是一年,熬不过就没办法了。"他说着,开始埋头写字,写得差不多了,打电话给他的同伙。其余人都掐着时间出现在了门口。

二叔招呼大家穿好素衣,头上扎好白布,准备入殓。八大金刚进了南田父亲的卧室,唢呐声起,哭声四起。南田捧着父亲的头,南华捧着父亲的脚,八大金刚抬着父亲的身体,南田听到二叔喊了一声"大哥,走!"大家七手八脚地抬着遗体往外走。

屋外的纸棺材掀开了盖子,金刚们先把遗体抬到了棺材盖上。大约为了节省空间,他们又用一根蜡黄的棉绳把遗体的双手绑了起来。他们的动作如此用力,看上去甚至有些粗鲁,像在捆绑一把柴火,看着就觉得疼,只是谁也没有出来阻止。南田按照二叔的吩咐,用一把黄纸盖住了父亲的脸。他恍惚间觉得自己成了同谋,在合伙欺负已经不会挣扎的父亲。这让他心里难受极了。

他侧过头去,刚好看到了被秀萍紧紧搂在怀里的乐乐。乐乐还小,体会不到生离死别,正一脸茫然地看着他。那一刻,他拼命地想忍住眼泪,不让儿子看到自己脆弱的一面。可不争气的泪水像泄了闸,从他的脸上肆意流了下来。

绑好了遗体,金刚们又把遗体抬了起来,装入纸棺材中。一床床的锦缎被传递给二叔,他唱一遍,接连都盖在了父亲身上。然后是父亲的衣服、帽子、鞋袜等生前用过的东西,因为事先没准备好,一催促,场面有些乱。南田看到他们装进了一副黑色的皮手套,他正在纳闷,父亲什么时候戴过手套?但乱糟糟的场面中,他也没说什么,棺材盖就合上了。

二叔向另一个金刚索要胶带纸,那个金刚慢了一拍,被二叔一把夺过。这怒气冲冲的一夺,让金刚心里有些不快,他说:"从这边贴过去,不是一样吗?"

二叔黑着脸说:"听你的还是听我的?"

气氛顿时陷入了尴尬,旁边的金刚赶紧打圆场:"不要吵,都是小事情。"

那个被夺了胶带纸的金刚脸色铁青,站到了一旁,谁也不说话。只见二叔在那里一圈圈地缠胶带,他似乎想缠得完美些,但还是有很多地方起了皱褶,他又用手熨了一遍。

入殓结束后,众人暂时松了一口气。道士们开始摆放乐器,准备做道场。一般唱绍剧,这种类似于秦腔的南方戏曲,配上唢呐和长号,有一种别样的悲怆。南田突然发现门口还坐着一个年轻的道士,这让他感到意外。虽然他蓄着一道浓浓的八字胡,但眉宇间那股稚气出卖了他的年龄。他负责敲的笃板和铜锣,"表姐夫"宣读呈报的时候,他也摇头晃脑地跟着吟诵。在一帮年过花甲的道士中,他显得尤为扎眼。

他们唱一段,休息一下,南田给他们递烟。每个道士都抽烟,那个年轻人也抽。南田后来得知他才二十多岁,因为他的出现,让肃穆的氛围有了一股滑稽的味道。南田心想,一个年轻人怎么会去做道士,他真的不在乎别人怎么看他吗?

南田回到幕布后面,发现大家也在谈论这个年轻的道士。母亲说:"你们别小看,他们赚得很可观。"

南华轻轻地笑了一下说:"都是熬夜赚的辛苦钱,有什么好羡慕的。"

母亲说:"赚钱哪样不辛苦?"

南田插了一句:"年轻人做道士需要勇气。看得出来,他在这个班子里有天然的优越感,说话的腔调一点不像他这个年纪,好像少了他不行。"

母亲回应道:"'表姐夫'很让着他吧?"

南田点了点头说:"是有点这个意思。"

"你不知道,他带过多少接班人,一个都带不出来,这个可能是关门弟子了,倍加爱护也是自然的。"母亲说着,似乎有几分道理。

那对走失了儿子的夫妇给南田找来了一把藤椅,南田推辞不过,只好坐了下来。前面的器乐演奏又开始了,铜锣、大鼓敲得人耳膜发胀,大家都停止了说话。在抑扬顿挫的绍剧里,南田盯着身旁的纸棺材,发现自己走神了。

南田的舅舅说了句什么话,谁也没有听清,他又逐个凑近大家耳朵说:"这道场卖力的,很热闹,钱花得值。"南田想说,仅仅是热闹吗?这其实是一种仪式。他仿佛看到了自己的父亲正一步步离他远去,而不舍却堵在胸口难以表达出来。所有这一切都是不可逆的,发生了就过去了,再也回不来了。

临近七点半的时候,母亲特意开了电视机。第二天要送父亲到公墓去,需要爬山,大家都过来收看天气预报。中国版图出来的时候,气象播报员的手变成了魔术师的手,她指到哪里,哪里就是雨雪,几乎整个中国都在下雪。母亲变得焦虑重重,她说:"这下完了,到处都在下雪。"

南华安慰她说:"天气预报也有不准的时候,城市预报不是还没出来嘛,看看'鸡胸'会不会下雪。"

画面变成了小块的局部地图,移到"鸡胸"位置时,显示阴到中雪,大家都松了口气。

母亲摸着棺材盖说:"明天你再争口气,让雪晚点下。"

道士们唱到了深夜,围坐在棺材旁的人渐渐少了下去。南田的舅舅坐在藤椅上打起了盹,他身上盖着两条毛巾毯,昏昏欲睡的模样看了让人嫌弃。那对夫妇一直绞着腿坐着,双手插到了两腿中间,他们神情落寞,可能还在想他们的儿子。南田的母亲跟他们说了好几次,让他们回去睡一会儿,他们都坚决地摇摇头说不困。那丈夫说:"已经是最后一个晚上了,让我们陪一下,以后也没机会了。"

道士们一直忙到凌晨两点多,那对夫妇给他们做了夜宵,吃完夜宵,道士们都去睡觉了。"表姐夫"说,如果灵车来了,他们还在睡觉,就派个人去喊他们一声,他们就躺在篷车里。

灵车在天没亮的时候就来了,大家都穿好了素衣,把棺材送到了灵车上。南田捧着父亲的遗像,坐到了前排副驾驶的位置上,他听到挡风玻璃上弹跳的动静很大,原来外面下雪子了。隔一段时间,司机就刮一下雨刮器,边沿上列着一排很整齐的小粒子。司机说:"这天太冷了,雪子都不会化,大雪马上要来了。"

随行的金刚说:"今年还没下过雪,最好好好地下一场,要下得厚。"

南田又看到那对夫妇进来,丈夫还在跟妻子嘀咕:"放在什么地方你忘记了吗?"

妻子说:"明明放在房间的柜子上,记得清清楚楚,怎么就找不到了呢?"

南田问他们:"什么东西找不到了?"

妻子说:"一双皮手套。他冷了,想到手套了。"

南田的脑袋热了一下,说:"不要着急,可能哪个孩子拿去玩了。实在找不到,我给哥哥买一副新的。"

他们连忙说不用,丈夫说:"也就是副破手套,丢了就丢了。"

灵车关上了门,缓缓地开起来,路上几乎遇不到别的车,一路畅通地开过去。在靠近殡仪馆的地方,灵车闯了个红灯。一个金刚尖叫起来:"师傅,你闯红灯了。"司机平静地说:"我们这车没关系。"

车内的气氛一下子轻松起来。因为坐了一趟违反交通规则而不予追究的车,大家莫名地有些兴奋。不知谁问了一句:"电子警察会自动识别你们的车吗?"

司机淡然地说:"照样拍,但我们有人捧着遗像坐在车头啊。"他说着,冲坐在副驾驶的南田指了指。

车上发出一阵恍然大悟的杂音,大家七嘴八舌地议论开了。"这车最大,比领导干部的车还管用。""交警看到遗像,忌讳还来不及。"……

殡仪馆一共有四个火化炉,南田的父亲是第一批火化的。考虑到母亲痛哭伤身,兄弟俩没让她跟来殡仪馆。在等待火化的时候,旁边的人群哭声阵阵,而南田的父亲这边显得很安静。

办完了火化的手续,工作人员过来拉担架车,大家纷纷跟着往里走。按规定只能进去六个陪同的人,其余人等候在外面。这时候,南田看到那对夫妇中的妻子跑上来,她在那里大喊:"叔叔,别进火葬场,看到炉子赶紧跑出来,不要留在里面!"她一遍遍地喊着。南田心里的不舍突然被唤醒了。他走着走着,视线就模糊了。他把手轻轻地扶在了棺材上,希望工作人员能拉得慢一点,这人生的最后一段路可以让父亲走得从容些。

门口有一个工作人员在清点人数,那对夫妇被挡在了门外,妻子神情专注,还在那里喊,南田心里充满了感激。那个工作人员愣了一下,问:"她进去吗?"南田迟疑了一下,摇了摇头。

铁门"砰"的一声关上了,里面安静极了。通过一道狭长的路,四张石棉床放在炉子前。工作人员从南华手上接过了单子,他指挥着大家把棺材搬上了石棉床,前后看了位置,又调整了一番,他摁下了传输摁钮,说:"大家挥个手,告别吧。"这时候,大家都很冷静,像在送别一个远行的亲人。

火化炉关闭后,工作人员告诉他们,需要等一个小时。大家坐到了休息室的椅子上,仿佛完成了一桩大事。南田说:"十多年前,奶奶火化也是这个炉子。"

"记性这么好!"南华看了他一眼,随后也回忆起了当年的情景,他说,"对对对,也是这个炉子。当时我还跑到后面去看了,等下你也可以去看看。"

"据说火化的时候,尸体会坐起来?"南田的好奇心膨胀起来。

"脱水了嘛,正常的,不过没看到过。"

这时候,旁边的炉子也开始运行起来。送行的人群中,有一个中年妇女在炉子口号啕大哭,夸张的哭声和呼喊声,让大家不约而同地笑了起来。

南田走到了休息室外,朝隔壁的炉子看了一眼。他通过炉子间的过道,来到了后面。刚到炉子的另一侧,南田就被工作人员发现了,立刻被劝了回去。他回到休息室,耸耸肩膀说:"不让看。"

南华笑着问:"你去看过了?"

"什么也没看到,不过后面是有个门,炉火烧得透亮。"

"当年我也是偷偷跑去看的,他们会赶人。"南华说。

不知不觉过去了一个小时,父亲的骨灰还没运出来。南田鼓起勇气,又跑到了炉子的后面。这次,他看到炉子的门开着,里面亮得有些刺眼。一个六七十岁的老人正用一根长长的火钳在捣鼓什么,看到南田过来,他破口大骂,南田只好又乖乖地回到了休息室。

那个推担架车的工作人员过来解释说:"我们这里有规定,不能去后面观望,希望你们配合一下。"

南田连忙道歉。其实他也能想到,那个老人在干什么。火化过后运出来,骨头都是碎的,他多半在捣碎头骨和肋骨。这过程如果被亲人看到,可能会产生争执,所以他发脾气也很正常。

南华说:"你说得有道理,不然运出来的是骷髅头了。"

没多久,冷却好的骨灰就传送出来了。大家惊讶地发现,南田父亲的骨头比一般人都粗壮,随行的金刚也说:"这么粗的骨头,我很少见到。"

骨灰装了满满一盒子。南田有些庆幸,他们买了最大号的骨灰盒。回去的路上,雪子停了,天阴沉沉的,冻得厉害。

最后的仪式进行得很顺利。骨灰盒送到公墓后,天空就开始飘雪花了,雪越下越大,大地很快笼罩在一片苍茫中。母亲对两个儿子说:"你们爸爸死了还在为你们考虑,如果晚一两天,都出不了门了。"

南华笑笑说:"时间凑得好,之前我还以为他会再熬十来天。"

母亲又说:"你们爸爸其实一天都没有躺下过,走之前的那天晚上还站起来小便,但那天我看他样子不太行了,站着的时候,双腿颤抖得厉害。"

南田接过话:"您没看到爸爸火化之后的腿骨,跟老虎骨头一样粗壮。"

这句话让母亲听了很受用,她仿佛在话语中找到了安慰,沙哑着喉咙说:"他这一身力气,年轻的时候可以打死老虎。换别人,做了十多次化疗,早扛不住了。"

那天晚上,所有客人散尽之后,母亲和两个儿子拿出了人情簿,对起了账单。南华念着一个个名字,念到隔壁邻居的名字,母亲说:"怎么只有三百?他们家娶儿媳妇、办进屋酒,我一直送五百的。"

南华撇了撇嘴说:"这也会计较?您不能去要求人家,来往多了,可能人家记错了,这都正常的。"

"是不是对我们家有什么意见呢?"母亲忧虑地说。

南田说:"您想多了,这事情到这里为止,别人那里不能去说,再好的朋友都不能讲,一传出去,就是是非。"

母亲被两个儿子嫌弃,她提高了嗓门说:"我傻的吗?当然不会说,关起门来才说说。"

南华笑着说:"您这个人说不准的。"他接着往下念,念到土木的时候,南华停顿了一下:"土木是谁?"母亲也愣了一下。南田反应过来,他说:"就是阿土,那个儿子失踪的人。"

南华的眼睛亮了一下,接着念:"土木,两千。"

母亲感叹了一声说:"他们真客气,这都是辛辛苦苦赚来的血汗钱,只是生了个不争气的儿子,你要好好帮他们。"她对南田特意关照了一声。

"我知道的。"

念完所有人的名字,母亲沉思了很久,她突然说:"有一户人家没来。"

"哪户人家?"

母亲往屋后指了指说:"石塘旁边那户。"

南华问南田:"办酒席的时候,你有看到过他们吗?"南田摇了摇头。南华想了想,也言之凿凿地说:"我也没看到。"

母亲掏出手机给南田的堂哥打电话。她用的是老年手机,不开免提,声音也大得惊人。

"这次是不是忘记喊二狗家了?"

堂哥说:"我自己去的还会忘吗?当时,二狗的老婆还在带孙子,推着辆学步车,我跟她说得很清楚。"

"那会不会是人情簿漏记了?"

"不会的,我像个门神站在门口,来一个登记一个。再说,账目对得起来,钱不多也不少,是不可能漏记的。"

"办酒席的时候,他们有来人吗?"

"我特意去找过,没看到他家的人。"

母亲红了双眼,她说:"那好,以后他们家办事情,我也不去了。"

南田本来想宽慰母亲几句,看到南华低下头去不说话,他也尴尬地保持了沉默。这时候,乐乐从楼梯上跑了下来,秀萍紧跟在他身后,连声呵斥也阻挡不了他调皮的脚步。他一把推开了紧闭的大门，屋外的风雪灌了进来，天地已经一片苍白。乐乐被风雪一打，有些愣住了。秀萍赶紧把门又关上了。

她看到母子三人在对人情簿，似乎撞见了不该看的东西，尴尬地笑了笑，带着儿子往回走，半途被母亲喊住了。母亲说："自己人不用回避。有个事想问问你，你爸走了，我们去喊了人家吃饭，人家什么都没表示，礼金也不来，人也不来，像这样的人家该不该断了来往？"

秀萍愣住了，她涨红了脸说："怎么有这么无礼的人家？"

南田看了她一眼，示意她别再说下去。秀萍的脸更红了，好在乐乐救了她，又拽着她往楼上走。她说："等一下，在跟奶奶说话呢。"乐乐并不理会，最终大家都向孩子妥协了。

南华也红了红眼眶说："妈，咱不计较这个，该去还得去。"母亲不语，南华又说："可能人家有什么误会呢。断了来往，对我和南田来说都无关痛痒，可您还住在这里，您得为以后的日子想想。"

母亲保持着沉默。她想了一阵，突然抽动着上身，哭了起来。

（发表于《人民文学》2019年第4期）

苍蝇馆子

小镇老街的布局从空中看,是个Y字形,长的一竖是菜市场,中间夹杂着零星的水果摊和小百货。拐角往左,依次是北京姑娘理发店、阿三修鞋铺。再往里是卫生院,消毒水的味道经久不散。小孩一进那个巷子,反应两极分化,要么哭闹,要么迅速安静下来。拐角往右,是活禽摊,藤条编的笼子呈酒壶形,里面的鸡鸭常常毛发凌乱,杀好的鸡鸭内脏丢在笼前,发出一股暖烘烘的臭味。再往里走是供销社,售货员不管春夏秋冬,都戴一顶毛茸茸的帽子。因为这顶好看的帽子,当年全镇的女性都对售货员这个职业眼冒绿光。

苍蝇馆子就在拐角处。据说那地方原来有很多贞节牌坊,立牌坊的人真会挑地方,那是人流最密集的地方。牌坊拆除后,苍蝇馆子的门面就暴露在大街上,圆弧形的窗口,没有招牌,但大家都知道那是个面馆。白墙因为年代的久远已经发黑,不光门面发黑,里面的屋顶也黑。经常有人提议把墙壁粉粉白,银灿总无所谓地回一句:随便它!人们觉得费解,卫生搞得干净点不好吗?后来看银灿烧面时火焰蹿得老高,大家突然明白过来,粉墙壁也是徒劳。

闲来无事时,苍蝇馆子里时常传出咚咚咚的压面声。路过门口就可以看到银灿手握大竹杠,在里面跳舞似的压过来又压过去。他身下的那团面被压打不下百遍,因故得名,喊作打面。银灿的手艺是从他爹那里传下来的,他爹又从他祖父那里学得。因为是家传手艺,所以吃的人多。食客都吃成了精,常拿他的手艺和他爹比,说银灿手紧,不肯用好肉,不如他爹。他爹善用猪油,但面偏软,又不如他祖父。总之,得出一个结论:一代不如一代。说归说,吃的人还是不见少。只见银灿整个人淹没在热气腾腾的后厨里,一眨眼从雾气里端出一碗鲜活的打面。人们总有错觉,觉得他是神仙下凡,那碗面是他变出来的。

当年整个小镇只有这一家苍蝇馆子,它兼具了茶馆的功能。那时不是谁都吃得起打面,只有家境殷实、舍得花钱的人才经常去。吃打面第一件事是去肉摊切五角钱的猪肉,拎着那一小块猪肉一路慢慢地逛。菜市场人山人海,颇有点招摇过市的感觉。好面子的人见到熟人提着肉,是断然不肯跟他打招呼的。只有软蛋的乡里人,才会讨好似的问:"吃打面去?"到了苍蝇馆子,肉丢给银灿,叮嘱一遍全烧进面里。

银灿会配合地惊叫一声:"全烧了?嚯,这么阔绰!"

银灿是小镇上最早的一批生意人,深谙经营之道。客人一落座,他马上泡好茶水。清一色瓷碗,茶叶必须是当年的新茶。端好茶水,银灿会问一句:"老酒来半斤?"阔绰的客人会豪气地甩甩膀子说:"好!来一碗。"那些只为解馋的客人,这时候就会面露难色,在喝不喝酒的问题上纠结半天。

银灿是个老江湖,往往打好一碗面会留一小撮在里间,再把切好的面条松一松,捧在手里满满当当,走到外间,笑呵呵地跟吃面的客人打招呼。为了下回生意,他把面条往烧开的水锅里一撂,转身回后厨,再出来时,手上又捧着一小撮面,继续丢进锅里,以示对老顾客的格外照顾。这边的灶台上,两口锅一起烧。那五角钱的猪肉切成了丝,丢下热锅,嗞嗞地叫,蹿起的火焰会舞蹈。银灿一边烧,一边继续赞叹:"这碗面的配料太充足了!"除了猪肉,还需要咸菜、豆芽和大蒜。咸菜一般为鲜嫩的腌萝卜菜,看上去泛青,不是黄透的那种,黄了就熟过头了,味泛酸。豆芽是绿豆芽,早市上刚买来的,玉骨白嫩,上面沾着水珠。打面少不了笋,冬天的时候是冬笋,壳金黄,带泥,现剥。银灿用菜刀一溜一剜,白嫩的笋肉就从壳里蹦出来了,放砧板上,嚓嚓两刀后,只听见一阵短促的刀声,一堆笋片就切好了。春天用雷笋,夏秋两季用鞭笋,鞭笋没了,就用上好的茭白代替。这碗面被人惦记,主要来自笋。五角钱的肉下锅后,熬出油,这时候才下笋片,那些油都被吸到笋肉里,直到笋片变软,才从旁边的沸水锅里捞面,放进去炒,淋了酱油,着了色,再加水一烹,所有鲜美的味道都进了打面里。烧面和吃面都耽搁不得,必须第一时间捧到客人手里,客人也得第一时间从竹筒里抽出筷子,夹起冒着热气的打面送进嘴里。那第一口的感觉如同一群小虾游进嘴里,在那里又蹦又跳。蹦跳的过程中,沉睡的味蕾一粒粒活过来,汇聚成一场精灵的盛宴。日复一日,银灿的这碗打面成了小镇上所有贪嘴人的牵挂。

银灿有个不成器的儿子叫刀锋,是我同学。在那个普遍缺乏油水的年代里,几乎所有的学生都面黄肌瘦,唯有刀锋吃成了一个小胖子。他有一个浑圆的肚子,每次穿紧身的衣服,就如同在怀里倒扣了一口油锅。我们平时不喊他名字,叫他苍蝇小老板。他一直厌恶这个绰号,但又奈何不了我们浩浩荡荡的嘴巴。我们几乎从一开始就认定了他是要继承他父亲的衣钵的,他却百般抵触。

他成绩不好,对学习也没什么兴趣,初中没毕业就辍学了。辍学的起因来自一个提问。那时候,我们有一门课叫"社会",第一堂课时,老师问大家为什么要学好"社会"这门课,我们都中规中矩地回答,为了长大建设祖国。唯有刀锋例外,轮到他回答了,他站起来说,为了长大有皮鞋穿,有汽车开。老师一怒之下"赏"了他一个耳光,这一下就打断了他继续上学的念头。辍学之后,家里的百年老字号被刀锋丢在了一边,他去修车行拜了师傅学修车,整天穿着厚厚的工装和机油打交道。印象中,我好像没见到过他干净的样子,倒是他的身材逐渐消瘦下来,变得和我们一模一样。我曾经一厢情愿地认为他会做一辈子的胖子,没想到在青春期他迅速地回归了正常。

在所有同学中,刀锋是个特别的人。初中毕业后,大部分人都升不了学,只能散落一地,开始各谋生路。每次见到刀锋,不同于其他同学,他会笑嘻嘻地老远跑过来跟我打招呼,从他的举止里能真切地感受到同学间的亲热劲。不知道是不是因为我去外地读了高中的缘故,从同学变成了曾经的同窗,刀锋这种亲热劲始终如一,见一次巩固一次,倒是我每次见到他,不再喊他苍蝇小老板,改口喊他名字了。

据说我们这一拨人初中毕业后,有不少同学想去银灿那里学打面技术,但都被他一口回绝了。开面馆并不是一件轻松的事,小镇上所有人的嘴巴都被银灿的打面喂刁了。在一群百般挑剔的嘴巴面前,开面馆谋生成了一件极其艰难的事,除非师出名门,得到银灿的认可。再说,打面是有秘方的。这个面以筋道出名,除了揉面时用大竹杠拍打,大家都知道揉面粉的时候,银灿在面粉中添加了苏打水,但这个配比掌握在银灿手里,碱水放多了,面就僵了,放少了,面条就不筋道了。

银灿不收徒,大家都认为他怕被别人抢了生意,但我觉得这不是最主要的原因，他在等刀锋。祖传的手艺肯定得有传人，他怕传多了，万一哪天儿子回心转意了，会造成同门相残的局面。作为父亲留着一手，把看家本领传给儿子是天经地义的事。

从"刀锋"这名字是能看出端倪的。银灿给儿子起这个名字，大概就希望儿子能在厨艺上有点发展。刀锋跟我说起过，他家里有特制的菜刀，他父亲对菜刀情有独钟，都是找老铁匠打的，用的钢极好。苍蝇馆子里那把菜刀就是定做的。这把菜刀他父亲极爱护，每天打烊后都用清水漂洗干净，再用毛巾细细擦干，装入皮套中。碰到春节休息，他也常常拿出来用砂皮纸打磨，常年不见锈迹。这菜刀上刻着他父亲的名字，让人误以为只有一把。据刀锋透露，其实一模一样的有两把，一把用着，一把备着。他父亲就这习惯，不备一把好刀，像被人劫了后路，丢魂得厉害。

刀锋还说，他辍学后的那年生日，他父亲就送了他一套刀具作为生日礼物，也是定制的，一共五把，大小各式都有，每一把上都刻着刀锋的名字。刀锋说，他本来还没这么着急去学修车，想玩几年。但看到那套刀具，他就怕了，知道再也躲不过去了，社会生活在停学了"社会"这门课程后就迎面而来了。

那段时间，刀锋已有预感，他父亲借口说馆子里忙，让他搭把手，其实已经在向他传授入门的切菜技术了。刀锋说，切菜能把一个人逼疯。他父亲把一大堆冬笋丢给他，让他一个个把老根切除。别以为很简单，有严格要求，不能切老了，也不能切嫩了。老了，切出来的笋片影响口感，嫩了，浪费原材料。切了一天，刀锋的脖子也僵硬了。稍微顺手后，他父亲又让他学剥笋，笋壳的中间划一刀，沿着划开的口子剜进去，把笋肉剥出来。那个动作别看他父亲很麻溜，到了他手上，菜刀就是不听使唤，要么切到笋肉里，要么把里面的嫩笋须也剥得一干二净。他在那里剥，他父亲在旁边看着骂。骂声持续不断，听得他心烦意乱。

剥了一段时间的冬笋后，刀锋终于摸到了点门道，但他父亲并不给他消停，又让他切笋片。切之前，先给他示范一遍，左手扶住半边笋，右手的刀贴着手指在砧板上上下飞舞。一阵急促的刀声过后，那半爿笋纹丝不乱，看上去还是完整的，但轻轻一推之后，那些笋片都化开来了，每一片几乎都是一样的厚薄。刀锋看了之后，就彻底投降了。他说，他不学了，单是切个笋就要了他半条命。

银灿自然是不会轻易放过儿子的，少不了一顿狗血淋头的怒骂。骂完之后，他让刀锋去好好反思，说不学点手艺，以后在社会上怎么立足？那段时间，刀锋就一直在家里琢磨职业规划。他想过去北京姑娘那里学理发，被银灿一票否决，银灿觉得那就不是正经人该干的行业。单看店名就臊气熏天，一到天热的时候，北京姑娘穿一件花蝴蝶似的连衣裙，坐在理发店门口的小板凳上，把裙摆撩起来，就盖住一块三角地，两条白花花的腿露在外面，一边嗑瓜子，一边说笑，就没见过她好端端地给人理过发，店里店外终日围着一群闲得发慌的男人。有时候，店门拉起来，看不到里面的勾当，但所有的动静都逃不过修鞋阿三的眼睛，但凡从里面出来一个男人，修鞋阿三都要挖苦一番。为此，北京姑娘和修鞋阿三没少吵架，但阿三却越吵越来劲。我亲眼见识过那张嘴的威力，对门拉开一条缝，闪出一个人影，他就大着嗓门喊："喂，你倒是很会享受生活啊，味道怎么样啊？"我恍然间明白过来，奚落原来也可以是子弹，这边火力全开，子弹横飞，对面躲的躲，逃的逃，慌不择路地乱成一团。最后就剩下阿三的狂笑在大街上飘荡，北京姑娘彻底哑了火，徒剩下仇恨和白眼。

  刀锋也考虑过修鞋，但看到阿三那双被胶水弄龟裂的手，他就犹豫了。还有那股霉味也挺让人头疼，刀锋一闻到那味道就想呕吐。直到他生日那天，银灿拿出了那套刀具送给他，刚巧他的堂叔经过他家门口，手里推着一辆永久牌自行车，轮胎被扎破了，刀锋灵机一动，说他想学修车。小镇上就一个修车铺，是我同学姚丰的父亲开的。银灿最终拗不过儿子，去找了姚丰的父亲。他们之间有过什么交易就不清楚了，姚丰的父亲最终答应了，刀锋顺利地去拜了师傅。

  我以为刀锋会从此与他父亲分道扬镳，但有一天母亲跟我说，刀锋又回到他父亲身边去了。我很惊讶，特地去苍蝇馆子吃了打面。面是刀锋烧的，银灿只负责在后厨切面条，切好的面条抖松后递给他。那天，我发现刀锋和以前有点不一样。他看到我进门，往日的热情收敛了不少，并没有从厨房跑出来，只是跟我笑笑说："你来了，这么难得！"银灿在一旁看了我几眼，问刀锋："你同学？"刀锋连连说是，银灿从后厨又添了点面放到锅里。

我发现银灿的目光自始至终都是冷冰冰的，他站在刀锋的身后，看着儿子在那里忙碌，俨然是一个严厉的师傅模样，面条在水锅里时间久了，他就恶狠狠地骂。我看到刀锋在那里手忙脚乱地给面条焯水，一边的锅里顾不上，银灿又高声提醒："那边锅里焦了。"我看到刀锋狼狈不堪地两头忙，他似乎不是这块料，在恶狠狠的父亲面前，他几乎不敢多说半个字。

打面端上来了，刀锋小声地跟我说："不好意思，我没有我爸爸烧得那么好！"银灿如炬的目光一直盯着我们，让我们彼此都客气得有些生分。我也小声回了一句："没关系。"说实话，那碗面味道还是不错的，虽然有几片笋须被油锅灼焦了，但味道还过得去。吃完打面，我要付钱的时候，刀锋跑了出来，他说："哪能收你钱？快拿回去。"他脸上突然又恢复了那种我熟悉的热情。这让我很为难，我说："这怎么行？下次我还要来的。"刀锋执拗地自作主张，把我往门外推，嘴上连着说:"下次再说,下次再说!"

　　我注意到银灿从后厨直起了身,他还是一副冷若冰霜的模样,他看了刀锋好几眼,并没有把儿子的热情压回去。我执意要付钱,两人在门口争执不下。银灿搓着双手出来了,这下他脸上堆满了笑,他跟我说:"照理说,你们是同学,真不该收你钱。他烧的那不叫打面,是乱炖。"我也跟着客气起来,我说:"原材料都是你们自己花钱买的,不付钱我怎么说得过去?"银灿看着自己的儿子说:"那这样吧,收点成本费,不然你同学下次不肯来了。"最终,在银灿的主持下,我们才平息了你来我往的争执。我见刀锋又回到了缩手缩脚的状态,似乎收了我的钱,让他颜面无存。我担心逗留久了会让他更难堪,就赶紧离开了苍蝇馆子。

　　那次相遇让我印象深刻。回去的路上,一股喜滋滋的感觉奇怪地缠绕着我,不知道是替刀锋高兴,还是替苍蝇馆子后继有人高兴,我偏执地认为刀锋总有一天会真正接过他父亲的衣钵。果然,后来小镇上夸奖刀锋的人越来越多。我有一次到苍蝇馆子,亲眼看到他们当着银灿的面夸刀锋,他们都是老食客,喝着黄酒跟银灿说:"你儿子已经培养出来了,你可以歇一歇了。"银灿心里乐开了花,但他的嘴巴并不饶人,他说:"他那点活还差远了呢。"食客说:"真不是吹捧,我觉得你儿子烧得比你好。"刀锋在厨房里笑出声来,他说:"正常正常,天赋还过得去。"银灿收起了袖管,"啪"一下抽在儿子身上。安静过后,大家发现他自己先笑了。

刀锋在小镇上的名气越来越大,苍蝇馆子的生意也越来越火爆,通过口口相传,每天早晨吃面都得排长队。我母亲跟我说:"他适合烧打面,那双手长得细长,不适合干农活。"

在这样的日复一日中,刀锋逐渐成为一家之主,银灿渐渐地老了起来,他们这对父子的角色也开始颠倒过来。银灿不再吆五喝六,倒是刀锋经常会"修理"他。被儿子埋怨,银灿也不多说一句话,年轻时看什么都不顺眼的火暴脾气逐渐变成了一股沉默的忧愁。

有一段时间,小镇上突然开始流行起聚众打台球,男男女女的扎堆在一起,有人把头发染成了金黄色。小镇上出现第一个黄毛后,第二天就跟着出现了一大群黄毛。那呈几何倍数的惊人增长有点让人匪夷所思,即便小镇上所有的理发店马力全开,也不可能一夜之间冒出那么多黄毛。这些黄头发的人都喜欢打台球,即使自己不打,也喜欢站在边上看着。台球桌上的球聚了又散,少了又多。他们一盘一盘地玩,乐此不疲地一直玩到深夜。青春伴随着口哨和怪叫,小镇的深夜也热闹了起来。后来,满大街的烧烤摊出现了,一排排的电子游戏机也跟着来了,到处都是这些黄毛。但他们很快厌倦了纯黄的头发,之后出现了更大胆的颜色,有大红的,也有翠绿的,还有水银白的,亮闪闪的像钛合金。

苍蝇馆子依旧门庭若市。刀锋发现时间分成了两拨,一拨在正经的饭点,另一拨专挑休息的时间,刚要打烊,这些五颜六色的青年吵吵嚷嚷地进来找吃的。经营了一段时间后,刀锋发现晚上的这拨稀奇古怪的年轻人更舍得花钱。这之后,刀锋慢慢地不愿意起早,他睡到中午才开店门。除了那些铁打的忠实顾客,很多人跑了几个空趟,都不愿意光顾了。刀锋索性上午睡觉,到中午才开门。午后的时光懒洋洋的,为了打发时间,刀锋弄来了几副麻将,组起了牌局。

棋牌室一开张,人气还挺旺,每天都有成群结队的人围在那里,他们饿了就让刀锋烧打面。刀锋起初只负责烧面,后来闲下来,在旁边看得手痒,也去凑个搭子。一来二去,有好事的人说打面的味道已经远不如从前,刀锋的心思没放在这上面了。

我难得回趟家,母亲跟我说,她也觉得刀锋好像和以前有点不一样了,打面的味道走样得离奇,趁着苍蝇馆子被人诟病,旁边有人开起了面馆,抢了他不少生意。

我说:"他们家的可是金字招牌啊,哪那么容易被淘汰?"

母亲压低嗓门使劲叹了口气,说:"哎,事实就是这样,不信你可以自己去吃,吃过一次就不想去第二次了。"

我还是感到困惑,仿佛一头牛被人说成了猪,过一段日子,猪又变成了鸡。我后来特意去了趟苍蝇馆子,没见到吃面的人,聚众赌博的人把苍蝇馆子围得水泄不通。我看到刀锋坐在牌桌前,厨师的行头已经丢到了一边,他心事重重地码着麻将牌,长时间缺氧让他变得满脸通红,他的眼珠不停地来回转动,像在琢磨计谋。不时有人进来想吃面,都被他一句"没空"打发回去了。

我一直等到他们牌局散了,看他们几个人都清点着自己的输赢,刀锋拍了拍手中可怜的几张纸币说:"今天又被人吵了风头,每天就知道吃。"他突然看到我,尴尬地笑了笑问:"来吃面?我这就去烧。"

刀锋披挂好厨师的行头,在后厨一阵忙乱,端出了一碗乱糟糟的打面,他在我身旁坐下来叹气道:"现在生意没以前好做了。"我问他怎么了,他烟不离口,没好气地说:"谁知道啊,可能是旁边那几家店的计谋,他们想算计我。我一样烧,他们偏偏说味道不如从前了。"我吃了几筷,这面估计放得时间久了,碱水挥发了,确实不如从前,但我又不好意思说出来。刀锋又说:"烧一碗面赚两块钱,这也弄不好了。"

我觉得变化是从刀锋的态度开始的,他不再像以前那样对打面充满热情,而是在计算一碗面能赚到多少钱,也许算着算着,他觉得这行业太没意思了。这样下去,烧出来的打面不如从前也是正常的。

千禧年元旦的那天,寒风猎猎,气温很低。小镇上有很多人跑到山顶上去等日出,一群人在寒风中傻兮兮地等待着命运的垂青,他们天真地认为自己是属于下个时代的宠儿。我母亲说,刀锋也挤在人群中,等着新世纪的第一缕阳光照到自己身上，为了争先，几个人还打架了，打得头破血流，去医院缝了很多针。听母亲说完这件事，我感到匪夷所思，争抢第一道阳光，还大打出手，这真的有点犯傻。我总觉得那个时间点是被媒体炒坏的，很多本来正常的人都一下子变得神经兮兮。照理说，时间只会越来越老，但因为凑了千年这个整数，大家都认为接下来是崭新的日子。

又过了一段时间，刀锋就把苍蝇馆子关了。母亲说，为了这件事，他们父子闹得动静很大，银灿坚持开下去，刀锋却不干了。银灿操起一张板凳就要砸儿子，刀锋掉头就跑，一个追，一个逃，在小镇的大街上展开了大张旗鼓的追逐，看热闹的人越聚越多。刀锋跑到苍蝇馆子门前，一脚踹开了门，再从店里出来时，大家发现他手上提着那把刻着他名字的菜刀。银灿一下愣住了，缓过神来撇下板凳往回跑，换成了刀锋追，围观的人没有敢站出来劝架的。银灿一路哀号：杀人啦，杀人啦。刀锋追了他爹一程，很快悻悻地回到苍蝇馆子门口，脸色铁青，把菜刀狠狠地往大门上一抡，那把刀就钉在了门上。

母亲补充道："真是个畜生，对自己的爹也下得了手。"我说："可能刀锋觉得面子挂不住，装装样子的，演戏给大家看吧？"母亲说："装样子也不是人，整个镇里的人背地里都在骂他。"

这之后，我在大街上碰到过一次刀锋，他像变了个人，看到我也不冷不热的。我问他为什么不开面馆了,他说,没生意了,还开下去干吗?那不是犯傻吗?我说,为了苍蝇馆子的招牌,也要开下去,只要真心实意,失去的客人会回来的。刀锋冷笑了一下,说:"你们说得都轻巧,其实……"他突然话锋一转,说:"不说了,越说越心烦。"我问他接下去打算干什么,刀锋也说不出清晰的规划,他说:"走一步看一步呗,反正我是不想再弄面馆了,让人家说去吧。"我说,总要弄点事情做做。刀锋看了我一眼,表情有些扭曲。他几乎想发怒,但又忍住了。我们最终不愉快地散了。

  这一面之后,我很长时间没再见到刀锋,从母亲的嘴巴中,零零散散地得知一些他的消息,说他跑到广州去了,具体干什么,母亲也说不大清楚。有一点是可以肯定的,刀锋确实栽在了赌博上。据说他输了很多,在高利贷那里借了钱,去广州估计是躲债去了。母亲还一再叮咛我:"如果他向你借钱,你千万不能借给他。所有能借的人那里,他都开过口了。"我沉默不语。母亲又说:"借给他也是有去无回,他肯定拿去赌博。每一个沉溺于赌博的人都想翻本,却越套越深,所以借钱给他也是在害他。"

  又过了一段时间,我接到了一个陌生电话,电话那头说他是刀锋,我听着心里紧了一下,心想他终于找上我了。其实那次我心里很纠结,我很担心他向我开口借钱,而我又得编个谎言把他堵回去。但他最终并没有向我借钱,他说:

"前几天翻出了一张小学毕业照,突然就想给你打个电话。"

"哦!"我冷冰冰的语气让自己也感到陌生,我又问他,"你是从哪里打听到我的电话的?"

刀锋支支吾吾,并没有正面回应我的问题,他大概觉得我会去质问"出卖"我的那个人。我问他在哪里,他也没有说,他说:"追债的人到处在找我,我也不能说。"

"你怎么会落到这个田地?老老实实经营面馆不好吗?"

"现在后悔也来不及了。"他无限沮丧地说,"我其实好几次想过自杀,一了百了算了。"他这么说让我惊恐不已,我连忙在电话里说:"别想不开啊!熬过难关就过来了,你还得想想你家人。据说你爸爸前段时间中风了,平时也没人照顾,过得很辛苦。"

刀锋在电话里沉默了,我猜他在那头抹眼泪。沉默了很长时间,他又说:"我经常在换手机号码,以后有陌生电话来了,拜托别掐了,可能是我。"

又平静地过了一段时间。每次我回小镇,都要去老街转一圈。老街已经搬空了,苍蝇馆子的门口堆了一大堆劈好的干柴,窗前有一张破蜘蛛网,蜘蛛早已不知去向。看着那破败的模样,我眼前总会浮现出刀锋笑嘻嘻地端着一碗热气腾腾的打面出来的场景,那些记忆都落到了尘埃里。

有几户老居民还住在那里。早晨的时候,那些老人家都在晒太阳,迎面走来一个长着络腮胡子的老男人。他的胡子长到了胸前,有马克思的那么浓密。他身边跟着一条土狗,我觉得面熟。在我犹豫的时候,我想他也认出了我,但我们谁都没有主动地跟对方打招呼。时间久了,名字忘了,就剩下一堆模糊的记忆。好半天我才想起来,他原来经常来我们学校,打拳给我们看,说他的功夫出自南少林。我们都觉得他有点傻,看起来他还是个光棍,每天都在那里晃悠。

他看了我一会儿,然后径直冲我走过来。我感觉他想跟我聊天来了,转身想离开。他冲我说:"你是来吃面的吧?"我站住了,看到阳光下的他笑起来,眼角有了很深的皱纹,他说:"这里关了有好几年了。"

"我知道。"我回应了他一句。

他自言自语似的说:"出了个败家子,欠的债有山那么高。"

说到刀锋,我突然来了兴趣,问他:"你知道他的下落吗?"

"逃走了,听说在西北,他还敢回来啊?"

"是赌债吗?"

"债多了。阿毛贷款那里借了不少,阿四那里也有,他们都在找他呢,说别让他们找到,找到就有他苦头吃。"他说得轻描淡写,但从表情里能看出来他内心在微微地激动。

"他们想把他怎么样?"

"打死也说不定,高利贷跟黑社会一样的。"这次,他的胡子也抖动了起来。

我没有再跟他聊下去。也许他就是为了找个人聊聊天，不管谁来，只要看一眼苍蝇馆子，他就会凑上来，重复着相同的内容。这些内容让我感到了压抑。

其实，我一直在等待刀锋的第二个电话。几年过去了，我觉得手头也宽裕了，如果他来向我借钱，我可以力所能及地帮助他了。有时候，拒绝一个熟人，会让内心长时间地得不到安宁。

在一个除夕的夜晚，刀锋的电话终于来了。电话里能听到他的哈气声，我问他："你那里很冷吗？"他说，是的。这次他没有再客套，让我向他的一张银行卡里汇五千块钱过去。他说借条已经写好了，收到钱后他就快递给我。末了，他说了一句："真不好意思，快活不下去了。"

我在一个本子里记下了他报过来的卡号，说："大年三十，银行都关门了。明天一早，我去街上，看看能不能从取款机里给你汇过去。"他在电话里连声道谢。之后，我们互道了新年祝福，愉快地挂了电话。

打电话的时候，母亲一直站在我旁边。挂了电话后，她问我是谁的电话，我犹豫了一下，告诉她是刀锋，母亲的眉头就皱了起来，她问："借钱来的？"

"是。"

"借多少？"

"五千。"

"这钱可能打水漂的。"母亲看了看我。

我说:"我知道,可他落难了。五千块钱对我来说也无关痛痒,可对他来说意义不一样。"

"借了这次,还有下次,你又救不了他一世。"

我说:"我也不是没原则的人,救急可以,当我是提款机,我又不傻。"

母亲又说:"我听人说,当年他逃走的时候,办了很多信用卡,透支完了信用卡,才逃出去的。银行也在找他,说这是犯了一个什么罪。"

"涉嫌恶意透支银行信用卡,这是经济犯罪。"我解释道。

"对对对。听人说,现在他的账户都被警方监控。你和他有经济往来,警察会不会找上你?"

这么一说,我犹豫了。母亲又说:"这事你要慎重。单纯接济,我也不说了。"

那是我最纠结的一个春节。第二天上午,刀锋又打电话催我,我在电话里说了我的顾虑,那些话一字一句地从我嘴里冒出来,我感到浑身弥漫着强烈的不安。我听他在电话中叹了口气,然后解释道:"那张卡不是我的名字,他们查不到。"

我不明白当时为什么会那么铁石心肠。他的解释并没有打消我的顾虑,反而让我更加坚定了不汇款的念头。我甚至告诉他,如果他站在我面前,我马上可以取钱来交给他,这钱我也不指望他还,但汇到卡里不行。

刀锋没有再说话,但我能感觉到他那种深深的失落感。到了那个程度,我几乎是闭上了眼睛,硬着头皮也要扛到底了。我不想因为这件事让自己惹上麻烦,或者殃及我的家人。春节都图个吉利,如果因为这事让生活蒙上了阴影,我觉得代价还是太大了。

那个电话最终打了五分多钟,但我感觉远远不止这点时间。电话接通后,时间仿佛是凝滞的,每向前一秒都异常艰难。好在刀锋也没有继续跟我纠缠下去,他最后沉默了,我也没有了话。两个人握着手机,等了一会儿,然后各自结束了这次艰难的通话。

挂断电话后,我知道从此失去了一个朋友。我一直在思考这到底值不值得,好几次我都深感后悔,单单苍蝇馆子留给我的美好记忆,我就觉得远不止这点钱,更何况刀锋是我从小要好的朋友。母亲过来安慰我,她说主要问题还在于刀锋本人,不是我的错。

我以为这辈子和刀锋再也不会相见了,没想到过了一段时间,他竟然重新出现在小镇上。这次他是瘸着腿回来的。他的出现,在小镇上引起了轰动。母亲当晚就打电话给我,她说刀锋回来了,高利贷那伙人还是找到了他,他的一条腿被打残废了,在街上一瘸一拐地走。我听到这个消息,惊讶得说不出话来。母亲补充道,打了应该有一段时间了,看不出新鲜的伤疤，当时应该挺严重的，不是挑断脚筋就是被打碎了骨头，他走路的时候，那条腿是拖着的，反正好不了了，落下终身残疾是铁板钉钉的事。

母亲末了补充了一句："我看到他的时候，莫名其妙地有点心疼他。"

那个电话让我如坐针毡，我感到身上的汗毛也立了起来。我从来没有这么惶恐过。在我的潜意识里，刀锋这个人已经消失了。我之前细细推断过，他有生之年再也不会回来了。这是一个比他死了更让人不安的消息。我也无法体会，当初逃之夭夭的刀锋被人堵上后，面临着怎样的恐惧。

几天之后，母亲又给我打来电话。她说刀锋这次好像不打算走了，跟他以前完全不一样，他也不回家，把苍蝇馆子里里外外收拾了一遍，打算住下来了。

我说："什么意思？他是想重新开张苍蝇馆子吗？"

母亲说："那也不清楚，也许只是腾一个住的地方。"

事实上，苍蝇馆子真的重新开张了。几天后，那里挤满了吃面和看热闹的人。只是，刀锋定下了一条规矩：每天上午九点过后，关门打烊，恕不接待。母亲在电话里说，现在的时代不一样了，网上一发，全知道了，苍蝇馆子成了一家网红面馆。每天九点一过，刀锋准时打烊，在网上一传，竟变成了最有腔调的面馆。

母亲又补充了一句："哪有这么做生意的？可吃面的人

还是赶集似的,实在搞不懂现在的人心里在想什么。"

又到了春节,我回到了小镇。之前,我也偷偷回过几次。每次匆匆忙忙地来,又悄无声息地走。回老家我也不太外出,倒不全是担心遇见刀锋,而是这些年来养成了一个习惯,不太愿意出去走,怕遇见熟人。我发现小镇里的每个人看到一个生面孔,都喜欢盯着看,喜欢背地里打听,摸清对方的来路。每次我一回家,我就想到离刀锋很近。但就是这么短的距离,两个人相遇的概率也几乎为零。只要他不主动来找我,或者我不主动去找他,可能我们依旧会再也不见。我突然明白,鸡犬之声相闻,老死不相往来,原来在今天还是可以做到的。

我始终在等待一个合适的机会,前提是我已经做好了面对他的准备。那年除夕前的一天,我抱着试试看的心态去了苍蝇馆子。那一段路我走得很慢,经过一个广场的时候,甜腻腻的音乐放得震天响,一群兴致高昂的大爷大妈在那里搂搂抱抱地跳交谊舞。我快步穿过那个广场,心想也许刀锋已经关门过年去了,但走进那条老街,我一眼发现苍蝇馆子的门还开着。走到跟前,刚好碰到刀锋手里捧着一碗面一瘸一拐地走出来。

他看到我,没有一眼认出我来,向前走了几步。突然,他站住了,扭过头来看我,我感到后背上有芒刺立了起来。他的眉头皱了一下,然后舒展开去,脸上有了笑。他说:"你来了？里面坐！我去去就回。"

"你忙你忙。"说着，我脸上热了起来，目光落到了地上，再也抬不起来。

刀锋是给旁边店铺的一个老裁缝送打面过去。他回来后，街里邻坊的早饭又恢复了往日的活色生香，几乎每个人都重新吃上了苍蝇馆子的打面。

因为临近年关，苍蝇馆子里也没别的人，我走了进去，到处转悠，想从细微处寻回一些往日的记忆。走到后厨的门口，我惊得差点跳起来。后厨压面团的木板旁边，老迈的银灿坐在一张轮椅上看着我。好多年不见，银灿的头发已经花白了，中风似乎给他留下了严重的后遗症，半边萎缩的身体斜靠在轮椅背上，他的嘴巴也是歪的。我尴尬地挤出一丝笑容，跟他打了声招呼。他看着我，似乎已经不认识我了。

"你不用招呼他，有时候我是谁他也弄不清楚。"给老裁缝送完打面后，刀锋回来了。他给我泡了一碗绿茶，端茶过来的时候，我迎着他站了起来："还是原来的样子？现在的馆子都不喝茶了。"

"他们怎么样我管不着，我这里还是原来的样子。现在镇上的面馆不下一百家，我挨个去吃了一遍，花色比以前丰富了，三鲜、狗肉、猪肚、猪肝等等，想加什么就放什么，但好像都少了以前的味道。我只烧一种面——咸菜肉丝笋片面，每碗收七块钱，如果是老人、小孩、残疾人，一律五块。"

刀锋说到这里,似乎有些得意。

"那赚得了钱吗?"我疑惑不已。

"反正店面是自己的,不用交房租,成本能收回,还略微有些薄利。"刀锋坐在桌子旁。我留意到他把手指搁在桌面上,几个指头轮流轻轻地敲打着桌面,他额头前的头发变得有点薄,细细软软的,盖住了他褐色的皮肤。

"难关渡过去了?"说这话的时候,我的脸又热了一下。

"那没有。现在我也依旧负债累累,但自从被人打断了腿,我就不打算再跑了,也跑不动了,能跑到哪里去呢?还有偏瘫的爹,我再走,他真的没活路了。反而把苍蝇馆子重新张罗起来后,那些债主再也没来逼过债。"他脸上轻轻地笑了一下,"那些凶巴巴的人其实都是装出来的,你越跑,他追得越凶,你不跑了,他反而不来了。当然,这条废腿也帮了我大忙,他们还能拿我怎么办呢?最多就是把命拿去,命他们又不要。"

我抹了一把脸说:"唉,这些年我一直在责怪自己,当初没有在你落难的时候帮你一把。"

刀锋轻轻地笑了一下,他说:"都过去了,不提了。"

我端起碗来,喝了一大口茶,担心下咽的声音太大,喉咙口憋得生疼。刀锋看了一眼我碗里的茶,低下头去。我们谁也不说话,但都能体会到彼此的尴尬。良久,刀锋说:"我回来后,你是第二个来看我的同学。"

我本来想问第一个是谁,但话到嘴边,又不想问了,因为我看到刀锋苦笑着摇了摇头。他说:"过了半辈子,终于有点活明白了。生活就像个圆圈,兜了一大圈,又回到了原来的地方。"

我愣了一下说:"不过,这也挺好的。"

刀锋笑了笑说:"我也这么想,那些债我慢慢还,欠下的总要还回去。一个人在外面东躲西藏的时候,我老怀念我爹的那碗打面,只有食物是能给人温暖的。回到这里,我就踏实了。"

我说:"其实,每个人心里都有一个苍蝇馆子。"

刀锋拍了一下手说:"你这句话好,我要把它写下来,挂在墙上。我想把苍蝇馆子重新做起来,我家经营这个馆子已经好几代人了,不能在我手上砸了招牌。"刀锋说这话的时候,我发现他脸上异常严肃,仿佛这是一件跟尊严有关的大事。

刀锋突然话锋一转:"怎么样?要么来一碗?"

我说:"好啊!"

我看他重新披上了白布围裙,扎上了汗巾,每一个动作都显得一丝不苟,突然间有了一种庄重的仪式感。他走到后厨,我也跟了过去。里面还是原来的模样,只是每一样物件都摆放得很整齐。他抓过洗好的条肉,切成丝,又切了笋,那半只笋在急促的刀声过后,成了一样均匀的笋片,熟练的动作仿佛壮年时的银灿。再看旁边的轮椅,银灿已经坐在上面安详地睡着了。

水锅的水烧开了,一大捧打面丢了进去,冒起了滚滚热气。在雾气缭绕中,刀锋开始了忙碌。他是那么聚精会神,以至于放一勺勺调味品都有了律动感,勺子和锅在刀锋的手上变成了舞蹈。

热气腾腾的打面端上来的时候,刀锋看了我一眼,我发现他的笑容特别亲切,他说:"过年了,今天破例,给你加了皮卷,快尝尝!"

我赶紧从那碗热气腾腾的面条上夹了一筷,送入嘴巴的时候,感觉有一股暖流涌上来。刀锋问:"味道还可以吗?"我不停地点头,已经说不出话来,好在面条的热气及时地糊住了镜片。在模糊一片的视线里,我听到刀锋咕哝了一句:"你们文化人就是不一样,吃碗面都舍不得取下眼镜来。"

(发表于《当代》2019 年第 1 期)

著名病人

午后三点一刻,这是医院最清闲的时刻,那个长得像"鹤"的男人又来了。

他穿着皮夹克,敞着怀,摸着自己的肋骨,在医院硕大的玻璃门前兜了三个圈。保安看着他笑,问:"又哪里不舒服了?"

他没有搭腔,觉得跟保安说话掉价,兀自走进了医院大厅。隔着玻璃看松松垮垮的保安,他有些气愤,竟然连保安都敢取笑他,保安——不就是管门狗嘛,他有什么资格取笑别人?他摸着肋骨,感到疼痛又转移了,移到了胸腔。

挂号窗口还是那个娃娃脸小护士,她仿佛没有休息的时候。他顿时替她感到不值,觉得小小年纪就被绑死在了工作岗位上,辜负了大把好青春。小护士接过他的病历卡,问:"高师傅,这次哪里不舒服?"

他摸了摸自己的肋骨说:"有点胸闷,该挂什么科?"

"内科。"

他有些犹豫,看来看去都是内科,何医生好像嫌他烦了。"能不能换个别的科?"

小护士撇了撇嘴说:"胸闷只能看内科,挂别的科,医生也会把你赶出来。"

他扭动了一下细长的脖子说:"那——内科就内科吧。"

付了钱,取了号,想离开挂号窗口前,他又停了一下,低头朝里面的小护士纠正道:"以后请叫我高先生。"

小护士翻了个白眼,本能地扭过身去,嘴巴里飘出一个带尾音的"去"。

他站住了,脸上滚过一阵痉挛似的尴尬,但他不死心,再次哈下腰,对着窗口内说:"其实……我也算个名人。"

小护士看着他,这是一张使劲笑着的脸,眼角堆起的纹路如刀刻,他把眼睛眯成了一条缝,想努力笑出一个月牙的造型来。面对这么一张铜像似的老脸,小护士突然觉得再嘲弄下去有点于心不忍,她问:"哪方面的名人?"

"餐饮业,你肯定来过我店里。"见小护士还是一头雾水,他终于点破了命门,"麻辣烫,这里最有名的麻辣烫。"

小护士的嘴唇圆了起来:"哦——是鼓楼步行街那家?"

高先生有些得意,他说:"想起来了吧!你说,我算不算得名人?"

"也算吧,不过你家的虾蛄名气比你大。呃——你们家的虾蛄为什么这么好吃?"

高先生有些得意,他说:"你们只知道好吃,不知道我背后付出了多少心血。凌晨三点得赶往水产批发市场。水产批发市场的货也不好,海鲜都被泡过,走味了。"

小护士很好奇:"那你哪里进的货?我也去买点。"

高先生贼兮兮地笑:"等你赶到,还会有好东西?水产批发市场旁边不是甬江吗?后半夜,渔船通过入海口进来,探照灯照得如同白昼。等渔船一靠岸,我就上去抢货。都是五大三粗的男人,提着箩筐、麻袋,身穿水手服,脚蹬长筒靴,跟打仗冲锋一样,浩浩荡荡跳上船去,像你这样的人上去,保不准会被踩扁。那些人看到银白的带鱼、咕咕叫的黄鱼,那比见了儿子还亲,常常为了抢好货大打出手。船老大不管这些,等他们打完了,该收钱的照样收钱,跟没事发生过一样。"

小护士被吓到了,她捂着嘴巴说:"不就是鱼虾、螃蟹嘛,这么凶,至于吗?"

高先生抬了一下眼皮说:"你晓得个卵,争的就是一口味道。"

这时候,窗口来了个挂号的老太太,谈话被迫中断了。老太太看了一眼高先生,她觉得有些奇怪,竟然有人在医院找人聊天。她手腕上挂着一个环保袋,从环保袋中掏病历卡。小护士被她磨磨蹭蹭的动作惹得有点不耐烦,连问了她三遍挂什么科。老太太不理她,低着头,一门心思地找自己的病历卡。这时候,高先生也有些焦躁起来,他觉得眼下的时间仿佛有了价值,被一个老太太给白白浪费了。他说:"你不会忘记带病历卡了吧?"

老太太白了他一眼,说:"看病会忘记带病历卡?你当我老年痴呆症啊!"说着,她掏出了一本平平整整的病历本,递给了小护士:"糖尿病,配点药。"

小护士接过来,刷卡的时候嘀咕了一句:"您应该早点说,病历卡早点准备好。"老太太彻底被惹火了,她大着嗓门反驳道:"现在又不忙,着什么急,聊天这么重要啊?"

挂完号,老太太又在窗口磨蹭了一阵,才晃晃悠悠地去找医生。临走的时候,她恨恨道:"这样的人也会有,现在的医院什么服务态度!"

老太太这么一搅和,高先生也不急着去看病了,他仿佛忘了这茬事,所有的兴趣都集中在了没有谈完的事情上。小护士这会儿的好奇心也被吊了起来,她赶紧问:"那抢来的海鲜呢?"

高先生说:"做餐饮主要看态度。一家店,你一进去,看一下环境布置,就知道店主用不用心,不用心做不出好吃的东西。"

小护士一乐说:"这个你肯定用心的。我现在知道了,那些虾蛄原来都是虎口夺食,夺来的。"

高先生突然有了种自豪感,他说:"这还不算,要做出好味道来有这么简单吗?海鲜为什么鲜,精华在于海水。为什么同样是虾蛄,我们从菜场上买来的虾蛄就不怎么好吃呢?因为它离开了海水。"

"菜场上养海鲜的不是海水吗?"

"都是仿冒的海水,是用海水晶勾兑的水。这水一泡,海鲜就失去了原来的味道。我从渔船上抢下货物,还用大塑料桶装回滤清的海水,回到店里,把虾蛄、螃蟹都养在海水里。我店里的海鲜都不用浓汤煮。你也知道,就一个砂锅,放半碗海水,慢慢地把海水煮干,盐都不放,海水自带味道。那些味道都渗透到海鲜里,撒一把葱花,冒着泡端给客人,你说会不好吃吗?"

小护士恍然大悟,她说:"被你讲得流口水了,有空得去吃一趟。不过我觉得你店里不光味道好,那个等候的牌子也挺有意思。"

高先生说:"你晓得个卵,那是精心设计过的。人嘛,总喜欢跟名人有点关联。我很早就发现了这一点,于是索性在手牌上刻明星的名字。你也知道,我店里平时拥挤,吃麻辣烫都得排队,谁也不能例外。点完餐就把手牌发给客人,我要求服务员上餐的时候,大声喊出明星的名字。这一喊,效果就来了,有些姑娘真觉得自己成了某位明星,吃相也优雅了,说话也温柔了。有个姑娘经常来我店里,每次都穿着旗袍,点餐的时候,要求服务员把 CoCo 李玟的手牌找出来给她。后来我发现她举手投足之间都是李玟的影子,前凸后翘,还喜欢走猫步,看人的时候还不忘放个电什么的,有趣死了。"

小护士被逗得咯咯直笑,她说:"其实,这个手牌真是个了不起的发明。有一回,我在你店里吃麻辣烫,听到服务员喊名字——你店里服务员嗓门真大——她喊梁朝伟、张曼玉,他们两个人的绯闻不是路人皆知嘛,所有人都扭过头,想看看是哪两个倒霉鬼凑到一起吃麻辣烫,愣是没人敢应。没人应,服务员的嗓门就更大了。最后,一个缩在角落里的男生举了一下手,他旁边的女生脸红到了脖子根上。我以为好戏到此结束了,吃了一半,服务员又大喊刘嘉玲、胡军,原来就在他们旁边一桌坐着。当时就觉得吃个麻辣烫,戏份好足啊。"

高先生嘿嘿笑着说:"你晓得个卵,有时候是故意安排的。你以为那些人来我店里吃麻辣烫,就光图东西好吃?他们是为了过个戏瘾,麻辣烫能有多少吸引力?"

小护士笑着说:"你脑筋真好!"

"下一步,我准备再玩点花样,不是每个人都喜欢当明星的,也有的喜欢当官。我打算去刻些美国总统、英国首相、意大利总理之类的,给他们过过瘾。我现在发现,年轻人是消费的主力军,尤其是年轻情侣。接下来,我还准备在环境的布置上动点脑筋,让年轻人更喜欢来。"

小护士笑着问:"那你打算怎么布置?"

"这个不好说。比如店门口那张靠落地窗的桌子,老是被排队的人挤歪,就餐环境也不好。我打算去弄两个雕像来,一男一女,模样一定要时尚,就让他们坐在那里,让那个男的给女的喂麻辣烫,女的口型要好看,看一眼就来兴趣。"

小护士被逗得嘎嘎笑,她的笑声在午后安静的医院里过于突兀,惹得走廊里的门诊室突然传出很响的关门声,关门之用力,让整幢楼跟着哆嗦了一下。声音随即安静下来,一个穿白大褂的医生从里面走了出来。小护士眼尖,认出是何医生,赶紧跟高先生说:"你的何医生要走了。"高先生慌忙抓了病历本迎上去。

何医生看到有人跑过来,赶紧解释:"还没下班,我上个厕所。"一转眼认出了高先生,他哑然失笑:"你怎么又来了?"

高先生再次摸起了自己的肋骨,他说:"不舒服嘛,来看过放心些。"

何医生一路小跑起来,一边笑着说:"还有你这样的人,喜欢动不动跑医院的。你等一下,我马上回来。"

从厕所回来的何医生又恢复成一副冷若冰霜的模样,他在白大褂上擦了擦湿淋淋的手,取过高先生的病历卡问:"又哪里不舒服了?"

高先生把手伸到了衣服里,这动作让他看上去有些滑稽,他说:"我总觉得胸口有点不对劲,也不明显痛,有时候会气短,尤其是阴天,跟池塘里浮头的鱼一样,感觉缺氧。"

何医生拿起笔又放下了,他说:"我记得你一个月胸片拍了三张,什么问题都没有。这让我怎么办?"

高先生小心翼翼地问:"会不会你们的仪器有问题?"

何医生脸上有了不悦,他说:"那你换个医院去查。"

"我不是那个意思。机器嘛,总没有人可靠。"

何医生纠正道:"应该是人没机器可靠吧!你上次来,说摸到胸口有一个硬块,膻中穴附近,还记得吧?我一摸就知道那是软骨,你偏怀疑是坏毛病,强烈要求拍胸片。胸片出来了,证明啥也没有。这才放心了几天,又不对劲了?"

高先生被说得有些不好意思,他一急,脖子就粗:"我不是怕死,就是心里搁不了事。只要一起疑心,晚上就睡不好觉。休息不好,精神会垮的,就索性来一趟医院,放心些。"

"你这么搞下去,没病都会整出病来,哪有一个月拍三张胸片的?射线照多了不是好事情,你懂不懂?"

高先生说:"我以前没那么在乎,这不上年纪了,就开始注意身体的信号。我怀疑身体多少出了点问题,估计是吃出来的。我也没办法,做餐饮业,天生对吃的感兴趣。比如你们看到的是一头猪,我看到的是一盘红烧肉;你们看到的是一条江,我看到的是水里的鱼。不管风景多好的地方,我也不愿意出去走,你猜我最喜欢逛什么地方?没错,就是菜市场、水产批发市场和渔船码头……"

高先生絮絮叨叨地说着,何医生僵硬的表情慢慢开始融化,他笑着听,不再搭话,埋头在病历本上写。高先生瞄了一眼,一长段蚯蚓文,没有一个字认识的,他又说:"你们医生字迹都是这么不工整的吗?药房的护士不会看岔吗?"

何医生笑了一下,这一笑打断了他的思路,他又翻过去找前几天配的药,在那里看了半天,又笑起来:"你别说,我的字,自己也认不出来。"高先生听了直乐,刚想说什么,又被何医生制止了:"你别老打扰我,让我想想。"他说着拍了拍脑袋,仿佛从脑袋中倒出了几味药,写了上去,他说:"给你开点调理的药,先去吃吃看。"

"万一还没好呢?"

"没好再来看,你反正喜欢来医院。"

何医生这么一说,高先生心里不免又有点失落,他抱着看一次就痊愈的心态来,现在何医生说得跟儿戏一样,这药吃还是不吃?他拿起病历本往门外走,走到一半又停下了,他说:"何医生,我怎么觉得你好像在寻我开心呢?"

何医生抬了抬眼皮,说:"你不信任我,还来我这里看病?给你配的都是调理气血的中成药,没什么副作用,你吃了管用就吃,不管用也可以不吃。关键还是生活习惯问题,吃得清淡点,大鱼大肉吃多了,对身体都是负担。"

高先生的眉头皱了起来:"我怎么感觉配的不是药,好像是保健品。"

"怎么不是药了?医院哪有保健品卖?"何医生说着,按亮了电脑屏幕,顾自玩起了扫雷游戏。

高先生哭丧着脸问:"清淡点是让我吃素的意思吗?"

"少吃点肉,多吃点蔬菜。一点肉不吃也不好,营养要均衡。"何医生漫不经心地回答道。

配了药,从医院出来,高先生觉得自己又被医院戏耍了一回。他愤愤地想,医生原来也晓得个卵,原本以为医生看病是很严谨的事,没想到现在越来越随便了,什么叫管用就吃,不管用不吃?那不是开玩笑嘛。

高先生回到店里,还没到饭点,店里空空荡荡,只有一对青年男女靠窗在吃麻辣烫。这个点算晚饭还早,算午饭太晚。厨师和服务员都散乱地靠在柜台前玩手机,高先生觉得他们碍眼,影响客人就餐氛围,把他们都赶到了后厨。

高先生自己拣了个空位坐下来发呆,无意间听到了那对青年男女的对话。

姑娘说:"给小飞找了个对象,付了一千块。"

小伙子吃了一惊:"这么贵,什么品种?"

"小飞是蓝猫,当然得找蓝猫了,不然变杂种了。"

小伙子说:"蓝猫有三种,一种是英国蓝猫,一种是法国蓝猫,还有一种是俄罗斯蓝猫。小飞是英国短毛,你别搞错了。"

"不会错,就是英短蓝猫。"姑娘咯咯咯地笑,"告诉你个秘密,猫咪是三秒哥。"

小伙子一脸惊讶:"你看着动物交配?"

"那怎么办?这么贵总要盯着。"

小伙子压低了嗓门:"看毛片,还现场的,三秒有用吗?"

"效率高,包生。不怀孕可以退钱。"

"猫叫起来跟婴儿啼哭似的,听了就起鸡皮疙瘩。"

姑娘看了看对方,说:"所有动物中,只有人最邪恶,做那事纯粹为了愉悦。"

"想起来会上瘾。"

"好了,不聊了,趁你没动邪念,一瓢浇灭了。"姑娘说着,看了一眼高先生。

小伙子也回过头来,看了一眼高先生:"好的,好的,吃素念佛。"

高先生听到吃素,激灵了一下。他站了起来,把配来的药取了出来。药盒包装大得离奇,抽出来,里面是老鼠屎一样的黑色小丸,用量一次二十颗。高先生费劲地数了两遍,看着手心里的药丸发了一阵呆。他让服务员倒来了一杯温水,端起杯子,他又觉得在餐厅吃药不合适,径直上了楼。

楼上黑着灯,复式楼层本来就低矮,让楼上的空间显得更加逼仄。高先生开了灯,灯光起初有点黯淡,渐渐地亮堂起来，那种局促的压抑感才渐渐得到了舒缓。隔着护栏望下去，楼下一览无余，那对青年还坐在靠窗的位置上。那个位置在人多拥挤的时候并不适合就餐，这会儿却显得很舒适。高先生总觉得他们哪里有点不对劲，正琢磨着，那个女的突然擎起汤勺给男的喂了一口。

"雕像"活了！这让高先生看得既惊喜又有些害臊，他慌忙移开目光，看着窗外。窗外一辆洒水车慢悠悠经过，放的音乐还是那首《走进新时代》。

过了一阵，那对青年起身离开。高先生依然觉得他们哪里有点不对劲，但又丝毫看不出破绽。后来，陆续有别的客人进来。晚餐时间到了，服务员端着一个托盘走上楼来，里面是两个砂锅，一个盛着麻辣烫，另一个砂锅里是两只葱油虾蛄。这是店里多年不变的规矩，在每餐正式营业前，高先生都要亲口尝过这一天的主打餐。

也许是何医生的叮嘱起了作用，高先生看着那碗麻辣烫的浓汤，突然觉得有些油腻。他挑了一些蔬菜吃，吃之前尽量把菜叶上的汤汁沥干，嚼在嘴里，也好像少了以往的滋味。他把那些丸子和里脊肉都剩在了碗里，虾蛄也剩了一只。等他吃完，服务员上来收拾餐桌，看到老板吃剩的东西，大吃一惊，以为食材出了问题。高先生打消了她的顾虑："不是食材的问题。"服务员转而怀疑厨师，这个迷糊蛋，做菜老是漫不经心，保不准又忘了什么步骤。高先生有些恼怒，说："你晓得个卵,都没问题,是我自己的问题。"

高先生每次吃完都要点评一下,有时候就一个字:"好",或者"行",也有不说的时候,不说就点个头,表示他认可了。如果味道煮得不如预期,高先生也会提醒:"咸了一点"或"淡了一点"。像这样发怒的情况绝无仅有,这让服务员有些无所适从,惶惶然立在一旁,不知道该如何应对。

高先生自己先冷静了下来,说:"以后给我清淡点。"服务员收到了指令,慌忙答应下来,收拾了餐具欲下楼,又被高先生喊住了:"只对我一个人清淡,对客人还是照旧。"服务员一头雾水,但也照单应下。她觉得老板太反常了,扑朔迷离的状况也加剧了挨骂的风险,她慌忙地下了楼。高先生看在眼里,心里又暗骂了一声:"他妈的,笨死了!"

吃完麻辣烫,高先生就先回家了。每天都是一样的习惯,洗漱完毕,他就打开电视机看看《新闻联播》。他也不关心《新闻联播》里的那些事,只在意今天是哪几张国脸亮相,他们穿的衣服是什么颜色,发型有没有变化。相对来说,高先生更喜欢看那几个女主播,她们对着镜头念稿子,笑吟吟的,好像是在看着他,只对他一个人说话。

《新闻联播》的结尾字幕一滚上来,高先生就关了电视机,准时上床睡觉。那天入睡有点困难,一直到饥肠辘辘的感觉泛上来,他才蒙胧地合上眼。凌晨三点的闹钟在这之前都是摆设,高先生每天都会在两点多准时醒来,但那天直到闹钟响了才把他叫醒。他本能地从床上爬起来,穿好衣服,到了楼下发动小货车,他突然有点不太想去码头了。

这时候,他发现自己体内的一腔热情好像通过某个出口溜走了,原来开店只是个幌子,持续的热情来源于自己是个吃货,而自己不能吃以后,这一切就变得毫无动力了。高先生觉得有点委屈,人活着不就是为了有一口好吃的吗?小时候想吃而没得吃,现在有了充足的条件可以让自己敞开了吃,却又被告知不能吃了。生不逢时,生不逢时!高先生安慰自己,人活着总有一天会吃不动的,这都是早晚的事。

到了码头,渔轮像轰炸机般沿着甬江开进来,堤坝抖动得厉害。高先生的身边挤满了人,那些人还是跟往常一样,像打了鸡血。渔轮还没停稳,甲板上的绳索一抛下来,那些人就往上冲。那天不知道是早饭吃少了,还是睡得不够踏实,高先生竟然像一片树叶般被人群带跑了。他仿佛双脚离了地,在堤坝上飘啊飘,也不知怎么上了船,到了甲板上,仿佛来到了非洲旷野,有狮群,有豺狼,也有猎豹和鳄鱼,混乱地在那里争夺食物。他第一次感到,要挤进这个群体是如此困难。也就半顿饭的工夫,那些野兽都散了,甲板上狼藉不堪,剩下一堆可怜巴巴的虾蟹。高先生走过去,在那堆废料里翻找,到处都是缺胳膊少腿的货色。这样的货色一般都是要么做鱼饲料,要么倒回甬江。

船老大走过来,问他怎么了?高先生愣了愣神,说老了。

船老大帮他拣了一些勉强像样的货色，过了磅秤，给他打了折扣。

高先生提着货物回去了。这一路上，他不停地数落自己。可是第二天、第三天，还是老样子，他很难再抢到以前那样的好东西。他想，这不行，身体肯定出问题了，还得去趟医院，得查查清楚。

那天，高先生安顿完店里的一切后，他又去了医院。这次小护士特别热情，好像获悉高先生是个名人，她也跟着沾了光。如果不是后面的人排着队，估计她会主动跟高先生聊上一阵子。高先生保持了名人该有的风度，一直都微微地笑着。

排队耗了一上午，临近中午，才轮到高先生。何医生已经精疲力竭，抬头看到高先生，他也没了调笑的劲，问他又来干吗？高先生小心翼翼地问，像他这样的病人是否真的要忌口？何医生给他开了化验单，去抽了血，做了化验。何医生告诉他，血液指标是有几项不太好，血脂高了一点，嘌呤也高了一点，又给他现场量了血压，当然也是高了一点。何医生告诉他，如果不注意，以后可能会中风，也可能痛风。尤其是高先生这样的年纪，是该注意点了。

何医生还是老样子，他从来不把话说满，他说注意点就可以，馋的时候，适当吃一点也没什么大碍。但这让高先生彻底死了心，从内科门诊室出去的时候，楼道里灯光黯淡，高先生觉得生活突然变得好没意思。

他失魂落魄地回到店里,在店里挑了个位置坐下来。店里的人都远远地避着他,谁也不主动去打扰他。他就这么坐着,阳光透过窗户照射进来,把他的影子印到了地上,那个影子慢慢地从左向右移动,渐渐地拉长了。这一下午,高先生一句话也没有说。

到了饭点,服务员依旧把第一碗麻辣烫端给他,少了肉丸和里脊肉,汤还是奶白色。高先生看了一眼,没有吃,他把厨师叫了过来。厨师正忙在兴头上,摘了围裙从后厨出来,他还是一副吊儿郎当的样子,厨师帽戴得东倒西歪,瘦长的身体像一扇门板,迎面移了过来。高先生说:"明天起,你替我去水产批发市场旁的码头上进货,怎么样?"

厨师笑着问:"明天什么时候?"

"凌晨三点出发,晚了会没货,开我的车去。"

厨师挠挠后脑勺说:"这么早,我哪起得来?"

"我可以多付你一半工资。"

厨师犹豫了一下,摇摇头说:"吃不消,你还是找别人吧。"

高先生很失望,他摆摆手,让厨师回了厨房。厨师摸了摸油腻腻的头发,说:"以前不都是你自己进的货吗?怎么突然让我干了?这活别人干不了,钱花多了,你以为我中饱私囊呢。"高先生抓起了桌上的勺子,扔了过去,被厨师一扭腰闪躲了过去,他捡起勺子,掀帘子进了厨房,好像没事发生过一样。

几天后,高先生把一块写着"店面转让"的牌子挂到了门口。挂出去的时候,高先生的眼眶红通通的,他看着那几个毛毛糙糙的毛笔字,感觉自己真的老了。

最有名的麻辣烫店面转让,吸引了不少人关注。陆续有人找上门探问情况,高先生却玩起了失踪。他跟店里的人再三交代,让找他的人打电话给他,他通过接电话,听对方的口气,决定要不要见这个人。前前后后,他见过几个人。这些人看起来都挺有诚意,但见了面,聊了天,高先生又觉得有点吃不准。一个是敦实的大胖子,剃着光头,后脑上鼓起包,脖子上戴一根拇指粗的金项链,看上去是个生意人。他说,生意这么红火的店应该复制经营模式,开连锁。高先生问,怎么连锁?他说,先制定标准,然后统一培训,严格按照标准来,先把这里的每条街道占领了,然后推广到全国。他说着,掏出一幅星星点点的中国地图,说最终是祖国江山一片红。高先生摇摇头,觉得这个泡泡吹得有点大了。

还有一个是眼眶描了一圈黑线的中年妇女,她并不急着表态,也不问价格,而是和高先生漫不经心地聊天。聊到后来,她说,她会替高先生守好这家店,让它一直红火下去。高先生被她说得心头一热,差点松口想转让给她了。可等她走了以后,服务员告诉高先生,在他来店里碰面之前,她把店里角角落落都勘察遍了,还问厨师,店里的虾蛄这么好吃,是不是放了特殊的东西。厨师回答她，什么都没放，就是看着快熟了，撒一把葱花。她怎么都不信，非要找香料包，把那口从来没有断过火的老汤搅得天翻地覆。高先生听完也摇头，又淘汰了一个。

高先生看过了几个人后，渐渐地有些心灰意冷。这天，电话里传来了一个年轻女孩的声音，她有些羞涩，问高先生是否想把店面转让出去，高先生说是啊。对方就乱了阵脚，率先变得底气不足，她怯生生地问高先生需要多少钱。高先生说："不是钱的问题，首先要看你是不是合适的人选。"姑娘说："您的店一开起来，我就经常光顾。这些年，断断续续，一直去，有感情。"

"谢谢你喜欢，可光顾和经营是两回事啊。"

"我知道啊，可我不是一个人，是我和我男朋友两个人，我们快结婚了。他也喜欢你的店，主要原因是他现在不能干重活，所以我觉得开这么一家店挺适合我们的。"

高先生得知对方是一对情侣，他着实心动了一下，这和他的店的定位很契合。于是，他决定见一下这位姑娘。

这对手牵手的情侣出现在高先生面前时，他一眼就认出来了，就是当天他偷听了他们对话的那两个人。姑娘留着齐肩长发，单眼皮，很干净，笑起来一排牙齿像儿童画里的月牙，她不停地抚摸着怀里抱着的蓝猫。那只蓝猫圆滚滚的，在她耳朵边蹭来蹭去，显得极其亲昵。那个小伙子单手插裤袋，上前跟高先生握了一下手，手劲大得吓人，像一把老虎钳。

高先生还是觉得有点怪异，但就是说不出哪里不对劲。

姑娘指着她男朋友说："他以前出过事故，一只手没有了，也不能干重活，所以我们想把您的店盘下来。这个店带给我们很多美好的记忆，我们希望能把它开好。"

经姑娘这么一说，高先生才意识到小伙子的左手一直藏在裤袋中没有拿出来。当初，他也是这么坐着吃麻辣烫，拿汤勺的是完好的那只手。

小伙子很腼腆，他的左边裤袋动了一下，说："我以前做过机床，连续上了好几个夜班，也是大意了，疲劳了也没顾上休息，这只手被机床废了，赔了一笔钱。我希望这笔钱够买下您的店。我们都很喜欢您的店。"

高先生心头一热，他确定这回找对了人，他跟小伙子说："你能把它拿出来让我看看吗？"

小伙子说："我怕您见了会不舒服，一般我不给人家看的。"说着，小伙子从左边裤袋中抽出了他的左手。那是一只假肢，假肢的手上戴着一只白手套。小伙子用右手麻利地解开了左手的衬衣纽扣，把袖子捋了上去。假肢的颜色已经陈旧，看上去有些蜡黄，手臂的形状和真人无异。

小伙子说："我们已经习惯了，但第一次见的人可能会不舒服。因为上面的汗毛都是画上去的，特别假，而且表面光滑得不自然。"他说着,很快又把袖子捋了下来,重新扣上了纽扣,戴上了手套。

高先生确实感到了微微的不适,但他很快调整过来,轻声说:"谢天谢地,好在你伤的是左手,对生活影响不大。"

小伙子说:"其实我以前是个左撇子,天生的,小时候怎么都纠正不过来。这不,纠正过来了。"他笑了笑说:"现在我的右手比当年的左手还利索,只剩下这只了,也没办法了。"

高先生很快决定把店转让给这对青年情侣。他告诉他们,那天看到他们在那张靠窗的桌子边吃麻辣烫,其实那张桌子在拥挤的时候并不适合就餐。他建议在那张桌子上放两个雕像,一男一女,就像他们一样,女的给男的喂麻辣烫,桌子上除了摆两碗麻辣烫雕塑,还得雕一只蓝猫。

姑娘下意识地抚摸了一下怀中的蓝猫。它胖乎乎的,毛长得又细软又密实,着实可爱。高先生好奇心泛上来,问:"它几岁了?"

"两岁多。那时候,他动完手术,一个人在家静养,怕他无聊,买来陪他的。现在它也算我们家庭的一员了。"

"有这么一个小成员,也挺温馨的。"高先生突然萌发了童心,"其实,我以前也养过猫,但店里有的客人不喜欢猫,可能对动物皮毛过敏,我就送给了朋友。"

姑娘的眼睛亮了一下,她突然决定把蓝猫赠送给高先生。她说:"以后要经营店里的生意了,怕照顾不到它,就送给您了,可以给您做个伴儿,它性格很温和。"

高先生像抱孩子一样把它抱了过来,抚摸了几下,又还了回去,他说:"还是你们自己留着,我能感受到它对我的警惕心。再说有感情了再分开,对人对猫都不好。"

高先生提了一个要求,在交接给他们之前,他想把亲朋好友都喊过来,到店里来狂欢一次,也算是对过去有个交代了。姑娘说:"那好啊,到时候我们过来帮忙,一定得把这次聚会办得有意思一些。"高先生笑笑说:"就是最后的晚餐。"

高先生特意去买来了请帖,把要邀请的人列了一个清单,之后又苦练了几天书法,想把请帖写得体面一些。那段时间,他觉得特别充实,好像女儿快出嫁了,他在筹备一桩喜事。

写好了请帖,高先生坐上公交车,去了老家,挨家挨户地发过去。那些接到请帖的人很惊讶,以为高先生独身过了大半辈子要梅开二度了,打开请帖一看,才知道是被邀请去吃饭,请帖上没写事由,纯粹就是聚会吃饭。他们感觉天上真的掉馅饼了,竟然可以白吃一顿,唯一的遗憾是路程远了一点,要是在本地就好了。

高先生又去了水产批发市场旁的渔船码头,那里有他打了多年交道的老朋友。船老大接到请帖,正穿着水手服,戴着皮手套在整理船舱。那本小小的请帖被他捏在手中,显得特别袖珍。他翻开请帖,看了看说:"早就知道你的店名气大,一直想去,只要我不在海上,就一定过去。我如果过去了,会自带酒水,到时候一起喝点,都是跟外国人换来的酒,你肯定没喝过。"

高先生之后去了樱花公园旁的理发店,那里有他的老相好小红。小红接到请帖后,问了个跟她年龄很不相称的傻问题:"这么正式!只邀请我一个人吗?"

高先生摇摇头说:"不是的,大家都来,热闹热闹。"

小红突然紧张起来:"那我还是不去了吧?"

高先生说:"你晓得个卵。只有我认识你们每一个人,你们谁也不认识谁。怕什么,管自己吃就好了。"

小红犹豫了一下问:"我去就当个路人甲?"

"怎的,你还想当老板娘?以后那店不是我的了。"高先生笑着说。

小红好像有些生气,她说:"你爱怎样就怎样,不关我事,不去。"

高先生说:"不去也没事。我就想弄个告别仪式,就跟放炮仗似的,总要绚烂一下,不然有点对不起这些年忙的。你真的不去?"

"不去。"

"那好,我走了。"高先生转身出了门,走了几步,转过头,看到小红倚靠在门上,正对着自己风尘兮兮地笑着。高先生冲她摆摆手,大步流星地往回走。

高先生等了几天,没见小红打来电话,心里不免有些失落。他拿起电话拨了过去,那边一接起来,声音脆脆的:"死老头,看你怪可怜的,再陪你去热闹一回吧。"

高先生心里的那块石头才落了地,他说:"都一把年纪了,还矜持什么呀!"

小红说:"想归想,你不打电话来,就真不去了,我怕生。"高先生笑着,他突然觉得,麻辣烫店不开了,或许该认真考虑一下他们两个人的关系了。

最后,高先生还是去了趟医院,他给小护士和何医生也递了请帖。小护士很开心地接受了邀请。何医生还是老样子,翻了翻请帖说:"你原来做麻辣烫的啊,难怪这么爱吃。好吧,有时间我就去。"高先生说:"一定要来,一定要来!这是职业生涯的告别仪式,之后我就退休了。"

何医生无比羡慕地说:"这么年轻就退休了,还是你好啊。"

高先生说:"总得给自己留点时间,不然忙一辈子太没意思了。"

何医生说:"蛮好,蛮好的。"

高先生把日子定在了一个周末。那天,他早早地把"对外不营业"的牌子挂在了门口,店里需要布置一下。有些员工已经提前走了,吊儿郎当的厨师被那对年轻人重金挽留了下来。厨师就这点好,永远是一副迷迷瞪瞪、睡不醒的样子,他也从来没有掌握了行业秘诀,想要另立门户的意思。他喜欢被人支使着干活,高先生说你去把桌椅搬一下,他就去搬桌椅,高先生说你去把玻璃擦一下,他就去擦玻璃。

高先生说:"以后我不是老板了,你要对新老板好一点,他们不容易,做菜上点心,别总是漫不经心的。"

厨师说:"好的。"

高先生又说:"头发长了去理个发,油烟沾上面,看上去脏兮兮的。还有,身上的工作服也要记得脱下来洗洗,白衣服不耐脏。"

厨师又说:"好的。"

"家里介绍对象了,就跟老板请个假,他们会同意的,这是人生大事。"

厨师这次没应他,他低头擦着桌子,突然抬起头问:"你不开店了,干什么去?"

高先生怅然若失,他感到心里一下子空了。厨师说:"想我们了,就回来看看,老了没事干,很容易感到孤单。"

高先生说:"再说吧,总能找到爱好的,不离开这个店,我的病好不了。"

"你有什么病!"厨师笑起来,"作的。"

高先生笑起来,笑得停不下来,直到他弯下腰去,扶住了椅子,才稍微缓和了一点,一抬头,脸也红了,眼泪也出来了。厨师也跟着笑,他擦着玻璃说:"老头,开了这家店,你这辈子也值了,我祝福你!"

高先生背过身去,站了很久。

那天的白天特别漫长,店门外一地细碎的阳光,有风,树叶摇晃起来,那些碎银似的光斑也跟着摇曳起来。

后来,租赁的煤气罐、大炉子运来了,大家在门口一阵忙乱。厨师在那里调试炉灶,火焰如喷泉,嗷嗷地叫。高先生跟厨师说:"今天,你得拿出一身的本领来,煮个大的,味道不能丢。"

厨师说:"放心吧,不然你也走不安心。"

高先生笑着骂:"你晓得个卵,事关我最后的体面。"

正说着,那对年轻情侣也来了,他们手里捧了一束鲜花。高先生有些难为情,活了大半辈子,这是第一次有人送花给他,他连声说谢谢。姑娘说:"那对雕像今天也会送过来,就按您的设计做的。到时候,您再帮我们看看,哪里还能再完善一下。"高先生说:"你们放心,肯定好的。"

没想到,运雕像的是一辆大车,一共从车上搬下了三个大件和若干小件,除了先前说好的那对时尚男女雕像,还有一个高大的铜像。高先生正纳闷,他看着那个铜像,感到有点眼熟,忽然从铜像的眉眼之间看到了自己的模样。他连声叫起来:"这怎么使得,这怎么使得!"姑娘笑着跟他解释说:"您是这家店的创始人,我们希望您的像能一直陪伴着这家店,这也是这家店的灵魂呀!"高先生推让再三,铜像终于选在了厅堂中央位置,落了脚。再看,竟然十分得当。

回头再看那对时尚男女雕像,模样比真人更娇俏。男的左手插在裤袋中,张着口,衔住了递过来的汤勺;女的眼神很专注,焦点全落到了那把汤勺上。

夜幕来临,人也到得差不多了。船老大带来了一箱朗姆酒,失去了左手的小伙子找来了一个大玻璃罐,那些朗姆酒全被倒到了里面,琥珀色的,看上去特别诱人。厨师问:"可以开工了吗?"高先生说:"上手!"大炉子的火焰蹿起来,三十斤虾蛄倒了进去,几个人又抬了一桶海水,注入了那口大铁锅。热气升腾起来,店里的气氛也跟着热闹了起来。

任何事开始了,总有一天要结束的。高先生想着,管他病不病,放纵一回再说。

每个人都喝上了酒。那个失去左手的小伙子拎着一扎啤酒,在人群中穿来穿去。所有人他都不认识,但他又好像认识每一个人,几乎跟所有人都碰了杯子。

年轻真好。高先生想着,觥筹交错的场面变得虚幻起来。

高先生突然记起了自己读书的时候,那时候他特别热衷于跑图书馆,每次去图书馆,他都要去翻阅一本叫《大众电影》的杂志,这本杂志每期的封面都是电影明星,尤其是那些女明星,长得十分好看。

管图书馆的是一个老头，据说以前是个右派，看到高先生经常去，两个人也逐渐混熟了。有一天，老头问高先生："你认为什么是漂亮?"高先生红着脸，支支吾吾地说不出话来。老头看着他，没等到答案，过了一阵说："我认为年轻就是漂亮。"当时青春期的高先生对这种说法嗤之以鼻，他认为年轻也有长得不漂亮的，哪有每个年轻人都是漂亮的，简直是胡说八道。

三十多年过去了，高先生自己也五十出头了。当他回过头，打量着镜子中的自己，发觉下巴胡子也白了，眼袋也出来了，身上的皮肤也起皱纹了。他恍然发现，自己就是那个老头。

（发表于《作家》2019 年第 6 期）

大樟树下烹鲤鱼

从电台录完节目出来，暮色四起，县城浸泡在浓浓的水汽中。我没想到自己这么能说，本来说好一个小时的节目，录了整整三个小时。这让制片人蛋哥有点为难，他喜欢严格地按照流程走。之前他怕后期太难剪，给我弄了一份一万字左右的流程稿，但我还是发挥了一下，不觉就讲多了。

蛋哥是我的发小，他在县城的电台做一档访谈节目，嘉宾都是些文化人。我有些困惑，做这样的节目几乎没有经济效益，他们还孜孜不倦地做着，究竟图什么？走进他们办公室，一个栏目三个人，除了他，还有一个女编导，一个女主持人，感觉他们就是一个乌托邦。

从大楼里出来，蛋哥还在犯难，他的节目一直都是一期一个嘉宾，我录的时长足够他剪出两期节目来，要不要做上下集？这似乎让他很纠结。我能理解他，被一个节目长时间训练得循规蹈矩,作出调整和改变,就意味着自找麻烦。其实,一个小县城能有多少文化人?这个节目他做了将近两年,该请的嘉宾也都请了,接下去就面临资源枯竭的窘境,所以他千方百计把我从外地叫了回来。

他说:"老同学,谢谢你回来帮我救急,不然年关都不好过了。"我说:"没人了,你们可以不做啊!这种节目现在还有人听吗?"他笑了一下,纠正了我的看法:"别小看我的节目,这也算我们台的一个王牌节目了。"我还是不相信,别看街头人山人海,几乎没人对诗歌感兴趣。

我们斗着嘴从大楼的台阶上下来,走着走着,蛋哥又暗自乐了起来,他说:"不瞒你,主要我们台领导是个诗人。"

我有点同情我的发小。他看上去太疲惫了,录节目的间隙,去过道尽头的阳台上抽了一支烟。抽烟本来是一个悠闲的事儿,被他搞得像打仗,来去都是跑的,一支烟吸四五口就烧到了烟屁股。他跟我说,这几天都熬到凌晨两点才睡,每天记事本上记着十几件事,每一件都迫切需要完成。年底了,各种总结和会议材料要准备,节目还是如期进行。我说:"你把自己想得太重要了。少了你,地球就不转了吗?"他说:"我知道自己微不足道,主要是心肠太软,上头吩咐事情就乖乖去完成。有时候就跟自己说,事情一件一件来,我只有一双手,只要一直忙着,总没话可说吧。"

本来录完节目我就打算回老家,但节目结束的时间很尴尬,快到饭点了。蛋哥问我想吃什么,我说:"你这么忙,不吃了。"这加剧了他一定要吃饭的念头,硬把我拖上了他的车。从电台的大院里出来,车子在街上漫无目的地转悠,他打电话给我另外一个发小老刀,说我被他捉到了,一起去吃饭。然后他问老刀,是吃羊肉还是狗肉?老刀在电话里说,吃个卵肉,去大樟树。挂了电话,蛋哥一下有了方向感,车子径直往郊外开去。

我发现蛋哥只要一离开县城,离开他那个忙乱的电台,他整个人就松弛下来。本来双手紧抓着方向盘,改为一只手搭着,另一只手在车载广播上调来调去,搜了一圈,他又调回到自己的台。广播里是个女声,他说这是个拜金女,家里很有钱,一年换三辆豪车,传达室门口每天都有她成堆的快递,每天下了节目就是上淘宝,没完没了地下单,没完没了地拆包裹,楼道里的垃圾桶都不够她一个人用。

我笑了笑,这才注意广播里的女声,她在介绍平克·弗洛伊德的摇滚音乐,听上去还挺像那么回事。蛋哥问:"这声音你能听出来生活有这么腐败吗?"我说:"不清楚,只有你们做电台的人才在意声音。"蛋哥笑笑,自言自语地说:"声音是真好听,一点杂质都没有。"

他悠闲地抖着左腿,车窗外烟雨朦胧。车子开着开着,来到了一条乡间公路上,两边都是如镜的水塘,还有几块枯黄的稻田,一派肃杀的景象。路上也不见别的车,蛋哥时不时地晃一个蛇形路线。我以为吃饭的地方很近,没想到开了半个多小时还没到,我有些不耐烦起来,说:"吃个饭要这么复杂吗,哪里不能吃?"蛋哥笑着说:"什么都可以随便,就吃饭不能随便。这个地方你去了,以后还会惦记。"我说:"那更不好,以后想吃了没得吃,不是折磨人吗?"蛋哥笑起来:"所以你要多回来,你现在回来是客人了。"

这是我尴尬的地方,长年在外,见人就说我是这里人,但回到这里,又被当成了客人。蛋哥说,看一个人是不是本地人,就看他能不能找到像大樟树这样吃饭的地方。这地方最早是老刀带他去的,去了以后就戒不掉了。这种味道就像印章敲在你脑袋深处,饥饿的时候,它就清晰起来,会提醒你过去。

我说:"不会放了乌烟壳吧?会成瘾的。"

蛋哥笑着说:"那不至于,我从头到尾看他烧过,该放油放油,该放酱放酱,都是稀松材料,也奇怪,被他的手一捣鼓,味道就美得不行。那地方只有真正的吃货才去,一般人不知道。"

我靠在座椅上,感到肚子确实饿了,蛋哥还在一旁喋喋不休,我说:"行了,还要多久能到?"他指了指前面一棵巨大的樟树,说:"就那里了。"

我发现路边多了一条溪流,傍着马路蜿蜒而下。我们沿着这条溪流往上走,视野中那棵樟树越来越大,几乎遮蔽了半个村庄。蛋哥说,我们吃饭的馆子叫大樟树,其实也是这里的地名,这一带都是这样的名字,大樟树往上一点是鸦雀窝,再往里是榆树凉亭。

车子开上一座拱桥,进入大樟树内部。樟树底下是一片开阔的平坦地,虽然是阴雨天,但树底下的泥地却干燥洁净,恍若凌空支开一把大伞。蛋哥说,这棵樟树被当地人视为神灵。有一年,园林工人自作主张来修剪树枝,被当地人打得灰头土脸,扔了工具就逃。这以后,树枝越来越茂密,也没人敢动它了。

停好车出来,我注意到这棵樟树确实不同凡响,它的树冠已经直插云霄,地面上到处都是匍匐的虬枝,一直向四周延伸,有的裸露根系像吸管,一头扎进了路边的溪流中。蛋哥说,天气热的时候,樟树底下都是光着膀子吃饭的人,捧着一口大饭碗,饭上盖满了菜,有的蹲着,有的站着,看得出来,吃饭是次要的,主要是聊天,聊的内容以国家大事居多,还带着自己的想象。蛋哥指着两张收起来的小方桌,说:"夏天,大樟树的老板也会在这里摆两张小桌,不放凳子,客人们都站着吃,可能全中国都找不出第二家这样的饭馆。他一般只招待熟人,陌生人去,得看他心情,心情不好,给再多的钱都没用。"

对这种做生意的态度,我很惊诧,问:"他凭什么这么牛?"蛋哥笑笑,说:"这可能是他做生意的观念。不是你出了钱就是大爷,他也要选择顾客。不顺眼的生意,他宁愿不做。"

一阵风吹过,头顶上乱响,蛋哥缩着脖子说:"这么冷的天,别耗在这里了,快进屋。"我才发现边上有一户人家,门口亮着路灯,路灯下是一块木牌,上面用毛笔写着"大樟树"三个大字。

这种感觉很奇妙。蛋哥喊我去吃饭,总以为是个正经的饭馆,没想到是户人家,也不认识,推门进去,有种上陌生人家里蹭饭的感觉。我也不说话,默默地跟着蛋哥往里走。

店主一男一女站在屋里,看到蛋哥进来,打了招呼。老板娘团着双手,手心手背来回不停地搓。老板双手插在裤袋中。我发现他们衣服穿得都有点少,耸着肩膀,缩着脖子。老板头发有点秃,乱糟糟的,好像好久没洗了。他的眼窝特别深,感觉像眼球外面包了一层薄皮,嵌了进去,看人的眼神有点怪异。他问蛋哥:"两个人?"

"三个人,还有一个马上过来。"

"是那个骨科医生吗?"他显然对老刀很熟。

蛋哥点点头。他又问:"老样子吗?"蛋哥说:"老样子。"

进了里屋,发现桌子还空着。饭桌其实是一张棋牌桌,摊着一堆凌乱的扑克牌。桌角上有烟灰缸,烟头倒了,但没洗。老板娘进来给我们开好空调,关上门又出去了。

蛋哥说:"今天来得正是时候,再晚点就没位置了,又得看他脸色了。"

"怎么,吃个饭还得求着他吗?"

蛋哥压低了嗓门说:"他干的是高兴活,两桌人满了就不接待了。别看他店小,每天都有人来吃。"蛋哥弹了弹烟灰,笑着说:"你别看他一副落魄相,以前也是公子哥,据说他家以前是苏工世家,他爷爷曾经是很有名的雕刻大师。听当地人说,他还留过洋,回来后,吃饭都用刀叉,一个荷包蛋割成小小方块,能吃上半小时。"

我扑哧一声笑了起来,蛋哥继续压低嗓门说:"年轻时他仗着老家的财势,日子过得鲜亮风光。纨绔子弟嘛,凡事不知轻重,不分尊卑,因为有的是时间和铜钿,干的都是招摇事儿,琴棋书画、跳舞桥牌、麻将梭哈都会一点,又因为天性懒散,大多是三脚猫。这样的人,你也知道,免不了家道中落。大概后来他也弄明白了生活的道理,踏踏实实开起了饭馆。"

"这么说,他还是个没落的贵族,这顿饭有点高级啊。"

话说着,老板娘又进来了,手上拎了一壶米酒。蛋哥掀开壶盖,一股热气冒了出来,满屋子的酒香,里面冲了鸡蛋,米酒看上去有点浑浊。老板娘是典型的和蔼脸,两团苹果红,她看了我一眼说:"第一次来吧?没看到过你。"

我连声称是。蛋哥在旁边瞎起哄:"省城的大诗人,请了好多次才请来,我们从小一起玩泥巴的。"老板娘脸上的笑容更加殷切,她多看了我两眼说:"这倒是难得的,让我们也沾了光。你们先喝起来,我去切两盘羊肉来。"她说着又退了出去。

蛋哥压低嗓门说:"她不是老板的老婆,起初我们也以为他们是一对。他们生意太好了,名声大了,后来老板真的老婆就来了,两个女人还吵了一架,这事才败露了。"我一惊。蛋哥说:"那次吵架有点像赤壁之战,一场架下来,天下三分,鼎足而立。老板答应每个月上缴三分之一收入,真老婆不再到店里闹,他们继续搭伙做生意。"

蛋哥的眼神快,及时地住了嘴。门又被推开,老板娘笑吟吟地进来,手上的冷盘噼噼啪啪往桌子上搁。一盘羊肉,一盘狗肉,一盘卤鸡爪,还有一盘花生米,分量都很足。老板娘说:"热菜稍等一下,马上就来。"

蛋哥目送她出门,又说:"那个真老婆我看到过,邋遢、凶悍,如果天天来这里闹,客人会被她赶跑的。"蛋哥说着,给我倒上了米酒:"我们先动起来,老刀这个人没准点的,说不定临出门又要做手术,边吃边等他。"

两杯热米酒下肚,我的身上暖和起来,把外衣脱了下来。蛋哥说:"其实这里的老板就烧一个菜——红烧鲤鱼,别的菜在他眼里不叫菜,都是搭配送的,也不自己烧。你等下可以去看看,红烧鲤鱼烧完他就摘了围裙,一个人在抽烟了,灶头交给老板娘,剩下都是她的事。"

"哦,这么有个性?"

"没办法,客人都冲着他那条鱼来的。他从来不记细账,一顿饭多少钱,都由他张口决定。他也看人头,可能一模一样的菜,两个人来是两百块,三个人来就变成了三百块。所以碰上计较的人,要跟他理论,问这个菜多少钱,那个菜多少钱,他嫌烦。这可能也是他不愿意接待陌生人的原因。"

我笑起来:"这买卖做得原始啊,不过挺有古风。"

蛋哥说:"你别说,就这么毛估估,也忙不过来。"话说着,门外果然来了一拨人,他们隔着玻璃窗朝我们的房间张望了一下,去了隔壁房间。蛋哥说:"这两间包厢数我们这间好。隔壁没有空调,只生两个煤球炉,暖和没问题,就是一屋子煤气味,得时不时地开一下门,不然有煤气中毒的可能。"

我笑起来:"这是冒死吃鲤鱼吗?被你讲得这么神,我得去看看。"

出了门,发现老板娘正在水池里捞鲤鱼。她戴着一副红色塑料手套,一只手提着菜刀,一只手拎着网兜,看准了鲤鱼,一抄就捞上来了。她看到我,说:"很多像你这样第一次来的客人都好奇,非得出来看。我们这里主要水好,挨家挨户都有水塘,养珍珠蚌,珍珠蚌的水塘里不能养草鱼,只能养养鲤鱼,这鲤鱼特别肥。"

我注意到了她手上的鲤鱼,果然漂亮,通体呈现金黄色,尾巴红得像鸡冠,身上的鳞片非常整齐,饱满而带着光泽,侧面的线条像画上去的,嘴上的触须肥厚而卷曲,感觉像从年画上跳出来的。

老板娘把鲤鱼往地下一掼,说:"杀鱼有点血腥的,你看着不会不舒服吧?"

我摇摇头,用方言说:"我农村出来的,杀猪杀牛看多了,眼睛都不眨一下。"

老板娘笑笑,说:"我们也不是所有鲤鱼都买,对个头有要求,一般两斤半左右的。鲤鱼超过三斤,肉质就粗,不好吃,个头太小也不行,都是细骨头。"老板娘杀鱼的手法极其娴熟,刨鳞片、剖膛开肚、挖下水,转眼间,洗好的鲤鱼就放在了砧板上。

这时候轮到老板披挂上阵了。他慢悠悠地抽了一口烟,把烟屁股弹出了门,在水龙头上洗了手,一手取过菜刀,另一只手捋在鲤鱼身上,那动作看上去极其温柔,仿佛在抚慰即将下锅的鲤鱼。再看那把菜刀,刀头已经磨圆,刀锋有了弧度。他的刀放在鱼背上,仿佛在辨认鱼骨,感觉就轻轻抹了三下,鱼背上的肉就顺着纹理裂开了。三条漂亮的斜纹,似乎每一条都贴着鱼骨走。

炉灶响起来,热油在锅里打着转,鲤鱼下了锅,被热烈的声音包裹住,鱼身随即被热油拱了起来。老板漫不经心地抖着脚,片刻过后,他颠起了锅,只见那条鲤鱼在空中不停地跃起,仿佛活了一般。几下之后,老板用勺子洒了料酒、酱油,盖上锅盖,煮至八九分熟,起锅。转而开始勾芡,那双手仿佛粘上了勺子,在空中转圈舞动,只剩重重叠影。转眼间,琥珀色的芡糊离开锅底,淋到了鲤鱼身上,薄薄一层,却异常均匀。香味从鲤鱼身上升腾起来,在厨房里四处游走。蛋哥仿佛掐着时间,一把拉开了门,对我说:"还愣着干什么?过来吃了。"

我回到房间里,蛋哥说:"他对你算客气的。一般陌生人站在旁边看,他会赶人。"我说:"这也对,绝活最怕被偷学。"蛋哥笑着说:"你这样子,一看就知道不是厨师,你以为人家傻?"

说着,红烧鲤鱼被端上来了。我暗暗惊叹,这老板果然有一手,煮熟的鲤鱼纹丝不乱,还是活着的模样,背脊朝上,身段自然弯曲,拗成一个S形,仿佛在盘中戏水。蛋哥早已按捺不住,举起筷子说:"尝尝!趁热吃。"

我一直怀疑过于完美的东西,总想把它拆解开看个究竟,这种想法有点像那个朝蒙娜丽莎开枪的疯子。我把筷子伸了过去,刺入鱼身时,蛋哥在一旁大叫起来:"你动作温柔点,吃相不能太难看。"我说:"好看不顶用,早晚要进肚子的。"筷子的一端传来了鱼肉的弹性,一夹,那肉就一瓣瓣碎开来,确实是新鲜到了极致。我把鱼肉放入嘴里,它带了一点微微的辣,却盖掉了鲤鱼的腥味,再嚼,发现除了鱼的鲜美,还有一股淡淡的甜味。

第二筷伸过去,我的节奏慢了下来,因为我看到鲤鱼一侧的眼珠子没了,像被人剜去了。我看了一眼蛋哥,他正吃得津津有味,没想到他还有这童心,喜欢吃鱼的眼珠。我把鱼肉夹进嘴里,闭上眼睛,回味了很久。

老板娘看着我们,问:"怎么样?"

我和蛋哥频频点头。我说:"确实是我吃过的鲤鱼里烧得最好的,让我想起了小时候在水塘边玩耍的情景,纯粹,又有点淡淡的忧伤。"我这么一说,蛋哥在旁边咯咯直笑,老板娘也跟着笑,不过表情并没那么夸张,显然她挺受用的,紧缩的身形开始松弛下来,仿佛过了一场大考。

老板娘一走,我跟蛋哥说:"你跟我儿子差不多,他也喜欢吃鱼的眼珠子。"

蛋哥愣了一下,说:"我没吃啊,谁吃鱼眼珠了?不过说来也奇怪,每次端上来的鱼都缺一颗眼珠,回回都这样,我怀疑是他吃的。厨师嘛,都好第一口。"蛋哥说着,朝门外努努嘴。

我笑了笑说:"吃鱼眼珠,这爱好倒挺独特的。"

我们正吃得欢,老刀赶到了,他看着只剩半边的鲤鱼,一把抢过盘子,放到自己跟前,不许我们再吃。我们不禁大笑,多年过去了,他还是读书时的模样。读书时,我们一起吃饭,他也是这个样子,碰到中意的菜就霸占,别人要跟他抢,他就往菜里吐口水。我们提起这茬,老刀就端起盘子,作出要吐口水的样子,我知道这是表演。年少时总有各种各样的恶作剧会停留在记忆里,一部分就凝固成了永久的友谊。

这顿饭吃得热火朝天,中途,蛋哥上了一趟洗手间。洗手间在外面的野地里,开门的时候,蛋哥还算淡定,回来时已经缩成了一团,他说:"外面冷,比城里低好几度,好像要下雪了。"他的声音带着哆嗦,这让我们也跟着哆嗦起来。想想下雪天,为了吃一条鱼,受困于大樟树下,这顿饭忽然间就有了意思。

临近结束的时候,门被推开了一条缝,老板的头探了进来,他似乎很少主动跟客人打招呼,这让他看上去有些腼腆。蛋哥和老刀看到他,也愣了一下,连忙招呼他进来坐。气氛有点怪异,仿佛我们成了主人。他进来了,也不坐,看了一眼只剩一条骨架的鲤鱼,嘀咕道:"吃得倒挺干净。"蛋哥说:"今天我好朋友来,能不能破例再烧一条?"老板说:"吃得不够是最好的,吃多了会倒胃口。"我们纷纷说,不会啊。老板却不松口,他说:"今天不烧了,下次想吃了,还可以来。"我感受到了他的固执,打了圆场:"老板说得对,吃成饕餮,图了个爽,其实未必真爽。"

老板看着我,突然很正式地说:"我想跟你谈谈。"

我有些愕然,问:"谈什么?"

他的神情一下子变得有些窘迫,支支吾吾了一阵,冒出一句："你是文化人,应该对吃的比较了解……"

我笑起来,说:"别听他们胡说。其实我也是个俗人,为了一口吃的,专门寻过来,开了半个多小时的车。"

老板的脸上恢复了神采,他说:"这里的好多人都是从城里特意赶过来的,那个房间里的也是,每次都讨添头,遇上好吃的,就想一次过足瘾,我给他们掐着量。"

"您做得对。其实任何东西,过头了就是不及。"我说。

老板点点头,说:"食物最早……是为了填饱肚子,往后才是为了吃好,吃好分好多种……你们大概吃的是情怀。"说着,他自己先乐了起来,那颗像鸟窝一样凌乱的头缩在棉衣领子里抖动了半天。

屋子里的气氛欢乐了起来,老刀剔着鱼骨架上的肉屑说:"被你这么一说,这鱼的味道好像又好了一些。"他说着,把鱼汤倒进了空碗里,盛了一勺子饭,拌起来说:"不能浪费,把每一滴精华都榨干净。"老板轻描淡写地说:"骨科医生动手术经常用锤子、榔头,费体力。你多吃点,我不会说你。"

我看了看窗外乌黑的天,窗沿上传来簌簌声,好像真的下雪了。我问他:"为什么这么好的手艺要藏在偏僻的地方,而且定了规矩,只烧两桌?"老板笑了笑,说:"不光你们吃的应该节制,我对烧鱼也是这个要求,烧多了难免失手,丢了门面,就违背了初衷。"我说:"懂了。"

蛋哥嬉皮笑脸地问:"听说你以前生活非常讲究?"

"听谁说的?"老板很警惕,他仿佛觉察到了这话背后不怀好意。

"据说你吃小笼包,一定要有一碟浸着姜丝的醋,炖鸡汤必须有几片火腿盖在上面,有这回事吗?"蛋哥笑嘻嘻地问。

"你跟我说是谁告诉你的,我就回答你,不然你得问说这话的人去。"

蛋哥笑笑,没有了下文。老板抹抹嘴巴,反击道:"记者这行当在以前也有,就是包打听,官方语言叫消息灵通人士。"我们都哈哈大笑起来。

本以为老板会拉开架势聊上半天,他却很快地离开了。我们又坐了一会儿,大概本来想聊一聊这个古怪的老板,可是终究谁也没说。仿佛在人家眼皮底下谈论人家,是件极冒险的事。

出来结账的时候,外面果然飘起了雪花,老板蹲在地上抽烟,安静得像个闲人。他看到我们出来,站了起来,蛋哥问他多少钱,他说:"老样子,付三百块算了。"我们会心一笑。老板接过钱,突然又从抽屉里抽出一张二十元,递给蛋哥说:"算了,看在你们这么远过来的份上,给你们打个折。"

一旁的老板娘正在清理水池,我看着她小心翼翼地把鲤鱼捞上来,养在旁边的水缸里,突然想起了我们那里的风俗,我说:"这鲤鱼我们那里叫元宝鱼,大多祭祀用,祭祀完了,就放生了,好像我们那里的人不吃这个鱼。"

老板愣了一下。蛋哥和老刀奇怪地看着我。那一刻很安静,我立马意识到自己讲错话了,装作没事地往外晃。老板尾随了出来,我注意到他的表情有点恍惚,仿佛怀了一桩重重的心事,他一直把我们送上了车。离开大樟树,车子在荒凉孤寂的乡村公路上行驶,车灯前的雪花恍如精灵,迎面扑来,又惊慌失措地躲开了,我突然之间感到狼狈起来。

过完年,天气略微转暖的时候,蛋哥给我打电话。他说节目已经做好了,最后还是做成了一期,工作量可想而知。他说我录节目的时候大概没有对着话筒说,单是调音就把他累垮了。他问我要不要先听一听节目效果,我说不听了,这本来就是个任务,完成就好了。我的不屑让蛋哥有点生气,他说我不尊重他的劳动成果,这可是他的心血。我说,那就听一下吧。他说,那么勉强就算了。你来我往地相互数落之后,我们又慢慢地客气起来。

我说,下次再去大樟树,我请客,作为赔礼道歉。蛋哥说,得换个地方了,大樟树已经不灵光了。我一惊,问他怎么了?他说,他前几天又约了几个朋友去那里,老板竟然不烧鲤鱼了,搞得大家都很惊讶。老板娘悄悄地跟他们抱怨,说不知道他哪根筋搭错了,突然决定就不烧鲤鱼了,怎么劝都没用。大家都图他那条鱼去,不烧鲤鱼了,很有可能生意都逃走了。老板娘说,不烧鲤鱼了,总得烧点别的鱼,味道在他心里,逃不走的,只要他肯烧,失去的客人们还会回来的。他说,那就烧花鲢吧。

鲤鱼自此在他饭馆里绝迹了。一个厨师,放着绝活不用,去搞研发,这多少有点冒险。不过他那个手艺,烧花鲢问题也不大。蛋哥他们也吃了,确实也比外面的馆子好。但蛋哥他们几个都是吃货,一般的菜不入他们口,而且他们也不喜欢跟外面的比,就跟他原来的红烧鲤鱼比,首先相貌上就逊了一大截,鲤鱼多漂亮啊!那花鲢就一段,身上还都是叮满了蚊子似的花斑,吃着吃着,就越来越觉得不及他原来的红烧鲤鱼。还有,老板娘原先的一团和气也消失了。那天厨房里两个人拌上了嘴,锅碗瓢盆拍得火星四溅,这吵吵闹闹的氛围让蛋哥觉得有点扫兴。

蛋哥说,原来开半个多小时车去吃鲤鱼,还兴冲冲地,现在要先在心里衡量一下了,跑这么远的路,值不值得。我心里一颤,想到了我之前说漏的话,会不会是我引起的呢?让一个厨师发慈悲,这不是要人家命吗?他烧菜是要谋生计的呀。

我跟蛋哥说,不管怎么样,有时间了还得去光顾人家的生意,至少我觉得在大樟树下吃饭,这种体验不是哪里都有的。蛋哥说,要去没问题呀,你多回来几趟,回来了就带你一起去。

这之后,我也回过几趟老家,和蛋哥、老刀联系时,也常把"大樟树下吃鱼去"挂在嘴边,可仅仅限于过过嘴瘾,并未付诸行动。每次,他们两个都很忙,尤其是老刀,手机得二十四小时待机,经常有紧急的手术把他临时召唤回去。

到了五月的时候,我跟蛋哥说:"再忙也得去一趟了,夏天要来了。"当决定把一件事情搁在夏天去办了,我就觉得夏天会过得特别快,夏天一过,又得拖到下一年,而很有可能这之后都不会再发兴去完成这件事。

蛋哥觉得我有偏执症,他总是希望老刀也能一起去。我说:"如果下次老刀还没空,就不管他了,一定要去。"蛋哥说:"好好好,陪你去发神经。"

随着大街上穿短袖的人越来越多,我挑了个周末回到老家。蛋哥已经等在火车站出口处,明晃晃的太阳让他眯起了眼睛,大蒜鼻尖上都是圆滚滚的汗珠。看到我出来,他嘻嘻笑着说:"你真会挑时间,这天气我对吃的提不起一点兴趣。不过大樟树下避暑纳凉,倒是个好去处。"我拍拍他的肩膀说:"别废话,走了。"

上了他的车,我问他后来去过大樟树没?蛋哥摇头晃脑地说:"没去过,花鲢哪里不能吃?"我说:"就不能再去看看那个老板?"蛋哥笑起来,他说:"老板又不是美女,美女我都看不过来,还有心思去看一个老头?"

到了大樟树,发现和前次来果然不一样,那棵巨大的古树刚换好新叶,阳光下鲜嫩的树叶泛着淡淡的光。大樟树下的石板上坐着几个老人,清一色黑得发亮的皮肤,他们聊兴正浓。一个老汉说,他老表的孙子最近得了国家科学家奖,而且是特等奖。他说,现在国家对科学十分重视,科学是最要紧的,没有科学,再多的钱都没用。

蛋哥冲我笑笑,他说:"没事了来这里挺好,听他们吹吹牛,奇思妙想什么都有。"我的兴趣并不在这上面,扫视了一圈,竟然没看到那两张小方桌,心里不免有些失落。走近饭馆,那块写着"大樟树"三个字的木牌还在,推门进去,里面有点黑。一个声音从里屋传来:"吃饭吗?"紧跟着,老板就从里面走了出来,他看到我和蛋哥,笑了笑说:"是你们啊!好久没来了,我刚打算睡会儿午觉。"

蛋哥脸上有了些许难为情,他岔开话题问:"怎么就你一个人,老板娘呢?"

老板迟疑了一下,开始刷锅,他说:"哦,今年生意不太好,她去厂里上班了,我一个人也够了,管得过来。"

蛋哥坏笑着说:"我知道生意不好的原因,主要是你不烧鲤鱼了。"

老板停下来,看了我一眼,我感到浑身都不自在。他说:"我就是这样,决定了的事不会改,爱吃吃,不爱吃拉倒,都这把年纪了,不想将就人了。"

我连忙打圆场:"你的花鲢没吃过,来一份让我们尝尝。"

老板的脸色缓和了下来。他走到水池边,捞了一条花鲢上来,问:"这条怎么样?"蛋哥说:"太大了,吃不完。"老板说:"这是最小的了。我可以两种烧法,鱼段红烧,鱼头炖豆腐汤。"蛋哥露出了为难的神色。我赶紧应承下来,又问:"可不可以搬一张小桌到外面大樟树下?那里凉快,我们想去那儿吃。"

老板面露难色,他说:"以前也没人提意见,今年生意不好后,有人出闲话了,说大樟树下垃圾成堆,赚钱归我一个人,环境得大家来分摊。我一气之下,就撤了那里的桌子,再也没去摆过。"

那天,我们只好又坐到了包厢里,老板亲自来开了空调,他说一会儿就冷了。过了好一阵,我们发现那机壳发黄的空调也不太管用,声音大得像风扇,吹出来的气也不冷。老板进来看了看空调说,可能氟利昂没有了。他又把厨房的排风扇拿了过来。那家伙劲太大,吹得桌上的塑料餐布狂舞不止。蛋哥笑得岔了气,他说:"这不行,台风里吃饭,谁受得了!"最后只好开了窗户,老板又找来两把破旧的麦草扇,说只能这么将就一下了。

他忙得满头大汗,对我们说:"以前她在,也没觉得她多重要,离开了,我相当于折了一只手,什么都得自己来。有时候想把她叫回来,可生意没以前好,叫回来又是负担,真是两难。"

我说:"你还可以烧鲤鱼啊。各地风俗不同,拿别人的忌讳来限制自己,也犯不着啊。"他愣了一下,然后坚决摇摇头说:"不弄了,放下的不会再要回来,我就是这么倔强。"

那天,隔壁的那间包厢一直都没有人过来,蛋哥冲我眨眼睛:"说明不是我一个人口味挑,别人也挑。"我说:"味道不重要,我们吃的是情怀。"说实话,那天的花鲢端上来后,我也没有觉得味道很惊艳,可能是吃的人少了,花鲢不够新鲜,总感觉少了当初鲤鱼的生猛。蛋哥轻声说:"这家饭馆的牌子倒了,可能坚持不了多久就会关门了。"他唉声叹气地摇着头:"多好的饭馆啊,好端端的被自己折腾死了。"我也感受到了老板的艰难,他以前只烧一个菜,现在妥协了,什么都烧,洗菜也自己来,杀鱼也自己来,一个大厨师的架子都丢光了,约等于他的辉煌时代已经过去了。

我们潦草地对付完了那顿饭,从包厢里出来,看到老板在用抹布擦一个玻璃罐。玻璃罐是用来泡药酒的,器型还挺大,里面也没酒,灌了小半罐白色小丸。我们都见过人参、鹿茸、毒蛇啥的,这种比米粒大一点的白色小丸倒没见过,就问老板,那是什么好东西。

老板笑笑说,那不算好东西。他扶着那个玻璃罐说:"听说以前的刽子手每杀一人,都喜欢在刀把上刻一条纹路,杀到一定数量就收手了。我和那些杀人如麻的刽子手也差不多,不同的是,我是杀鱼如麻。"

我猛然间记起来,当时他烧的鲤鱼好像都被剜去了一颗眼珠子。我一凛,问道:"那是鱼的眼珠吗?"老板点点头,他说:"别看一天两条,时间会让人瞠目结舌。我有一天挪出这个罐子,想把发霉的鱼眼珠晒一晒,一倒出来,那数量吓到我了,成千上万的小眼睛看着我。我想,罢了,不烧了。"

回去的路上,我们沉默了好一阵,蛋哥嘀咕道:"没想到他还记这个账。"我说:"可能换谁都纠结,不光是他,连我也感到为难,到底是吃还是不吃?"

我以为他的事情到这里就结束了,没想到过了几个月,老刀给我打电话,他说:"你猜我遇到了谁?"我一头雾水,问:"谁啊?"老刀说:"大樟树的那个厨师,烧鲤鱼的那个厨师。"

事情是这样的。那天,老刀接到了急救室的电话,说送来了一个年纪很大的老人,摔了一跤,伤得蛮重的,让他赶紧过去看一下。老刀赶到急救室,发现那个老人躺在担架床上一直在哆嗦,他看上去真的挺老的,像一片挂在树枝上的枯叶,感觉随时会飘落到地上。老刀初步检查了一下,好像他的腿骨、盆腔都伤着了。他赶紧开了单子,让家属陪着老人去做全身CT检查。

结果出来了,盆腔粉碎性骨折,腿部也有两处骨折,得动手术。没想到家属说,老人家再过一个月就满一百岁了,这样的年纪上手术台,下不下得来都是个问题。他们建议老刀给他保守治疗,减轻点痛苦就行,能熬过去是老人自己的造化,熬不过去就这么认了。

老刀说,农村里的人都很现实,他们觉得这么大年纪是该走了。老人有三个儿子,两个都走在了他前头,再说自己长命百岁,活成了妖怪,膝下的人先走了,老人自己也厌世,不想再多活了。

说归说,老刀还是担心真出事了,家属会赖上医院,就让他们签了承诺书,家属们也都爽快,干脆利落地签了字。老人在医院里住了一个多月,并发症出来了,陷入了昏迷,只能靠呼吸机维持生命。老刀开了出院证明,让他们把老人接回家。家属不放心,希望老刀能一起送老人回家。老刀当时就急了,在医院好歹还有单位护着,去了人家家里,这事要赖他头上,就真说不清楚了。他毫不客气地拒绝了。后来家属打了个电话。不久后,老刀就接到了院长的电话,说让他陪护一程。老刀想推脱,院长说,这户人家都是通情达理的人,你放心去,不会有事的。

老刀后来才弄明白,老人的一个侄孙在当卫生局局长。既然院长要求了,他只能硬着头皮去。临时充了一个氧气袋,挂在老人鼻子上。去了之后,才知道老人的家就在大樟树。救护车拉着警报开进大樟树的时候,很多人都跑出来看热闹。

到了老人的家里,老刀说,氧气袋拔了,老先生就没了,你们自己决定什么时候拔,这个氧气袋也只能维持一两个小时。后来,他们商量着挑了一个时辰。老刀拔掉氧气袋,几个女眷象征性地哭了几声,还没热闹一阵就停了。

本来履行完分内的事,老刀也该回去交差了。没想到,老人庞大的家族都很客气,对老刀千恩万谢,非得留他吃晚饭。每一个人都对他说,难得有百岁老人这样的白喜事,这饭一定要吃。面对盛情相邀,老刀也被他们的热情打动了,就答应了下来。

老刀说,他也没事干,就坐在那里看大家忙忙碌碌,不时有人过来给他递烟,还陪他坐一会儿,聊几句无关痛痒的天。最有意思的是,老人的家属都觉得气氛不够悲伤,喊来了一个专业哭丧的人。那个长得像一颗皱巴巴小土豆的人,问他们需要作为什么身份哭,他说什么身份都行,一个人一个价格,儿子女儿最贵,孙子孙女次之,侄子外孙表亲啥的,价格再便宜一点。后来一盘算,发现老人的家族过于庞大,一一哭不过来,就只好做团体哭的打算。

老刀说,那场景有趣极了,老人周围围满了亲人,但他们都在看热闹。那"小土豆"披麻戴孝,跟老人的家属说,我先哭几声给你们看看。结果一开口,气势恢宏,氛围搞得很浓烈,老人的家属都很满意。有人看到"小土豆"脸上挂泪,问他:"你真哭啊?眼泪都出来了!"他边哭边回答:"没有眼泪,我是哭不出来的。"就这样,双方很愉快地达成了交易。

老刀就坐在那里,听那"小土豆"一会儿装儿子,一会儿装孙子,句句催人泪下,哭的内容五花八门,条理都很清楚,仔细推敲也不见明显的漏洞。更绝的是,作为女儿身份哭的时候,他仿佛变了性,连声音都变得细细的,诉说衷肠的词凄楚婉约,唱得像戏文。

老刀本来想坐一会儿就走的,听哭丧入了迷,竟然一坐坐到了傍晚。

到了晚上,大樟树下摆了宴席,单是过来帮忙的人就凑了好几桌,老刀被家属安排在主桌,享受了座上宾的待遇。酒过三巡,不知道谁说了一声:应该让老庄来烧一条鲤鱼。这个提议得到了大家的响应。有人说:老庄现在不烧鲤鱼了,不过今天是康太爷的大日子,应该可以破个例。

有人跑去喊老庄。不久后,老刀看到大樟树的厨师被众人簇拥着过来。这次他穿得十分考究,簇新的厨师服,扎着厨师围裙,头顶上还戴着一顶崭新的厨师帽。他走进大堂,朝康太爷的遗体毕恭毕敬地拜了三拜,周围围满了汇聚过来看热闹的人。

老刀说,听说大樟树的厨师要重新掌勺烧鲤鱼,大樟树的男女老少都出来了,感觉像一门失传的绝世武功重现江湖,大家都想亲眼见识一下风采。

老庄还在做准备工作,有人就迫不及待地捧来了一条鲜活的大鲤鱼。他看了看,把鲤鱼接过来,还抱在怀里抚摸了几下。接下来发生了大家意想不到的一幕,老庄抱着鲤鱼一路小跑,在离大樟树不远的溪流里把它放生了。

众人纷纷错愕。老庄却回来了,他挽起袖子,问后厨有没有老一点的卤水豆腐。有人说,豆腐有的是,我们要看你烧鲤鱼,不是烧豆腐。老庄说:"什么材料没关系,你们等着瞧吧。"

有人给老庄端来了豆腐,老庄说:"太小了,得弄一版来。"马上有人给换了一版,老庄说:"再弄一盆清水来,旁边放着。"大家这时候才注意到,老庄带来了一个牛皮套,解开来,里面都是精光闪闪的刀具。

老庄把端来的豆腐往跟前一放,闭上了眼睛。众人都屏住呼吸,瞪大了眼睛看着老庄,不知道他要干什么。老庄突然双眼睁得滚圆,眼眶中熠熠闪光,他的目光都集中到了眼前的这版豆腐上。只见他手握刀具开始在豆腐上停停走走,时而细腻婉约,仿佛于大山溪流深处拨动琴弦,时而万马奔腾,如百川汇流,翻腾入海。

过了半晌,众人反应过来,他是以豆腐为原料,在雕刻鲤鱼。刀具在水盆和豆腐间来回游走,愈来愈疾,感觉刀锋处有热流倾泻而出。那版豆腐顷刻间仿佛有了生命,一条鲤鱼的形状出现在了众人面前。

老刀说,当时有种错觉,觉得这条鲤鱼就是从老庄心里游出来的。众人围着鲤鱼纷纷议论,说雕得太传神了,尤其是尾巴,仿佛还在划水。

雕刻完鲤鱼，老庄又调了藕粉，把它淋在了鲤鱼身上，开了炉火，热了油锅，把那条"鲤鱼"放进了油锅。片刻后，"鲤鱼"出锅，通体金黄色，形状也更加立体。有人高喊："好！"众人纷纷鼓掌。

之后，老庄改用了平底锅，把"鲤鱼"放了进去，"嗡"一下，火苗蹿了起来，老庄身上的血液仿佛也跟着沸腾起来。他的勺子在一排调味料中穿梭，每一下都如蜻蜓点水。拍入锅中后，不时有火焰蹿起，但也转瞬就熄灭，那些火焰仿佛出自魔术师之手，一明一灭，任由他掌控着，那条"鲤鱼"在各种变幻中滋生出神奇的香味。一阵眼花缭乱的烹饪后，"鲤鱼"终于出锅了，它摆在一口清水瓷盘中，形象呼之欲出。

但这并没有完，老庄又调了番茄咖喱酱。他仿佛化身为神奇的画师，用那把已入化境的勺子往"鲤鱼"尾巴上轻轻一泼，红黄相间的色彩恰到好处，一分不多，一分不少。众人暗暗惊叹眼前的景象。老庄又调上了黑芝麻酱，转眼间，从牛皮套中抽出一支细毫，蘸了黑芝麻酱，点了"鲤鱼"的眼睛。

至此，他袖子一甩，扔了细毫，大喊三声，颓然坐于地上。众人纷纷去扶他，却见他已伏在地上，抽动着双肩。

那条"鲤鱼"被端上了桌，被无数双虎视眈眈的眼睛盯着。但大家仔细一看，都噤了声。因为那条"鲤鱼"仿佛活了，它的眼睛炯炯有神，在瓷盘中看着大家。这会儿，叫好声也没了,嘈杂的环境安静了下来,谁也不敢先动筷子,就这么静静地对视着。

僵持了很久,人群中有人嘀咕:"吃不得啊,太吓人了!"大家面面相觑,不知该如何收场。这时候,不知谁提示了一下,大家纷纷把注意力转到了墙上的康太爷,他正笑眯眯地看着大家。这一来一往,就把他和鲤鱼牵上了线。缓过神来之后,大家七手八脚地抬起那条"鲤鱼",摆到了康太爷的灵前。之后,人群才开始慢慢地活泛过来。

(发表于《收获》2019年第6期)

祖母复活

一

洛慈医院的闻医生已经打来了好几个电话,说配型找到了,是个二十八岁的姑娘,车祸死的,头颅碎了,但身体保存得很完好,可以试一试。关胜接到消息后,一直举棋不定。他又一次站在窗前。五十年前,也是这样的一个夜晚,天空下着小雨,黑得透不过气,他站在病房的窗户前,看着漫天细雨从昏黄的路灯落下来。

儿子关自强和孙女关悦等在一旁,闻医生的电话是打给关自强的。本来家里的所有大事都由他拿主意,唯独这次他没有自作主张,如实地告诉了父亲,等着他做决定。昂贵的医疗费对关胜一家来说并不是太大的问题,家里经营着一家化妆品工厂。工厂是关胜年轻时一手创下的,十多年前他就把工厂彻底交给了儿子。这几年孙女也开始帮着一起打理，经营得更加顺风顺水。得益于此，关胜一家也过着体面的生活。

关胜突然问儿子："强子，你还记得五十年前你母亲离世的样子吗？"强子摇了摇头。关胜又说："那时候你太小了，大概就三四岁。你母亲咽气前，我把你抱到她的病房，你看着苍白消瘦的母亲吓坏了，站在我身前一直往后缩，我能感觉到你整个人都在发抖。那时候你母亲经过化疗，头发也没了，身体只剩下一副骨架，看上去像个陌生人。"

强子抹了把脸，说："我现在一点印象都没有了。"

关胜陷入了沉默。强子示意关悦陪一下祖父，自己打开房门，走了出去。每次心情不好，或者摊上事，强子总习惯性地去抽烟。他知道父亲几年前生过重病，闻不得这个味，他每次抽烟总是自觉地去楼梯口。关胜住的这个高档公寓有四部电梯，进出不经过楼梯。楼梯的弹簧门推进去挺费力，一松手就自动合上。楼道里很黑，只有安全出口的提示灯亮着绿幽幽的光，恍如仲夏夜的萤火虫。强子手中的烟头一明一灭，有节奏地亮着。他在努力回想当年那个惊恐之极的小男孩，却一点记忆都没有！但通过父亲的描述，他确信那个男孩就是自己。这让他有点措手不及。细想起来，这像人生中的一个污点重新被人提及。

不知不觉，香烟燃到了尽头，强子用脚掌碾灭了烟头，把它丢进了楼道的垃圾箱里。他有些气馁,又回过去吐了口口水,仿佛想把口腔中的味道清理掉。回到房间,强子发现父亲还在说当年的事。他在拐角处站住了,竖起耳朵听。父亲在跟关悦说:"你祖母那天其实是回光返照了。之前她一直处于昏迷状态,唯独那天醒了。醒来后她到处找你父亲,我把强子带了过去。她虚弱地从床上抬起手,想握握你父亲的小手。你父亲哭了,一个人跑到了走廊上,我追了出去,怎么都拉不回他,他难过极了。等我再回到病房的时候,你祖母已经不在了。医生早已等候在那里,想把我请出病房。他们要推着你祖母去手术室,我说再等等,让我好好跟她道个别。"

"是奶奶咽气之后再动的手术吗?"关悦好奇地问。

关胜从恍惚的状态中咯噔了一下。这似乎让他挺犹豫的,确认再三之后,他说:"好像是心脏停止跳动之后。当时,你祖母是洛慈医院第一例冷冻大脑的病人。五十年前,他们只是想做个试验,把她保存在液氮罐中,维护的费用都是医院出的。他们也确定不了,头颅在以后是否可以移植。他们让我签了字,说未来说不定你还能看到已经过世的妻子活过来。"

关胜说着去了后面的储物间,一眼瞥见强子站在门口,他突然有些不好意思,问他怎么不进来。强子扇了扇张开的嘴巴说,散散烟味。关胜闪进了后面的储物间,一转眼从房间里出来了,手上多了一张旧报纸,他指着一行粗黑字体的标题说:"当年的报纸有报道,你看这里:丈夫深情告别亡妻,约定未来再见。我和你祖母当时结婚才四年多,确实离不开彼此,再说那时候你父亲还这么小。那天医院里来了很多记者,挎着相机等在走廊里。看到你祖母被推出去,他们在那里疯狂地拍照。我不知道为什么,突然忍不住情绪,在他们的镜头面前痛哭起来。"

关悦看到了新闻标题下的巨幅照片,照片中祖父掩面而泣。年代的久远,让那幅照片褪去了沉甸甸的墨色,担架车和医护人员都成了虚化的背景,祖父的表情是个大特写,只有伤心到绝望的程度才会是那个样子。

关胜用手捂住了眼睛,说:"她多么活泼好动的一个人,病重的时候手都抬不起来,一直喊吃力,只有我能体会到她的屈辱。人到了那个程度,真的一点尊严都没了。"

关悦小心地把报纸折叠了起来。她知道报纸摊在那里,祖父的情绪就收不回来,他仿佛掉进了回忆的泥淖中,一时难以自拔。大家心里都有点急,知道医院那边在等回复,可谁也没有催关胜,大家都体会到了他的艰难。大脑在分娩一段遥远的记忆,这过程是如此缓慢,如同一根细钢丝拉着千钧之力,一步一步地向外呈现着故事的原貌。

关胜坐回到沙发上,疲惫让他失去了讲述的欲望。他陷在那里,在发呆和回忆中来回摇摆。关悦给祖父泡了杯茶,端到他跟前,关胜一点反应也没有。关悦看了看父亲,强子示意她先把茶杯放茶几上。茶几是用墨绿色的玻璃做的,茶杯搁在上面,发出了清脆的声响。关胜听到声音后一激灵回过神来,他脸上露出些许尴尬,接过了茶杯,突然抬起头问强子:"事情急吗?"

强子终于等到了突破口,他连忙说:"当然,闻医生那里一直等着回复呢。"

"这么突然,想也想不到。"关胜喃喃地念道,提起了手中的茶杯。茶杯中的水像电磁波,在杯子中扩散着一圈圈的同心圆。茶杯送到了嘴边却停住了,过了好一会儿,他才喝下了一口茶,吞咽的声音有些怪异,他说:"万一你母亲醒不来呢?"

"手术肯定有风险,百分之百成功是不可能的。可不试试,就一点希望也没有。"

"如果醒不来,你母亲就太亏了。她在零下两百来度的液氮罐中待了那么多年,这是怎样的煎熬!如果还是失败了,当初就不该把她保存下来。"关胜说着,嘴唇也微微地哆嗦起来。

"爸,我能理解您的心情,我们都希望我妈能顺利地醒过来,可手术是避免不了风险的。如果您不想冒这个风险,也可以拒绝,等条件成熟点再考虑。医疗技术总会越来越先进的,可等到什么时候就不知道了。医院主动联系我们,说明这是一个机会,他们觉得可以尝试。早一点让我们一家人团聚,总是好事。"

关胜瞥了强子一眼,说:"你说得头头是道,好像这事跟你没关系似的。"强子连连否认,他说:"这怎么可能,血缘总归是在的。"急火攻心的他说话也开始结结巴巴,让他显得局促不安。一旁的关悦赶紧圆场,说:"爷爷,您多虑了。没有奶奶,就没有爸爸,也没有我。我们都想把失去奶奶的遗憾弥补回来,能活着看看她也是好的。"

关胜却不再纠结,他说:"你们都知道的,这些事我从来不讲,我是怕现在不讲,以后也没机会讲了。"

强子说:"那也可以讲啊。"

"再讲还有意义吗?"

大家都噤了声,场面有些压抑。这时强子的电话及时地救了大家,他指了一下手机,说:"闻医生的电话。"所有人都屏住了呼吸,听得出来,闻医生有点急了,她说话的语气激烈,声音从话筒里跑了出来。强子不停地点头。虽然听不清楚闻医生在讲什么,但所有人的眼睛都盯着那个手机,仿佛一眨眼会把重要信息漏过去。强子说:"闻医生,麻烦您亲自跟我父亲讲讲,我们都不了解医学。"

双方打开了 VR,闻医生倏一下出现在了眼前,她看着关胜说:"关先生,现在机会难得,医院做了各项配型,都很成功,错过了,以后有没有这样的机会就不好说了。再说现在时间很宝贵，错过了移植的最佳时机，手术成功的概率会小很多，所以拜托您早点下决定。"

关胜仿佛被逼到了角落里，退无可退的境地让他的手不受控制地颤抖起来，脸上也隐现出因为缺氧而特有的潮红色。因为急于申辩，他又显得有些慌乱："我没有不同意啊，是他们来问我的，真是多此一举。"闻医生赶紧接过话："那就这么决定了，我们这边马上准备手术，你们赶紧过来。"她仿佛怕关胜反悔，飞速地关了手机的VR，逃得无影无踪。

强子和关悦开始收拾行李，准备赶往医院。关胜一直在旁边看着他们忙碌。和这件事最有关系的是他，但他又仿佛置身事外，感到了一种无从插手的无力感，从接电话开始，一种轻微的恍惚感一直缠绕着他。

他希望关悦的动作能慢一点，但在工厂的这几年锻炼了关悦干练的性格，她很快把日用品收拾进了一个行李箱中，两床行军被也被捆扎整齐。临出门了，父女俩看着关胜，等待着他的决定。关胜起身进了洗漱间，再从里面出来时，他打定了主意说："你们去吧，我不去了，有消息记得及时打电话给我。"

父女俩都有点惊愕，但还是尊重了他的决定。从公寓出来，强子跟关悦说："我从来没有见到你爷爷这么紧张过。他也算经历过大风大浪的人，一般遇到事不会像今天这样犹疑不决。你看到了吗？他的手一直在发抖。"

关悦点点头,补充道:"确实有点不一样,他进洗漱间洗了把冷水脸,出来时耳朵边的头发都是湿的。也许爷爷太在意手术的成败了,不敢面对也是正常的。"

强子脸上闪过一丝不易觉察的笑容,像鱼冒了个泡,转瞬即逝,他说:"即使告诉他手术一定会成功,你爷爷也不一定会来,他还没做好足够的心理准备。你爷爷这辈子可能最在乎的就是这件事,有了这个垫底,所以他什么事都不怕。这次他遇到真考验了。"

父女俩上了车,设置了导航路线,无人驾驶的汽车就自动上路了。晚上的道路异常通畅,转过几个路口,就看到了洛慈医院的住院部大楼,那幢扁平而陡峭的大楼在夜幕中闪闪发光。强子从副驾驶的位置上回过头跟关悦说:"他们都说那大楼像一把手术刀,我总觉得不像,它更像一块纪念碑。"

"那是奶奶安放在里面的缘故吧。"关悦的反应出奇的快。

他们一家都知道关悦的祖母林红保存在这个医院里。可多少年过去了,这个众人皆知的秘密一直都还是个秘密。除了关胜,谁也没有亲眼看到过林红。

夜晚的医院不同于白天的医院,它宁谧得像座花园,参天古树下到处都是闲置的车位,这会儿保安也窝在开着暖气的岗亭里懒得出来。从车上下来,没走几步就进了医院的大楼,强子灵敏地嗅到了消毒水的味道,连打了两个喷嚏。他说:"从小就讨厌这个味道,一闻就犯鼻炎,比花粉还灵。"关悦立刻变戏法似的从手提包里取出一个口罩,递给了父亲。她知道父亲平时闻不惯消毒水的味道,很少来医院,所以提早备了一手。

来到外科手术室的门口,护士已经等在那里,她迎头就问:"谁是关胜?"强子连忙说:"是我父亲。"护士又嘀咕了一句:"他是当事人,怎么没来?"强子愣了一下说:"他在家里,一定要来吗?那我让我女儿去接。"护士轻微地皱了皱眉头说:"再拖下去,你们还做不做手术?"这时,旁边一个年长的护士走过来,看了一眼,说:"他们是直系亲属,也可以的。"

流程这才开始。那个护士飞快地讲述手术的注意事项和它本身的危险性,这一切她熟练得张口就来,仿佛不用经过大脑思考。在护士背书式的复述下,强子手中的笔一直在寻找签字的地方,重复地写着自己的名字。签完名字后需要办理登记和缴费手续,关悦接过那些单子去办了相应的手续。医院对这个手术开了绿色通道,但烦琐的手续还是让关悦辗转了很多窗口。

事实上,手术的复杂性远远超出了大家的想象。手术过程中,护士经常跑出来让强子签字,每一次都事关生死。强子感觉自己掉入了一个危险的游戏中,每过一关,精神刚开始松弛下来,更大的险关就立在了跟前。不停泛上来的困意和没完没了的签字纠缠在一起,仿佛在梦境和现实之间来回穿梭,疲于应付的强子渐渐感到有些力不从心。

整整一夜。黎明到来的时候,手术室的灯才灭了。一群医生从手术室里出来,都穿着绿色的手术服,几乎认不出谁是谁。闻医生摘下口罩,关悦眼尖,迎了上去,她说:"第一阶段手术结束了,还算顺利,心跳也恢复了,需要观察一段时间,因为有排异期。"

强子问:"那什么时候能探视?"

"现在不允许,病人在无菌病房,探视很容易造成感染。有护理机器人守着,你们放心吧。再说你们五十年都等下来了,也不差这几天。"不知道是疲劳的缘故,还是别的因素,强子明显感觉到闻医生有点不耐烦,他只能退到一旁。临走前,闻医生又交代了一句:"这几天,你们必须有亲属在这里,随时都会有危险发生。"

医生们四散离去,手术室门口就剩下强子父女俩,整个过道变得出奇的安静。关悦打开水杯,喝了到医院后的第一口水。这一整夜她几乎一直在奔跑,穿梭于各个窗口。她感到身体像一盆烧透了的木炭,持续地发热,这一口水下去,仿佛能听到干涸的身体冒出嗞嗞的热气声。

在手术室门口的长椅上,关悦对父亲说:"一下子这么安静了,有点不太习惯,好像耳朵边有虫在叫。"强子说:"那是耳鸣，你赶紧找个地方去补一觉。"关悦说："躺下去也睡不着了，心里还在打鼓呢，节奏很欢快。还是您先去睡会儿。"强子有点心疼女儿，他知道女儿的性格，做什么事都有一股小老虎的劲头。他只好先答应了女儿，说："我先睡，醒了来换你，两个人得交替着休息。"

窗外的夜幕如风般吹散了，天色迅速地敞亮起来。关悦找了个卫生间，简单地洗漱了一下，下了楼。外面冷得有点刺骨，清晨的大街上一个人也没有，只有几辆计程车陆续开过。东边的天空已经透出了隐隐的橙红色，关悦忽然觉得这一天宁静得有些美好。这是祖母迎来新生的第一个早晨，她举起手机，对着晨曦拍了一张照片，想着等祖母醒来了告诉她，这天的太阳升起来的时候，他们家又多了一口人。

出了医院的大门，是一条宽阔的马路。大门的左边是一座人行天桥，右边在施工，被围了起来，人行道变得逼仄和可怜。关悦搞不明白好端端的路为什么经常翻修，市政公司似乎全年就没有休息的日子。

关悦戴上了搜索眼镜。眼镜中显示早餐店在另一侧，它被工棚挡住了，需要绕一个大圈子。走到工棚的另一侧，人行道被挖得开膛剖肚，在战壕般的土堆旁，零星的几家早餐店热气腾腾地亮着灯。

买好早点，回到医院，关悦的电话响了。她低头一看，是祖父打来的。祖父一直保持着早起的习惯。接通电话后，关悦听到祖父试探性的问询声,本以为他会问祖母的手术情况,可他迟迟没有问,先是问关悦昨晚休息得怎么样,关悦憋着一股劲跟祖父兜起圈来,她说很好啊。祖父又问:"你父亲呢?"

"他还在睡觉,睡得可熟了。"

"那好,那好,别累着了,让他多休息一会儿。衣服带够了吗?这天够冷的。"

"放心吧,大衣、棉裤都带了。"

祖父话锋一转,问:"悦悦,你是不是给我买过一顶帽子?红色的。"

"是啊,贝雷帽,可洋气了。怎么了?"

"我找了好多地方,没找着。你放在哪里了?"

"可能在家里,也可能在您公寓里。您平时不用,我都收起来了。"

"那有空可以帮我找找吗?"

"好的。您就不想问点别的吗?"

祖父在电话里笑了起来:"你们想告诉我的,自然会说。"

"您期待吗?"

"什么?"

"再次见到奶奶。"

"那……期待的。可我又有点心慌,不知道怕什么。到这个年纪了,照理说什么都看开了,可这件事带给我强烈的不安。"

关悦有些惊讶："会不安吗？我觉得您应该开心才是。"

"手术成功了？"

"闻医生说第一阶段手术成功了，接下去有排异期，得熬过这段时间。"

"不是说配型很成功吗？"

"那也有排异期，用的是别人的身体呀。"

祖父在电话里沉默了一阵，他又问："那个身体的家属来了吗？"

关悦愣了一下，从手术开始，一直只有他们父女，没见过其他人。她突然想到这可能跟洛慈医院的遗体捐献手续有关，遗体捐献之后可能对另一边的家属是严格保密的。她如实地告诉了祖父。祖父说，该好好谢谢人家。他又在电话里叮嘱关悦要注意休息，不然照顾不好病人。挂了电话后，关悦慢慢泛起了困意，仿佛被祖父下了催眠。

二

关胜在公寓也没闲着，他从床底下拖出了一个积满灰尘的老式行李箱。这五十年来，他很少打开这个箱子。箱子用一把小铜锁锁着，关胜从脖子上取下一条红绳子，绳子的一头拴着钥匙，因为经常摩挲那把小钥匙，它看上去精光发亮。

他细细地掸去箱子上的灰尘,擦拭得如此小心,仿佛怕惊扰到什么。打开那把铜锁,里面放着一个石膏雕像、一本手工制作成的书。看到这些,记忆的匣子被打开了,往事像一群活蹦乱跳的孩子,迎面跑来。

宁波大学新生报到的这一天,关胜坚持把父母堵回了家里,他特别想单枪匹马去学校。他觉得做了二十年的风筝,从这一天开始,父母应该剪断手中的丝线,让他独自去飞翔了。父母拗不过他,只好放任他一个人出门远行。其实父亲也没那么在意,这年头考上大学不是什么稀罕事,不必非得大锣大鼓地闹出一些动静,再说考上的也不是名校。

去火车站得先乘城乡中巴车。那天的中巴车特别拥挤,前前后后塞满了货物,无处落脚的乘客只能像猴子一样攀住扶杆。即便这样,中巴车一路上还是招手即停,售票员催促着大家往里挤一挤,她恨不得车厢外也挂满乘客。老迈的中巴车在一段颠簸的山路上摇摇晃晃,关胜总担心它会随时抛锚,但它竟奇迹般地开到了火车站。

乘上火车后,关胜感到心已随着火车飞奔起来。他在车厢里来回地走动,耳朵里塞着耳机,摇头晃脑地合着音乐的节奏。旁边的一个女孩厌恶地瞪了他一眼,突然说了一句:"你能不能安静点?"

关胜停了下来,指着自己的鼻子问:"是在说我吗?"

"不是你,是谁?"对方翻了翻白眼。

关胜发出了不屑的声音:"切,又没碍着你。"

"还没碍着?你那老年迪斯科的动作丑死了,污染眼球知不知道?"

关胜有点不服,他说:"你好看,你来。"

"不好意思,大庭广众之下,我没你脸皮厚。"

关胜被说得热了起来,他说:"我爱咋咋的,你管得着吗?"

"你讲不讲公德?一身猴子戏,还逼着大家看,你好意思吗?"

"看到烦,你可以闭上眼睛呀。"

这时,旁边的一个老伯开腔了,他说:"小伙子,这就是你的不对了。我们都想休息一会儿,你老在车厢里蹦来蹦去,我们也有意见。"

关胜随即提着行李换到了另一个车厢,一路上他都在嘀咕:"我好男不跟女斗。""我也不跟你老人家斗。""惹不起我还躲不起吗?"关胜找了车厢连接处的拐角,蹲了下来。无端地遭人攻击,让关胜有些郁闷。他回想着那个女孩,剪了一个童花头,五官干干净净,模样也挺清纯,怎么会长一张这么刻薄的嘴?

列车员走过来,看到关胜蹲在角落里,说要检一下票。关胜在裤兜里到处掏,摸遍了所有的衣服口袋,才掏出了票。列车员笑了一下,问他:"你有座位为什么不坐?"

"碰到个梅超风,到这里来躲一躲。"

列车员又笑了笑。她笑起来真好看,不光笑容好看,她的衣服也很好看,很合身,身段的曲线包得玲珑别致。还有那顶小巧的紫色帽子,关胜觉得戴这么小的帽子还不掉下来,真的需要很强的技术。列车员走了过去,关胜发现自己郁闷的心情被列车员这么轻轻一笑化解了,他戴上耳机继续摇头晃脑。

"你怎么坐地上了?多脏!"关胜突然看到一双白球鞋站在跟前,他的目光沿着那双球鞋往上爬,翠绿色短裤,白衬衣,童花头。看到那张脸,关胜下意识地往后一仰。

童花头哈哈大笑:"我有那么可怕吗?"

"这是坐吗?没看见屁股没着地吗?"

"你那座位现在还空着,蹲累了就回去坐吧。"说着,童花头闪进了边上的厕所,上锁的声音很清脆。关胜才意识到自己蹲在一个厕所旁,而且跟厕所就隔着一道薄薄的墙壁,更要命的是里面传出了哗啦啦的冲水声。他一下子脸红了,慌忙站了起来,推着行李箱又回到了自己的座位。

过了一会儿,童花头回来了,她说:"你架子够大的啊,还得我亲自去喊你。"

"切!"关胜背过身去。

"我最受不了男生撒娇。"童花头坏笑着说。

关胜觉得这地方没法待了,刚想起身离开,童花头说:"你不会这么开不起玩笑吧?"

"你这是在侮辱人。"

"好好好,我认错。只要你安静坐着,我没有赶你离开的意思。"

"你以为你是谁啊!这火车是你家开的吗?"关胜突然有点咄咄逼人。

火药味一上来,气氛变得很尴尬,两个人都陷入了沉默。一直到宁波火车站,两人都没有再说一句话。终于熬到了宁波站,关胜"噌"一下从座位上立起来,早早地候在了门口。

从宁波火车站出来,关胜一眼看到有人举着迎接新生的牌子等在出口,好几所大学的师生扎堆地举着牌子。关胜找到了宁波大学,仿佛找到了亲人。迎接新生的学长看到关胜一个人提着行李箱出来,问他:"就你一个人吗?你父母没陪来吗?"

关胜心里有些自豪,他说:"他们想来,我没让他们来。"

"哦。"对方反应很冷淡。关胜看到几个学长在那里嬉笑着说:"今天双桥的招待所估计又要爆满了。"

关胜问:"双桥是什么地方?"

他们并没有理睬他,仿佛他是个不懂事的孩子,只是漫不经心地问了他一句:"你什么专业?"

"工艺美术。"

关胜看到两个学长眨了下眼睛,他们低声交流:"又一个,今年这专业没戏了。"

"现在怎么有这么多男生读艺术专业,今年的招生老师肯定是个女的。"

关胜一头雾水地看着他们窃窃私语,后来他才知道每年为什么有那么多男同学抢着去迎接新生,这是一个刺探漂亮女生军情的机会。关胜惊讶地发现火车上跟他斗嘴的童花头也出来了,而且身边有一个学长殷勤地给她推着行李箱。

童花头看到关胜也在宁波大学的新生群里,愣了一下,主动放下了"恩怨":"原来你是宁波大学的新生啊?这么巧。"

因为这神奇的缘分,关胜也收起了身上的刺:"怎么,你也是?"

"不然我会站在这里吗?笨!"

他们先后上了校车。车上一半是大人,一半是学生。关胜发现没有父母陪同的大概就三四个人,有的同学全家总动员,连爷爷奶奶也出动了。

关胜和她坐在前后排,旁边都坐着一个学长。关胜听到前排的学长在问她:"你叫什么名字?"

"林红。"

"你父母怎么没陪你一起来?"

"又不是多了不起的大学,他们懒得陪。"

"哦,你眼界挺高啊!不过我告诉你,宁波大学也有好玩的地方,草坪大,看上去有万亩良田的规模,冬天的时候到处都是晒太阳的人。"

林红"咯咯咯"地笑起来："总共才多大的地方啊？还万亩良田呢！"

"一进大门，你就能看到两幢建筑连在一起，中间是个很大的门洞，我们都叫它南天门，相当霸气。"

"这么说，学校里住的都是神仙喽？"

"我们都这么叫，习惯了。还有一条地沟油美食街，叫双桥。"

"地沟油还搞美食，卫生监督的不来查吗？"

"那不知道，反正东西很便宜，又好吃。学校里最著名的是一条路，绿树成荫，不管天气是晴是雨，必须撑伞。"

"有鸟粪？"

"你怎么知道的？"

"网上早就查过了，你们喊'天屎之路'吧？知乎上还有帖子，教大家在宁波大学如何优雅地躲鸟粪。"

关胜听着暗暗发笑，他没想到这个叫林红的女孩比学长还老辣，好像她才是学姐。再看那个学长，他也体会到了林红话中带刺，说一句顶一句，让他渐渐失去了聊天的兴致。

到了宁波大学，办完入学手续，安置好行李，关胜就迫不及待地去寻找那条"天屎之路"。那条路在大门左拐进去不远的地方，两旁的行道树遮盖了头顶的天空，不时有白鹭在上面嘶叫着飞过。再看路面，仿佛被刷了一层白色涂料，密密麻麻的鸟粪铺满了整个路面,有干的,也有稀的,如微型炸弹从天空砸下来,在地面上炸开了花。那些过往的女同学果然都撑着遮阳伞,她们已经见怪不怪,在树底下行走,犹如闲庭信步。

因为有了这个白鹭林,关胜觉得宁波大学也没想象中那么没劲。他回到寝室,把这个神奇的地方告诉了寝室里的同学,大家都蠢蠢欲动地想跑去一饱眼福。因为这件事,他很快摸熟了寝室里的所有同学。

大学和高中最大的区别在于每晚没有了熄灯铃,寝室熄灯不再被强行控制,就这一点点自由,弄得大家都很兴奋。第一个晚上,谁也舍不得去灭灯。随着夜深起来,日光灯越来越亮,所有人都躺在床上热得睡不着觉。不知谁喊了一句"斗地主吗?"一下子起来了六个人,大家光着膀子围坐在小桌子前,噼里啪啦的甩牌声持续到了天亮。

大学就在一场赌博游戏中轰隆隆地拉开了帷幕,每个人都尝到了那种叫自由的甜蜜素,混合着雄赳赳的荷尔蒙,每个人都焕发出自娘胎以来最耀眼夺目的光芒。牌局散了,天也亮了。爬上床后没多久,门外就响起了动静,一群慵懒的拖鞋在过道里来来回回地走,伴随着牙杯碰到脸盆发出的敲击声,一个崭新的日子开始了。

生活指导老师通知大家开班会,其实主要内容就是让大家做个自我介绍,相互认识一下。关胜寝室的人睡眼蒙眬地去了教室，在接连不断的哈欠中，关胜赫然发现林红也在这个班里，他嘀咕了一声："阴魂不散啊。"旁边的阿毛问什么意思，关胜朝正在自我介绍的林红努了努嘴说："我跟她一个车来的，车上还闹矛盾了。"

"缘分啊。"阿毛一下子变得眉飞色舞。

旁边的小明也参与进来，他笑着说："长得不错啊！你应该先下手为强。"

关胜一脸不屑："她那张嘴能斗牛，谁有兴趣谁去。"

大家你看看我，我看看你，都开始谦让起来，谦让中带着羞涩，瞌睡的劲一晃就醒了。阿毛说："以后喊她斗牛姐。"大家纷纷说好。阿毛喜欢给人起绰号，后来他把寝室里的人挨个起了一遍，阿呆、公子、鸟东、老夫都出自他口，只有关胜、孙权落了个全名，因为他们本身的名号就响亮。

校园生活步入正轨后，大家也逐渐找到了挥发过剩精力的渠道。阿毛喜欢看电影，配了一台超大容量的电脑，下载的电影足够他看十年。他有一个非常好的习惯，不管是好片还是烂片，他都从头到尾安安静静地看下来。公子每天就缠着他，让他下载色情电影。阿毛专门给他分了个文件夹，取名为 MP8。每天深夜，等大家都入睡后，公子就猫在电脑前，戴着耳机看那些小电影，一边看还一边偷偷地乐。

小明足球踢得好，经常喊上一伙人去踢足球。足球场的草坪好像没有空闲的时候，被过度踩踏的草坪到处都是裸露的泥地,一场球踢下来,仿佛在垃圾堆里滚了一遍,身上没有一处干净的地方。小明回到宿舍就变得软趴趴的。他有一个带盖的塑料桶,里面全是没洗的臭袜子,一个月洗一桶,把晾衣竿全挂满,然后在风铃般的袜子中嗅来嗅去,寻找味道没有清除的"漏网之鱼"。

鸟东说,要泡个妞打发打发日子,可是谁也没有行动。他自告奋勇去追了隔壁班的一个女孩,但还没开始就结束了。他回到寝室,大喊着"我失恋了"。大家看猴戏似的看着他。他提着一个脸盆去了食堂,买回了一脸盆烧菜的料酒,非得拉着大家一起喝,结果他自己一口气喝了三袋,因为喝猛了,一下子全吐在寝室里。那股浓浓的酒味在寝室里盘旋了一个多月,怎么都散不去。

关胜住下铺,离鸟东的呕吐现场最近。每次被熏得睡不着觉,关胜就说:"鸟东,你什么肠胃,发酵过的酒堪比毒药啊。"

鸟东说:"那是我的初恋啊。"

阿毛问:"你拉过人家的手没有?"

鸟东的表情很暧昧,但看得出来,这似乎是一厢情愿的事。阿毛说:"没拉过就没拉过,还没见过你这么不洁身自好的人,喜欢往自己身上泼污水,以后传出去,你还想不想再找女朋友了?"

鸟东满脸通红,他说:"那就没拉过吧。"

"搞得跟真的拉过似的,以后我谈一个女朋友给你看看。"关胜说。

"你是不是对林红有意思?"乌东开始把火往关胜身上引。

"一个红辣椒,得配重口的人。"

"那你重不重口啊?"

"我为什么要告诉你?"

不知道为什么,从班会之后,大家都喜欢把关胜和林红扯在一起。关胜其实挺反感人家这么说的。除了火车上闹了点不愉快,他们之间也没怎么说过话。但就因为这点机缘,在别人眼里,好像他们之间有说不清的前世今生。

之后,素描课上发生了乌龙事件,关胜觉得这可能跟大家每天在他耳边唠叨林红有关。素描课是大家最喜欢的课,因为上课的钱胖子根本不把自己当老师,第一堂课,他就说:"你们喊我老钱吧,别叫我老师,更别喊教授,现在教授的名声真不怎么样。"

大家心照不宣地笑。后来他的素描课真的乱成一团,睡觉,剥指甲,玩手机,什么都有。钱胖子只有一条原则,上课点名必须在场,至于你干什么,他从来不管,他说只要不影响别人就行。有同学尝试着逃课,一个寝室派一个人去应付点名。钱胖子很敏感,看到人少就点名。只见被委派任务的人趴在教室的后排,念到一个名字就应一声,应的声音五花八门。钱胖子高度近视,他看到有人在偷偷地笑,觉察到不对劲,点着点着,就走到了后排,最终寝室里睡懒觉的人被一锅端了。他警告了大家,以后点名谁冒充谁就不及格。这之后,素描课成了到课率最高的一门课。

那天钱胖子突发奇想,让大家按照自己的审美,画一幅异性肖像。说完,他顾自去教室外晒太阳了。教室里闹哄哄了一阵,恢复了安宁。关胜坐在画架前,画着画着,鸟东突然出现在了身后,他说:"你喜欢人家还不承认!"

"不知道你在说什么。"关胜白了他一眼。

"这不是林红吗?"

教室里一下炸开了锅,很多人都围了过来。关胜睥睨着画纸说:"你说是就是?喊一声试试,看看它会不会应你?"

也有好事的人去看林红的画板,在那里惊叫起来:"哇,天大的秘密暴露了。"林红画得更像,活脱脱的一个关胜,只是她又加上了两撇胡子。

"铁证如山!"鸟东指着林红的画说。

"请客!请客!"大家齐声喊起来。

在外面晒太阳的钱胖子走了进来,他站在关胜和林红的画板前打量了一番说:"画得都不怎么样,但还是很好认。你们该谢谢我,给你们配了对鸳鸯。"

他一说,下面笑得更加癫狂,有的拍桌子,有的怪叫,场面喧闹得有些离谱。

林红却很淡定,她说:"画的是他又怎么了,用得着大惊小怪吗?"她回过头,冲关胜眨了眨眼睛:"你说是吗?"

关胜突然满脸通红,不知道该如何回应。但通过这次作业,关胜发现自己对林红突然有了好感。在画画之前,他一直说不上来有什么感觉。包括画画的时候,他也不明白为什么阴差阳错地按照林红的模样画了这幅肖像,仿佛她本来就躲在他心里,一提画笔,她就自己走出来了。

那天放学后,关胜鼓起勇气去约了林红,打电话给她时,林红一点都不意外,她说:"我正在洗头,你稍微等我一下好吗?"

"好的。我在你宿舍楼下,等会我们去甬江边走走好吗?"

"好的。"

关胜挂了电话,翻出了微信,一页页地刷朋友圈。虽然有手机作掩护,但他还是如坐针毡。宿舍楼上经常有女生成群结队地下来,几乎每个人都会朝关胜瞟一眼,这种被人围观的感觉让关胜有些坐立不安。更糟糕的是,也有其他的男生走过来,从他们从容的表情来推断,是高年级的老油条。关胜很担心过来一个熟人,被人看到了总是难为情的。

林红迟迟不下来,关胜又不好意思再打电话催促,他向前走了几步,到了女生宿舍楼前的书报亭,装作在那里翻报纸。管书报亭的是勤工俭学的学生,他问关胜要什么报纸,关胜只好要了一份《体坛周报》。他压根对体育不感兴趣,但还是在那里装模作样地看报纸。

又过了十来分钟,林红才从宿舍楼里出来。她穿着第一次见面时的衣服,翠绿加白色,让她看上去像棵小白菜。关胜迎了上去,林红笑了笑说:"今天好雅兴啊。"

关胜看着她说:"你要不要再去拿件外套?夜晚江边风大。"

林红没有上楼,而是给同寝室的王燕打了电话。她们寝室朝南靠窗,她让王燕帮她把衣服从窗口扔下来。王燕从窗口探出头,看到了关胜,她坏笑着调侃林红:"二姐,有人约啊?"林红羞红了脸,让王燕闭嘴。关胜猛然间发觉林红愈发动人。

学校的南面就是甬江。穿过人文学院,往前走一点就到了学校的最南面。那里有一道小门,小门出去是一片菜地,穿过菜地就到了甬江的大坝上。远远的,有几个学生模样的人也在那里散步。两人一路默默地走,走到了大坝上才开始说话,仿佛在学校里到处是耳朵,怕被别人听到。

林红率先问:"怎么画了我?你不是很讨厌我吗?"

"有讨厌吗?那时候是你惹我的吧?"

林红笑了起来。她用手抿着嘴,气浪在她身体里一蹿一蹿的:"你那时候为什么这么开心?老实说,是不是个学渣?觉得考上大学赚到了。"

"我成绩还过得去,就是第一次出远门,又是一个人,觉得以后爸妈都管不着了,我为这事开心。"

"你再摇摆两下我看看,那天火车上的老年迪斯科。"

关胜涨红了脸:"你不是说丑死了吗?不摇了。"

"我是觉得滑稽。你当时完全沉浸在自己的世界里,根本没考虑到别人的感受。哎,不说了,你还没回答我呢,为什么画我?"

"我也不知道为什么,画出来就变成你的模样了。"

"这么说是个误会?"

"不不不,不是没模特,没得参考吗?只能按照心里想的画,没想到你的样子就藏在我心里。"关胜说得脸有些发烫,他说,"怎么老是你在问我?你又为什么画我?"

"觉得好玩呀。"林红调皮地笑了起来,"不过班里你算稍微周正点,其他都是歪瓜裂枣。"

"小明、阿呆他们不都是帅哥吗?"

"他们——"林红用手指抹了一下鼻尖说,"个子没你高。男生最重要的是身高,身高不足一米八,都是残疾人。你有一米八吗?"

"一米八一。"

"我猜得准吧?一看就八九不离十。"

那天,关胜发现林红和他想象中的不太一样,她有非常调皮的一面,喜欢沿着大坝狭窄的边沿走。大坝的另一边用石头垒起来,落差很大,林红走在边沿上,伸开了双臂,一路摇摇晃晃。关胜很担心她会掉下去,但林红并不听劝,她说她从小就喜欢走危险的地方。

林红走着走着,突然停下来说:"你还记得吗?那个来接我们的学长给我打过电话,喊我一起去看电影。"

"你有去吗?"

"你觉得呢?"

"当时我就觉得他没安好心,鞍前马后的。"

林红笑了起来:"你这是吃醋吗?"

"我是担心你吃亏,他们是老油条了。"

林红轻轻地点了一下头,说:"我也这么认为,听说他已经读大三了,还是学生会的主席,我觉得好老。"

"就高了两届而已。"

"听说他们不是应届生,是个社会回炉班,很多人都是工作了几年后再来学校的。"

"哦,那是大叔了。你跟我说他是什么意思呢?"

"跟你都坦白啊,省得你疑神疑鬼的。"

"你跟他有来往吗?"

"没有啊。"

"那就可以了,以后不要理他就是了。"

"你如果对我不好,我就考虑别人。"

这以后,两人的约会变得越来越频繁。转眼间,一个学期就过去了。学校放假的那天,林红还睡过了头。两个人打了车往火车站赶,凑巧的是出租车上的电台里播放着齐秦的

《大约在冬季》。两个人听着那首老歌,什么话也没说,一路风风火火地赶到火车站。一看时间,火车已经开走了,两个人反而都不着急了。

他们把口袋里所剩的钱凑在一起,数了一下,总共才十七块。似乎老天安排他们多逗留一会儿,关胜说:"没关系,我给我妈打电话,让她转点钱过来。"

"慢慢来,我们先去吃早饭吧。"他们一起走到了火车站外面,到附近的小店买了一桶方便面,又接了开水。外面的气温很低,林红冻得鼻尖也红了,她伸出手,捂在方便面的塑料盒外取暖。一对老乞丐走了过来,向他们伸出了搪瓷碗。关胜把剩余的零钱都拿了出来,给了那对乞丐。

林红笑了起来:"这下我们身无分文了。"这种落难的处境并没有让两个人着急,他们反而觉得很有意思。他们在寒冷的街头冻得瑟瑟发抖,掀开了方便面的盖,你一口我一口地吃着,觉得方便面是天底下最好吃的食物。

那天后来,关胜先给林红买了火车票,一直把她送到了月台。看着林红走进车厢,车门关闭后,关胜突然有些不舍,他冲林红挥了挥手,发现林红在里面哭了。于是,他给她打电话。两个人隔着玻璃窗说话,说着说着,火车开了起来,关胜跟着奔跑了几步,被月台上的工作人员拦了下来。

离开了林红,关胜觉得日子变得很漫长。从离别开始,两个人就扳着手指在算还有多少天可以见到对方。两个人都捧着手机过日子，能视频就开视频，不方便开视频就发短信。他们的父母都觉得现在的孩子没救了，手机才是他们最亲密的伙伴。

寒假结束后，关胜和林红约好了在火车站碰头。关胜提前一步到达了宁波，他站在火车站前的广场上等林红，仰头看到宁波火车站像只大螃蟹，在夜晚的灯光照耀下，竟然还是红壳的，像宁波人餐桌上的梭子蟹。他拍了照片传给林红，林红回复，她也马上出站了。

经过了二十多天的分别，林红好像长了点肉，她一出站，就从包里掏出一本书给关胜，说："这个你回去看。"

关胜发现这是一本用胶水糊的书，每一页都贴着采集来的树叶。关胜问："这是你自己写的？"

"嗯，现在不准偷看。"林红看到关胜在翻阅内文，赶紧制止了他。

关胜合上了书，他说："我也有东西给你。"说着从包里取出了一个石膏雕塑。

"这是我吗？"林红问道。

"你自己看呀。"

"有点像。"林红仔细地端详着，"你刻了多久啊？"

"刻了二十多天，每天想你了就刻几刀。"

"丑死了。"林红捂着脸说。

这二十多天的寒假，两个人除了手机上的交流，其余时间凝聚成了一本纸糊的书、一个袖珍的石膏雕像。

关胜回到宿舍后,翻开了林红那本自制的书,上面写着日期,看上去更像日记,有时候一天不止一篇。他随手翻开一页,上面写着:

今天是和你分别的第八天,妈妈问我是不是谈恋爱了,问得我心惊肉跳。她说我和以前有点不太一样了,喜欢一个人傻傻地发呆。想到以后要把你介绍给她认识,我有点害怕,担心她会不会不喜欢你。她说当年爸爸做毛脚女婿,笨手笨脚的,外婆一直不怎么喜欢他,他和妈妈结婚后,和外婆的关系一直都不怎么亲,我出生以后,他们依然冷淡,仿佛还在为以前的事怄气。妈妈说,找对象只要我喜欢就行,只是谈恋爱了要告诉他们。可我觉得她是在套我话,我得把你守在心里,你是个大秘密哦。

我买了两条金鱼,一条是你,一条是我,你的个子大一点,是银白色的,我是红色的。每天,我看着它们在鱼缸里游来游去。我以前是动物杀手,乌龟也养死过好几只。这次我得用心点,给它们买了鱼粮,在鱼缸铺了细沙,一天给它们换三次水。自来水都接了放在太阳下晒,我知道里面有氯气,不晒一晒,会把它们熏死的。

好了,妈妈在催我出门买过年的新衣服了,回来了再跟你说吧。

关胜在宿舍里看了一个晚上。阿毛说他完全入魔了,喊他也不应,最后得出一个结论:恋爱中的人都是神经病。

"都什么年代了,还手写情书,还装订成书。"寝室里的人一个个都摇头。但关胜觉得很满足,他看着那些日记,仿佛把失去的二十多天都补回来了。在这些日记里,他看到了林红的生活,也看到了她发呆的样子。

——那本发黄的书已经变脆,尤其是那些树叶,水分已经蒸发完了,就剩下透明的纹路,薄如蝉翼,有的页码翻开来,碎末纷纷掉下来。那些蓝色的字迹已经晕开,颜色也变淡了,从深蓝变成了明蓝。关胜合上了书,摩挲着有些干裂的石膏雕像,两行泪水无声无息地流淌了下来。

三

关悦怎么也没想到,过了几天,她去楼下买饭的时候,看到了祖父的身影。他竟然背着他们,一个人偷偷地跑到洛慈医院来了。他坐在医院外面的木椅上,望着医院的大楼发呆。关悦本能地想上前跟他打声招呼,但看到祖父出神的样子,她突然又忍住了。既然祖父不想让他们知道,贸然上前打招呼会让彼此都尴尬。关悦只能远远地看着他。只见他望了一会儿大楼,又仰起头看那些参天大树。看了一会儿,他从椅子上慢慢地站起来,也许是坐久了,背有点弯。他又站了很长时间,才挺直腰,开始往回走。

关悦目送着他,看着他慢吞吞地走出医院的大门,上了天桥的电梯。电梯缓缓地把他升到顶部,关悦感到心里有股甜蜜的恶作剧在发酵。祖父突然在天桥的中央停了下来,他又回头朝医院的方向眺望。关悦赶紧躲到了柱子后面,等她从柱子后再探出身张望时,祖父已经从原来的位置上消失了。来来往往的人群迅速淹没了他,关悦莫名地感到鼻子一阵泛酸。

回到医院后,关悦并没有把这个秘密告诉父亲,她觉得说出来会让父亲尴尬。父亲评价一个人的标准就是幼不幼稚,祖父的举动显然属于父亲说的幼稚。但平日里,他是断然不敢这么说祖父的。

祖父的电话依旧每天打来,几乎在相同的时候,一个在清晨,一个在夜晚。这两个时间点仿佛在告诉他们,他的生活非常规律。电话里也依旧是一些家常琐事,从来不问医院里的情况。强子事后对女儿说:"你爷爷精着呢,他能通过你的语气猜出大概情况,不用多问一句话。"关悦想想也对,如果有事情,他们也不会瞒着祖父,该说的还得说。

通过了一段时间的紧张治疗,林红的各项康复指标进展得都很顺利。闻医生终于下了通知,允许家属探视病人。强子第一时间把父亲喊了过来。关胜出现在病房门口的时候,父女俩都惊呆了。只见关胜穿得极其考究,一身干净的棕色小西服,熨得很挺括。脖子上扎着一条墨绿色毛绒围巾,解开那条围巾,里面是贴身的白衬衣,还打着蝴蝶结领结。他头上还戴着关悦给他买的那顶红色贝雷帽。

关胜平时穿戴没这么讲究,他甚至讨厌穿西服,总是怎么舒服怎么来。除了正式的场合,他几乎很少穿西服。关悦调皮地笑了一下,上前一把拉住了祖父的手臂,说:"今天怎么穿这么正式,老帅哥?看上去年轻了十岁啊。"

"不是要见你祖母了嘛。"关胜歪了一下头,脸上竟然有了些许的忸怩。

穿戴得这么讲究,让关胜看上去拘谨了很多。强子似乎替父亲感到难为情,他忘了跟父亲打招呼,也没朝父亲多看一眼。两个人像陌路人,一前一后来到了监护病房的门口。

在门口,护士给大家发了消毒过的蓝色衣服,关悦无意间发现祖父又陷入了无法控制的紧张中。为了缓和气氛,关悦跟他开起了玩笑:"套上这消毒服,您那一身白穿了。"关胜撇了撇嘴,挤出一个勉强的微笑。

进入监护病房,大家才发现,林红根本还没醒来。说是探视,其实并不能走到林红的跟前。林红躺在一个玻璃罩起来的温室中,大家只能隔着玻璃罩看看。

关胜看到林红的头颅已经和身躯缝合了,她还穿着绿色的手术服,躺在病床上,头上插满了各种管子。旁边连着监视的仪器,仪器上跳动的数字告诉关胜,林红已经活过来了。

　　关胜近距离细细地打量着她,仿佛林红从他记忆里清晰起来,与现实中的人重新合到了一起。五十年过去了,林红还停留在从前的模样,头发都掉光了,皮肤没有一点血色,泛着白光。她仿佛睡着了,几乎还能看到五十年前她离开这个世界时的最后一个表情。关胜在无数个日日夜夜里想象过的场景终于实现了,但他霍然间发现了两个人的差距——林红是如此年轻,纵然是气息微弱的病人,逼人的青春还是让她焕发出若有若无的光彩。到这时,关胜才明白过来,什么叫凝固的时光,它在林红身上并没有留下什么,但自己身上发生了巨变,这五十年一下让两个人的距离变得遥远了。来医院的路上,他还存有幻想,两个人毕竟曾经那么熟悉过,不至于会很生疏。可在现实面前,尤其是活生生的林红躺在面前,她就如同一面镜子放在跟前,关胜在里面一下照见了衰老不堪的自己。他觉得,那一刻,有一只无形的手一把将他推远了。

　　关胜的眼眶突然变得红通通,呼吸声也粗重了起来。他看了一会儿,扭过身去,立在那里,再也没有转过身来。

　　从监护病房出来后,关悦发现祖父整个人都变样了。他之前那种兴高采烈的神采消失了,脸上挂了一层寒霜。他一下坐到了外面的长椅上。关悦轻轻地问他怎么了,也不见他回应。沉默许久之后,他对强子说:"你母亲醒来后,我不想去见她了。"

"为什么?"强子瞪大了眼睛。关悦在一旁也跳了起来:"是啊,为什么?您都等了她五十年啊!"

关胜说:"她现在就相当于一个婴儿,重新降生到这个世上。我是一个行将就木的人了,拖着她就连累她了。"

强子反驳道:"如果不是为了今天的苏醒,您当初为什么要把她的头颅保存下来?您难道没考虑过这个结果吗?"

关胜面无表情,他说:"说实话,我没想过它会来得这么迟。如果早个二三十年,或许还不至于这么糟。"

"您是怕她醒过来不认您吗?"强子问道,"可我们也一样啊,我都五十多岁了,不还得喊她妈吗?"

关胜把头往后仰了仰,说:"也不全是。你们是母子关系、祖孙关系,是一种安全的关系。我和她是夫妻关系,这——变成了一种危险的关系。与其以后的生活出现矛盾,还不如一开始就断了这层关系,给她留个好印象。"

"印象有比生活重要吗?"强子急了起来。

关胜平静地看着儿子,说:"你还是不了解你爸爸。我这辈子对这个最看重,活了大半辈子,最输不起的也是这件事。如果活到老了,发现坚持的东西被自己亲手毁了,我真不知道接下去该怎么办。"

关悦接过话问祖父:"如果奶奶不在乎您担心的一切呢?"

"那也是她做的让步,其实年轻人该有年轻人的活法。年轻时差五岁都是代沟,更何况我们差了整整五十年,你们不能用亲情绑架她去做一些违背基本规律的事。"

强子回到现实中来,他说:"您说不想见她,可她总会知道的啊。"

"这也是我要跟你们商量的事,只要你和悦悦,还有医生不说,她就不可能知道。医生那里好说,关键还是你们。"

"如果祖母问起您,我们该怎么回答她?"关悦问。

"就说我已经过世了。"

"您好端端的,这么做合适吗?"强子犯了难。

"我说合适就合适,不然怎么蒙混过去?"

"非得这么做吗?"关悦着急了起来。

关胜闭着眼睛,咬了咬牙关,说:"你们别劝我了,我已经决定了。"

强子看到父亲毅然决然的表情,知道这事已经没了退路,只能回过头示意女儿不要再纠缠下去,可是关悦还是说出了自己的顾虑。她说,这并不是说说这么简单,谁都会怀疑这到底是不是一个谎言,祖母追究起来该怎么办?

关胜说:"那就把谎言做成事实。"

每次只要关胜的语气一变,大家就自动安静下来。他有这个能力,说话的声音也不响,但声音中抽走了情绪,那些话从他热滚滚的嘴巴中出来,立刻在空气中凝固起来,砸在地上铸成了一根铁棍。

送走了关胜,强子回到医院,整个人看上去失魂落魄,显得忧心忡忡。关悦问他怎么了,他说:"死一个人哪有这么简单的,后面还有大工程等着呢。"

关悦去操办了父亲交代的"后事",其实就是把一个活人的痕迹从生活中抹去。本来家里有一个房间是专门留给关胜的,虽然他平时住在公寓里,但家里过节他就回来住。几年前生病的时候,他也住过一段时间,房间里的日用品一应俱全。进门后,靠窗的一侧摆着一张写字台,写字台上搁着一副老花镜,还有一个放大镜,案头上有一个精致的木质相框,里面是一家三口五十多年前的合影,相纸已经泛黄。关悦拿起那个相框,仔细地端详着。老照片上抱着孩子的女人转眼间就要复活,这种不真实感让她觉得恍若在梦里。

写字台旁边是一个书架,书架上堆满了书。保洁机器人就立在书架旁,这会儿被关了电源,它立在那里像个雕塑。房间一周打扫一次,还算干净。靠近阳台的一侧是一张一米五宽的床,这是父亲给祖父定做的木板床,有些旧了,本想换掉,但祖父念旧,一直没换。

床头柜旁边是大衣柜,拉开衣柜,一年四季的衣服都叠放得整整齐齐。房间的东北角是一个小门,连着独立的卫生间,推门进去,里面的卫浴用品散发着一股淡淡的麝香味。关悦收拾了整整一个下午,终于把房子里的东西搬空了。她惊奇地发现,空荡荡的房子一下子失去了人气,好像房子的主人真的已经不在人世了。

最后,祖父在家里就只剩下墙上的一幅黑框照片,它挂在客厅醒目的位置上,在空中微笑。关悦看到那幅照片就想笑,一个在照片中已经死去的人马上就要回到现实中来,而另一个活生生的人却假装成死人放进了照片,隔着照片,他们是在捉迷藏吗?

这一切,关胜亲自检查了一遍。只有看过,他才能放心,显然他对孙女的细心感到满意。那天,祖孙三人特意在家里吃了一顿团圆饭。吃完饭后,关胜默默地在家里走了一圈。每个房间,他都推门进去看一看。关悦跟在他身后,走着走着发觉气氛变得有点沉闷起来。关胜说:"有生之年,可能再也不会回这里来了。"关悦听了有点想哭,但她又忍住了。她想跟祖父随便聊聊天,缓解一下气氛,但就是一句话都说不出来。她看着祖父摸一摸家里的橱柜,拍一拍床上的被褥,突然觉得这相聚的日子变得珍贵起来。

关胜绕了一圈,回到了客厅,他打量着自己的遗像,哑然失笑。他一笑,大家也都放松下来。关胜问孙女:"哪里挑来的照片?这么难看。"

"工厂的网站上下载的,证件照都这样。"

关胜点点头,说:"蛮好,蛮好!就是看到自己被黑框裱起来,感觉怪怪的。"

"就是嘛,还是拿下来吧。"

关胜又连忙阻止,他说:"挂着挂着,我随口说说的。"他转头又叮咛关悦,说要记得照顾好她的父亲。关悦红着脸点了点头。关胜见她表情异样,又问了她一句:"怎么了?"关悦终于忍不住嘤嘤地哭了起来。关胜拍了拍她的肩膀,说:"别难过,又不是不见面了。只是以后要你们多跑几趟,来公寓看我了。"

强子在一旁沉默不语。关胜知道他心里会赌气,就说:"既然决定这么做了,就要坚持下去,不然一开始就不必那么费心思。我希望你像对待我一样对待你母亲,我知道这件事会比较难,但从血缘上来讲,她就是你母亲,也是悦悦的祖母。"

临走时,关胜又站住了,他拍着强子的肩膀说:"前几年,悦悦母亲过世的时候,悦悦希望她母亲能冷冻大脑,找到合适的时机复活,可你还是坚持了自己的想法。当时我心软了,还骂过你,希望你不要在意。"

"不会的,爸。"强子从来没有遇到过父亲当面说软话,这一句话让他背过了身去。

关胜安慰儿子道:"还是你有勇气,只有碰到事情了才会觉得难。现在回头想想,我认为你当初的决定是对的。"

"爸,我和您的情况不一样。当时的状态下,说不定我也会和您一样。年轻时做的决定不一定对,但有它的道理。"

关胜说:"你不知道,你母亲为了我们这个家,吃过多少苦。她当时怀你的时候,贫血很严重,但坚持自己生。后来胎位不正,难产大出血,差点要了她的命。在床头,她跟我说,让我再给她梳一次头发,她怕再不梳,以后也没机会了,我就给她梳头发。她以前有一头乌黑的长发,后来生病了,做了化疗,就不断地掉头发。有一次,她在浴室里洗澡,搓着搓着,那些头发都沿着头皮往下掉,在发梢末尾结成了团,用梳子怎么都梳不下来。她是多么要好看的一个人,看到那些打结的头发,一句话也没说,默默地用剪刀剪了。我是希望她有机会能再活一次。她活着,对你们的意义也不一样。父母在,人生还有出处;父母没了,人生只剩归途。"

四

强子父女已经准备好了迎接新生命的到来。闻医生跟强子说:"复苏是个漫长的过程。最初的时候,她就像个植物人,需要你们在她耳边多讲讲往事,刺激刺激她的大脑,那样复苏的过程会快一点。"

强子说:"最熟悉她的就是我父亲,可他不能出现啊。"

闻医生笑了笑,说:"那你可以向你父亲打听,再转述给她听呀。"

那段日子，强子和关悦每天都在听故事，他们轮流地陪在林红身边，日复一日地讲述着听来的故事。直到有一天，关悦发现有一颗泪水从祖母的眼角流了出来，她看上去极度疲惫，眼睫毛在那里蠕动，就那么动了几下，虚汗淋淋，仿佛耗尽了她浑身的力气。

闻医生又告诉他们："她睁开眼睛，看到的一切都是陌生的，包括医生，也包括你们。人一到了陌生的环境，心里就会恐慌，所以最好是准备一点让她记忆深刻的实物，那样会减轻她苏醒过来后的不安全感。"

这让强子犯了难，到哪里去找这样的东西呢？关悦却在旁边拍了一下额头，说："我知道什么东西管用。"她立刻去了祖父的公寓，取来了那张泛黄的全家福合影，复印了十张，用一根线串起来，挂在了祖母的病床前。

强子看着那一排经幡似的照片，有些不好意思，他一脸疑惑地问女儿："这东西会管用？"

关悦笑了起来："当然管用啦。"

"我看不见得。她看一眼照片，刚认出自己，又得回到陌生的现实中来。我如果告诉她我是那个小孩，不把她吓着啊？"

关悦看着双鬓已白的父亲，觉得他说得也有道理，她说："不能一下子全告诉她啊，得先告诉她冷冻了五十年的事实,一步步来,慢慢地接受。"

林红是在一个凌晨睁开眼睛的。那时候,关悦已经趴在病床旁睡着了,她在睡梦中觉察到了病床的轻微晃动,一抬头,看到祖母已经睁开了眼睛,她的眼珠并没有转动,而是定定地看着那张照片,但能感觉出来,她在使劲,整个人都绷得很紧。关悦赶紧喊了医生。一番折腾后,祖母又沉沉地睡过去了。闻医生告诉关悦,她的祖母因为沉睡得太久,患有肌肉无力症,需要一步步复苏。起初她的眼光是直的,需要用手引导她慢慢地向两边转,不然以后看人的目光就是直的。

那段日子是一个艰难而漫长的过程,强子和关悦每天重复着同样的动作,举着手掌引导着林红的目光从左到右,又从右到左。在日复一日的陪伴下,林红恢复了吞咽功能,她也从虚弱的状态中慢慢恢复过来。

林红醒来后,强子和关悦就开始讲述她冷冻了五十年的事实。讲述了一段时间后,关悦特意去问了闻医生,是否可以介绍他们自己了。闻医生回答得很轻松,她说可以啊。关悦却还是有顾虑,她感觉每一个康复的步骤,医生说得都很轻巧,但还是给了祖母很大的压力。闻医生似乎觉察到了她的担忧,说:"适当增加点难度是可以的,不然恢复会非常慢。"

关悦和父亲商量了一下,决定冒险试一试。当她指着父亲跟祖母说:"他是照片上这个孩子,我是他的女儿。"林红的目光盯着强子,眼睛里充满了恐惧。关悦解释道:"您在医院冷冻了五十年,我爸爸今年已经五十四岁了。"林红的喉咙口发出了"嘶嘶"的呼气声。闻医生马上上来解释:"别慌,我们都在帮助您!他们确实都是您的孩子。"

几天过后,林红接受了这个现实,她有一个看起来像爹的儿子,还有一个跟自己差不多大的孙女。她久久地盯着那张照片,在那三个人身上看过来又看过去。显然她也在想站在她身旁的关胜去了哪里,只是碍于开不了口,她一直没法讲出来。关悦告诉她,等她恢复得差不多了,会告诉她爷爷的去向。

洛慈医院给林红开了证明,让关悦去当地派出所恢复她的身份和户籍。复活冷冻大脑虽然在当地并不是首例,但新闻效应仍旧轰动,林红又属于恢复得特别好的病人,所以那段时间,新闻铺天盖地,到处都是关于林红的报道。

关悦到了派出所并没有遇到太多的困扰,办户籍的民警接过证明就说:"原来是你的家属啊?新闻上看到过了,真是一个奇迹,恭喜你!"旁边的窗口民警还凑过来,想看一看那个复活的人究竟长什么样子。一时间窗口热闹起来,旁边办事的人听闻这个消息,拉着关悦要一起合影,说可以沾点喜气。

这一天,关悦感到从未有过的开心,长期以来的疲惫一扫而空。只是有一件事一直让她羞于启齿,就是当着林红的面郑重地喊她一声"奶奶"。不光她喊不出口,她父亲也一样。关悦觉得这声称呼不光让她觉得别扭,可能还会惊吓到林红。虽然林红的户籍上出生年月一栏填的是上个世纪,她已经有七十多岁了,但中间的五十年,她停止了生长,现在看起来也就是一个二十多岁的人。

恢复了林红的身份后,闻医生告诉他们,虽然病人现在看起来恢复得很好,但一般来说,林红不可能有常人的寿命,她很可能最多只能再活十年,因为用的是别人的身体和器官,她需要用激素来维持。

强子跑到父亲那里,说了这个情况。关胜说:"你母亲复活不容易,有什么愿望都满足她,让她好好地过完这十年。"

强子嘀咕道:"早知道这样,您大可不必不见她。"

关胜迟疑了一下说:"不合适。她这十年是被压缩的人生,至少有七八年还是个年轻人的状态。我这一生像根甘蔗,已经只剩下末梢这一截了。"

强子知道父亲的脾气,认定了的事,九头牛都拉不回来。但他还是有自己的顾虑,他说:"如果告诉她,您不在了,这以后得不停地撒谎,难保有一天谎言会破裂。"

关胜闭了闭眼睛说:"不管了,让悦悦多陪陪她,伤心难过一阵子就过去了。"

林红出院的那天,关悦和强子都知道得迎接一场大考。

之前他们都向林红承诺过,等出院的那天就告诉关胜的消息。上了车,关悦就开始给林红打预防针,说:"不管爷爷怎么了,您都得坚强!"

"是——没——了吗?"林红说话还不是很利索,她吃力地发着音。

强子和关悦点了点头。

"怎么——没的?"

"新型病毒感染。"强子和关悦早早地商量过此事,统一了口径。

"你们——没骗我?"林红吃力地问,眼眶跟着就红了。

强子和关悦一直保持着悲戚戚的状态,他们知道这戏一开场了,就得硬着头皮往下演。家里的那幅遗像帮了大忙。林红看到了照片,仿佛见到了关胜本人,这个陌生的老头真的是自己的丈夫吗?她愣了好一阵,喃喃道:"这么——老了。"

关悦说:"我爸爸头发都白了,爷爷当然老了呀。"

林红仿佛才找到了参照系,强烈的陌生感让她感到了眩晕。她走到落地窗前,看着窗外鳞次栉比的高楼和重叠交错的高架交通网,茫然得无所适从。

只是有一件事让强子惊出了一身冷汗,林红提出要去关胜的墓地看看。关悦也愣在那里,不知道该怎么应对。最后,强子说:"您身体才刚刚缓过来,那样的地方少去,等冬至或清明祭祖的时候再去吧。"这事才算暂时搁置起来。

关悦几乎形影不离地陪着她。祖孙两人熟络之后，好得像一对姐妹。关悦遵照父亲的叮嘱，问林红有什么愿望。林红说以前想去北京登长城，可一直没去成。关悦说："这太方便了，我陪你去一趟。"

她们买了胶囊列车的票，去北京一千多公里，也就一个小时的车程。林红惊叫起来："那得多快呀！"关悦笑着说："我没觉得有多快呀，超音速客机更快。"林红说："我记得以前高铁也就两三百公里的时速，那时候已经很快了。"关悦笑着说："现在都换成超级高铁了，您说的那种火车很少了。怎么样？敢不敢坐？"林红说："好吧，去尝试一下。"

在过安检的时候，林红被工作人员拦了下来。安检屏幕上有警示提醒，说林红的模样和她的身份信息不对称。工作人员觉得匪夷所思，明明显示林红已经七十五岁了，可她还是一个姑娘的模样。他们以为她伪造了身份信息，想扣留她。关悦跟工作人员解释了半天，他们才将信将疑地放林红过关。从安检口出来，林红还回过头去打量那些蒙在原地的工作人员。这仿佛一出恶作剧，让她偷偷地有些得意。到了候车室，她还在和关悦谈论这件事，两个人都笑得有点岔气。

坐上了胶囊列车，林红就紧紧地抓住了关悦的手臂。关悦问她："紧张吗？"林红点点头，又摇摇头。车子驶出了站台，在真空管里加速起来。林红感到自己成了一粒子弹，被推上枪膛打了出去。她紧闭双眼,压低嗓门喊起来:"怎么会这么快?"关悦安慰她说:"多坐几趟就习惯了。我刚开始也紧张,几乎每个人都会紧张。"从北京车站下来的时候,她跟关悦说:"真刺激。坐完这趟车,有一种死里逃生的感觉。"关悦笑着说:"那回去再死里逃生一次。"

祖孙俩来到了八达岭长城。事实上,林红还有点虚弱,爬几步台阶就会气喘吁吁。关悦就陪着她走几步,歇一阵。林红好不容易爬到了一个烽火台上,她张开双臂在那里尽情地挥舞,跟关悦大笑着说:"我终于是好汉了。"很多年轻人奇怪地打量着她。关悦莫名地被感动了,她不停地给林红拍照,并把这些照片都发到了父亲和祖父的手机上。

关悦问林红:"长城登完了,还有什么打算吗?"

林红看着远处,清澈的阳光让她眯起了眼睛,远处有人乘着热气球在蓝天上飘荡。她指了指五颜六色的热气球,问关悦:"那个你有乘过吗?"

关悦笑起来,露出了一排洁白的牙齿,她说:"只要您身体吃得消,我陪您去坐。"林红学着大猩猩捶胸的动作,说:"放心吧!我感觉一点都不累了。"

她们从长城下来后,又去乘了热气球。热气球的吊篮大得惊人,旁边都用胳膊粗的麻绳固定在石墩上。林红看到这些,兴奋得像个孩子。瘪瘪的气球充了一阵热气后,呼啦一下,像个巨人忽然站立了起来,火焰枪嘶鸣着继续把热气充入气球。进入吊篮后,林红仰起头,发现自己置身于一个庞然大物的身下,渺小得像只蚂蚁,她兴奋得快要晕过去了。绳子被解开了,一股轻柔的浮力传遍了全身。林红低头一看,吊篮已经离开了地面,缓慢地打着转往空中飘去。

林红闭上了眼睛,关悦听到她呢喃了一声:"我仿佛在童话里了。"

脚下的大地慢慢地小下去,河流和山脉的轮廓清晰了起来,林红笑着说:"我们一直这么飘上去,会去太空吗?"

"那怎么可能,离开大气层,要窒息的呀。"关悦说着,注意到林红的脸色有点苍白,她赶紧让操作员下降高度。

从热气球上下来,关悦还是被林红惨白的脸色吓到了,她赶紧上前拉住了林红的手,发觉那双手冰得吓人。林红先安慰起她来:"都是被风吹的,休息一下就没事了。"

"可能上面的空气有点稀薄,我怎么没想到这一点。"关悦有点自责。

她们躲进了休息室。林红真的累坏了,在椅子上坐了一会儿,就倚靠在了关悦的身上。关悦搂着她,低头看到了林红脖子上那圈疤痕像一个天生的项圈套在林红白皙的脖子上,脖子底下是被林红驾驭的身躯,肤色稍微有些差异。关悦惊异地闻到了一股类似于婴儿的奶香味,她情不自禁地说:"您身上的汗味真好闻。"

林红无力地笑了笑,她脸上的血色还没有恢复,嘴唇苍白而干裂,她说:"也奇怪,我以前没有这种味道,可能是她的。"她说着指了指自己的身体,接着又说:"以前我没这么爱惜自己的身体。她给了我以后,我真的好担心把她弄坏了。刚才热气球降落的时候,我一直担心会擦破皮,那样就太对不起她了。"

关悦笑了起来,她说:"现在她是您的一部分,您还跟她这么客气啊?"

林红说:"要懂得珍惜。其实你问我有什么愿望的时候,我就知道我肯定活不长。我也希望能把以前不敢玩的东西都玩一遍,那样人生的遗憾会少一些。但我还是很满足,至少让我再遇见了你们。本来我们在生命中相距遥远,但现在却成为一个时代的人。既是祖孙,又情同姐妹,我感到非常知足。"

关悦也发觉她和林红的界限越来越模糊。林红像一个失散已久的玩伴,突然回来了。那种久别重逢的生疏感剥离了以后,她仿佛回到了童年时代。和林红在一起,她逐渐感到了放松和喜悦。

北京之行后,关悦又带着林红去了很多别的地方,海岛沙滩、草原牧场、沙漠戈壁,到处都留下了她们的足迹。那段时间,旅游成了她们生活的全部。关悦起初还有点不适应,因为她心里一半还记挂着工作。后来她也完全扔掉了包袱,越玩越野。她还一度想带着林红去一趟南极,被强子阻止了下来。

强子几乎每周去看望他父亲,两人一见面聊的都是林红的近况。对这个年轻的母亲,强子有时候会笑着摇摇头说:"我感觉她还是个孩子。"

关胜也跟着笑起来,他说:"冷冻了五十年,她等于停止了生长,还是二十多岁的样子就对了。"

强子抹了把脸,说:"我感觉她比悦悦还不成熟,怎么看都不像是个做祖母的人。"

关胜说:"我们活了五十年,她睡了五十年,掉到我们身后去了。"

"好在有悦悦陪着她,她们很融洽,几乎无话不谈。"

"让她们疯去,辈分这东西有时候就是个累赘,会让她们都受拘束。"

强子似乎才明白父亲的用心,他说:"您不认她也是对的。只是您不认了,我们还得认。我们总得留一个人去迎接她的到来,不然她跟现在就没有关系了。"

关胜微笑地看着强子,他说:"为你这句话,我要开瓶酒。"

那天,强子也忽然发现他和父亲的关系从来都没有这么融洽过。林红的出现,虽然看起来那么突兀,但她是一座桥梁,拉近了他们父子的距离。

这样温暖的日子过了一年多,一件突然降临的事打破了原来的平衡,关悦恋爱了。在关悦二十八岁那年,她迟迟没有对象的事让强子挺纠结,强子也知道林红需要关悦陪,但女儿的终身大事也得考虑,总不至于为了陪祖母,耽误了她自己的幸福。于是,强子让工厂的财务经理帮忙物色对象。没想到一相亲,两个年轻人就对上了眼,很快恋爱了。林红得知消息后,开心得像个孩子。每天晚上,祖孙俩都窝在房间里聊很长时间的悄悄话。

关悦拉着林红的手,说:"我有时候矛盾极了,哪天我嫁人了,您怎么办?"

林红笑着说:"女人都要走这一步的,总不能老留在家里。"

"可我舍不得您。"

"我也舍不得你,你爸爸也舍不得你,但最后都要放手的。"

"我走了,您会孤单的,要不您跟我们住一起去吧?"关悦天真地说。

"傻瓜,小辉会有意见的。"

"他敢?"

"嘴上不说,心里会有的。年轻人都想有个独立的空间,有时候还想离父母远一点。"

"我不想,我想陪着您。"关悦撒起娇来。

"所以你还是个孩子。"

"不听不听,感觉您现在说话越来越像我奶奶了。您跟我差不多大,不能年纪轻轻就暮气沉沉。"

林红笑了起来。说实话,她也确实舍不得这个孙女,但活着就不得不面对各种离别。关悦的婚事让她一下子回归到了祖母的角色。这种变化是如此神速,却又顺理成章,让她自己也暗暗吃惊,她不得不重新审视自己在这个家中的位置。

关悦突然从林红怀里挣脱出来:"您也可以考虑一下找个对象哦。我能嫁人,您也可以嫁啊。"

林红羞红了脸庞:"我都一把年纪了,还找什么对象啊?"

"您一点都不老,冻龄美女呢。"

"别瞎说了,还是先把你自己的大事忙好。"林红掐了掐关悦的手说。

几个月后,关悦和小辉的婚事摆上了议事日程,强子也感到这里面没有想象的那么容易。关悦结婚了,终究还是要搬离娘家的。为了不让她离得太远,关胜在附近给他们买了一套房子,家里也布置了他们的婚房,希望关悦能有空多回来陪陪她祖母。

婚礼临近,关胜就这么一个孙女,孙女出嫁了,祖父该不该露面?这又让强子犯了难,他特地跑到关胜的公寓,跟父亲说,这谎不编了,再编下去就砸自己脚了。关胜沉思了半晌说:"你母亲要紧,十年也就数得清的日子,我们活的时间都比她长,先考虑她吧。"

"考虑了她,您怎么办?"

关胜一副轻描淡写的样子,他说:"又不是不见我了,结婚前后都可以来看我啊。"

"悦悦那么在乎您,她的婚礼您不参加,她会怎么想?"

"为了她祖母,我相信她能理解我,悦悦是个懂事的孩子。"

"要不这样行不行?让悦悦办两场婚礼,一场她奶奶参加,一场您参加?"

关胜摇了摇头,否决了这个荒唐的想法,他说:"婚姻大事都讲究吉利,不能随便。你不在乎,别人会有疑惑,这不是结两次婚吗?"

强子赌气道:"您处处替别人考虑,就不能替自己考虑一回吗?我有时候真不想再瞒下去了。"

关胜安慰儿子道:"我知道你们都在乎我,这就够了。我们有三个人,你母亲只有一个人,需要多考虑她一点。"

从关胜的公寓出来后,强子把这个消息告诉了关悦。关悦大概猜到了会是这么一个结果,倒也并不感到意外,她说:"出嫁前一天,我们先去爷爷那里。"

关悦结婚的前一天,强子借口说小夫妻要试婚纱,支开了林红。关悦去了祖父的公寓,她还真的是穿着婚纱去的。关胜看到他们这对小夫妻,高兴得一直没合上嘴。一直到即将离开的时候,气氛突然变了,关悦上前抱住了爷爷,眼泪就下来了。她哭着说:"明天我的婚礼您就不要来了。只是想到我们一群人在那里热闹,您一个人枯坐在房间里,我就觉得对不起您。"

关胜拍了拍关悦的后背,说:"你祖母在场也一样的,她能代表我。"

"您混在人群中远远地看看我也不行吗?"

关胜只能安慰她,说自己想办法尽量去。事实上,他已经打定了主意不去参加孙女的婚礼了。即便混迹在人群中,他也担心被林红一眼认出来。

第二天,在关悦的婚礼现场,林红的祖母身份经主持人一介绍,众人发出了一片惊叹声。她竟然意外地成了全场的焦点,很多人都举着手机给她拍照,让关悦既嫉妒又甜蜜。她挽着祖母的手臂,每到一处就引来人们夸张的赞叹:"天底下还有这么年轻的祖母啊!"

关悦嫁人后,家里就剩下了强子和林红这对母子。没有了关悦,林红觉得生活真的变样了,她大部分时间都窝在家里,日子变得缓慢而冗长。强子也把大部分精力都耗在工厂里,平时他也很少回家,有时候甚至睡在工厂里。他感到自己从来都没有这么焦虑过,有时候硬着头皮回到家里,发现关悦走了以后,家里显得特别安静,这种氛围让他和林红更加不想说话,似乎开口说话变成了一件困难的事。他也不太敢往父亲的公寓跑,怕关胜问起林红的近况。

一直等到关悦度完蜜月,关胜才打电话给强子,让他和关悦一起到他那里吃饭。强子见躲不过去,只好先截住了女儿。他把关悦喊到工厂的办公室里,忧心忡忡地说:"你出去了一个月,我在这里也差不多躲了一个月。"

关悦不解地看着父亲说:"为什么?"

强子向女儿袒露了自己的心声。他说:"你在的时候,我觉得多了个年轻的母亲也没什么,反正你们好得跟姐妹似的。但你嫁人以后,情况完全不一样了。"

关悦瞪大了眼睛,问:"怎么不一样了?"

"家里只剩下我和她,突然间发觉我和她还是很陌生。要打破这种陌生感,我感到非常艰难。更要命的是,两个人住在一个房子里,彼此都感到了尴尬和不自在。"

关悦说:"怎么会这样?"

强子摇摇头,说:"这一时间也说不清。你出去的这段时间,我连你爷爷那里也不敢去,就怕他问起你奶奶的情况,我没法跟他交代,眼下是躲不过去了。"

关悦说:"躲也不是办法啊。您越躲着爷爷,爷爷心里就越犯嘀咕。您是说,现在您没法和奶奶一起生活吗?"

强子点了点头,他说:"我也说不清原因,就是感到怪异。我知道这样不应该,可还是克服不了心里的障碍。"

关悦想不到,因为她的出嫁,给家里造成了这么大的困境。当初爷爷坚持不见奶奶,已经够让人操心的,现在又轮到他们母子关系出现了僵局。她试探着问父亲:"您不打算再多跟她接触接触?如果两个人熟了,情况应该会有所改观的。相反,你们越回避对方,这个问题可能会越来越严重。"

强子捂着胸口说:"真的不是熟不熟的问题,是我这里有障碍。到现在为止,我也没喊过她一声妈,喊不出口。我猜她也有障碍,看到我就想躲起来。有一种什么感觉呢?就是我是爹,她是女儿。"

"您也没那么凶,有什么好怕的?"

"是啊。她一看到我,要么就垂下眼睛,要么就躲在房间里不出来。她不说话,我也说不出口。"

关悦知道父亲的脾气,让他改变确实有些为难,但祖母总还得有人陪着生活。她突然眼睛一亮,冒出了一个大胆的想法:"我们是不是可以给她找个伴?"

强子说:"这你爷爷会同意吗?"

关悦说:"爷爷是个通情达理的人,好好说说,说不定会有希望。毕竟她的青春太短,不能让她人未老,心先衰啊。"

强子说:"我估计够呛,谁会这么大度?"

父女俩鼓起勇气去了关胜的公寓。一进门,强子惊讶地发现父亲精神矍铄,并没有责怪他的意思。他已经张罗好了饭菜,招呼大家入座,还饶有兴致地问关悦蜜月度得怎么样。关悦仿佛天生有种活跃气氛的能力,她从包里掏出了带给祖父的礼物,一顶英国绅士帽,还有一件浅灰色的风衣。她说就差一根拐杖,不然绅士的标配全了。关胜很开心,他说那下次别忘记买来。

饭吃到一半,强子先虚了底气,他硬着头皮跟父亲说:"这段时间厂里忙,也没来看您……"关胜却麻利地打断了他的话,说:"先吃饭,有事吃完饭再说。"关胜的语气让气氛顿时安静起来,大家都开始认真地吃饭。关胜细嚼慢咽,足足吃了个把小时。这让强子更加如坐针毡。

放下筷子,关胜一边用餐巾擦嘴巴,一边慢条斯理地说:"厂里以前怎么不忙?悦悦一出去就忙了?"

"我也不瞒您了,悦悦一走,这段时间我几乎没回过家。"

"你母亲饿死了怎么办?"关胜的脸上一下子有了怒色。

"那不可能啊,家里的冰箱装满了吃的,我隔一段时间就去换一次。"强子辩解道。

"你当你母亲是你养的动物啊?"

关悦赶紧替父亲解释了情况,她说:"爷爷,这也不全是爸爸的错,应该怪我。我出嫁了以后,爸爸和奶奶的母子关系陷入了僵局。这也是他躲着您,不来见您的原因。"

"以前怎么没听他说起过?你一走,他们就没法过吗?"

强子委屈地解释道:"以前悦悦在的时候,她是很好的润滑剂,所有的事她都能帮我处理了。但现在悦悦出嫁了,我就感觉我和她之间缺少了一个环节。我心里是把她当作自己的母亲,但有些话我看到她就不能随便说,我得顾及她的感受。我知道她有时候也想以一个母亲的身份来和我说话,但她看到我就没话了。我们客气得像陌生人,这种感觉真的让我挺难受的,我猜她也难受。"

关胜听了以后,陷入了沉默,这是他最担心的。他说:"你这样躲着只会越来越陌生,为什么你不主动点呢?熟悉了之后,就不会这样了呀。"

强子说:"我也一直在思考这个问题。这可能不是熟不熟的问题,而是代沟的关系。一般的母子代沟也不是大问题,我和她是颠倒的母子关系。她作为一个母亲,底气不足;我作为一个儿子,面对她有心理障碍。"

"按照你的说法,悦悦和她的代沟更大,她们怎么能相处得这么融洽?"

关悦说:"爷爷,我和她在一起,其实也没把她当成自己的奶奶,我们更像久别重逢的小伙伴。"

关胜紧锁着眉头,在公寓里走了一大圈,他停下来,问道:"那你们有什么好的办法?"

父女俩对视了一眼,关悦说:"我怕想法太大胆,您接受不了。"

"说出来听听。"

"我们赞成给她找个理想的伴儿。"

"是找对象吗?"关胜哆嗦了一下。

"嗯。您不是跟我们说过,奶奶的青春太短,有什么愿望都满足她吗?"

"这是她自己的想法吗?"

"那还没征求过她的意见。我们觉得现在有两个选择:一个是告诉她,您还活着;另一个是考虑给她找个理想的伴侣,陪着她好好地过完这十年。"

关胜松了口气,他说:"我担心她的身体状况,她这样的情况,谁敢娶她呀?"

强子眼睛一亮,说:"不是还有那个身体吗?可以打听一下她的来路。"

关胜叹了口气,说:"你们觉得可以,就去试试。实在不行,给她找个年纪差不多的小保姆也行。她的生活总是需要有人照顾的。"

从公寓出来,父女俩松了口气。他们没想到关胜还是接受了这个大胆的建议,强子跟女儿说:"你爷爷心很大,一般人很难跨越这个障碍。"

关悦说:"爷爷是答应了,可我看他还是有点失落的。"

"失落肯定会有,但总得找个办法改变现状。"

五

强子去找了闻医生。一直都耐心和蔼的闻医生听了这事立马就拉下了脸,因为这违背了医院的规矩,她拒绝透露遗体捐献的任何信息。强子软磨硬泡了很久，还是无功而返。

从洛慈医院出来后，强子又想了个办法，通过熟人找到了交警大队，让他们帮忙查那起交通事故。没想到事情迎来了转机，交警那边很快发来了死者家属的联系方式。他们说登记的身份是死者的丈夫，究竟是什么关系，他们也没有核实过。

要到了那个电话号码，强子松了口气。他也没敢贸然打电话给对方，和女儿先商量了一阵，他说："遇到这样的事，处理不当就触霉头，得找个合适的人先问问。"

没想到，关悦很干脆，她说："还是我来打吧，男人和女人打电话还是有区别的，两个大男人并不适合沟通私密的事。很可能您一说，对方就有抵触情绪。女人不一样，纵然说的话过火了，激怒对方的概率也会小很多。这也是电话营销大多用女声的原因。"

强子觉得女儿说得也有道理，就把电话号码给了她。临打电话了，关悦却有了顾虑，她问父亲："对方是个怎样的人，我们也不了解，这样给奶奶物色对象会不会太草率了？这事得先问问奶奶，听听她自己的想法，要不我先跟她去说说？"

强子说："这些事，你一个小辈，她会跟你讲吗？"

关悦说："放心吧，我和她什么都说，又不逼迫她。只要她不乐意,我们就此作罢,以后也不会提。如果她不排斥,那么再联络那个人看看。"

两人一合计,就决定先这么试试。关悦先给林红打了个电话,告诉她要回娘家。一推门进去,发现林红已经等在客厅了。她几乎是飞扑上来的,一把抱住了关悦。随后就把她拉到了自己的房间,聊起了悄悄话。

林红迫不及待地问关悦蜜月度得怎么样,关悦羞涩地低下了头。林红笑了起来,她说:"不好意思啦?没关系,新娘子都这样。"然后又问:"小辉怎么样,对你好吗?"关悦点点头,说:"蛮好的。"她说着从行李箱里拿出一瓶香水送给林红,说:"这个香水有很多系列,我一瓶瓶闻过,觉得这种香味很高级,特意从欧洲带回来给您的。"林红闻了一下,是一种很独特的香,既像花香,又好像不是。她问关悦是不是花做的,关悦说是薰衣草。

两个人聊到了法国的普罗旺斯,关悦逮到了机会说:"要是爷爷在就好了,你们也可以出去旅游。现在很多欧洲行都是夕阳红旅游团,我在普罗旺斯就碰到了好几个这样的旅游团。"

林红低着头跟关悦说:"我不知道这么说,你会不会生我气?如果你爷爷还在,我真不知道该怎么和他相处,我连你爸爸都感到生疏。看着你爸爸,我一直在心里暗示自己:'他是我儿子,他就是当年的小强。'可一面对他,我就不知道该怎么办。"林红说着说着,就沮丧起来。

关悦拍了拍她的后背,说:"这正常的,如果给我一个这么大的儿子,我也接受不了。"

"不是接受的问题。我心里早已接受他了,可无法面对他。"

"因为您还年轻。我也知道为什么我们合得来,因为我们差不多是同龄人。"关悦说着,她觉得时机成熟了,趁热打铁地问林红,"我结婚了以后觉得挺好的,就是怕您孤单。其实如果您想找个伴,我和爸爸都会赞成您。"

林红愣了一下,但这一犹豫让关悦看到了希望,她说:"比如条件合适的情况下,您也可以见见她的亲属。"关悦冲林红的身体努了努嘴。

林红突然反应过来,她说:"原来你们早有预谋?"

关悦连忙否认:"不不不,主要怕您孤单,我们尊重您的意见,您不想见就不见。"

林红想了想,轻声说:"替她见见亲人,我倒是不排斥的。"

后来,关悦联系了那个身体的家属。讲明了来意后,对方很吃惊。当听说他亲属的身体在另一个人身上复活时,对方觉得不可思议,认为关悦在欺骗他。关悦只好说出了那个身体的秘密:"是不是她的右侧腋窝下有一块暗红色的胎记,形状有点像一头羊?"

这一下让对方愣住了,关悦说:"我打电话来也没别的意思,主要是希望你有空来看看她,我们也感谢一下救命恩人。这可能对你也是很大的安慰,你也知道一般医院对遗体捐献的家属有严格的保密规定。"

对方沉默了许久,终于问在哪里见面。

关悦说:"宏泰广场,伯纳咖啡馆。"

第二天,临近约定的时间,关悦带着林红去了宏泰广场。后来,那个身体的家属也来了,他缩头缩脚地进了咖啡馆,看上去有些木讷。见到关悦和林红后,他显得更加紧张,关悦握了一下他的手,手掌心全是汗。他一时之间分不清到底谁用了他未婚妻的身体。关悦指了指林红,他愈加诚惶诚恐,再次握住了林红的手,他说:"嗯,是的,这手我记得,就是这么冰冰的感觉。"他的目光停留在林红的身上,仿佛被粘住了,久久无法移开。这种被人长时间盯着看的感觉让林红觉得有些别扭,关悦也注意到了对方的眼神。他如此着迷,看着林红的脸还咧开嘴笑了笑。关悦提醒他:"这不是你未婚妻,是我奶奶,她已经七十五岁了。"

这一说,让他从迷离的状态中回过神来。他讪讪地缩回了手,也感觉到了自己的失态。但他还是有些不放心,又说了句让人哭笑不得的话:"真的是她的身体吗?腋窝底下那块胎记还在吗?"

关悦不客气地说:"以前你们怎么样我不管,现在她已经是我奶奶了,身体能让人随便看吗?那是人家的隐私,你懂不懂?"

他羞红了脸,不知道该怎么说话。站在林红身前,他像被上了把锁,看上去显得拘谨不堪。林红问他叫什么名字,他愣了一下,说:"坤明。你说话的声音和她也像,都是沙沙的那种公鸭嗓。"话一出口,他意识到又说错了话,赶紧捂住了自己的嘴巴。但这次不一样,林红和关悦都笑了起来。

之后,关悦才了解到坤明其实也算不上她的丈夫,只是未婚夫。本来两人婚期也定好了,没想到女友出了车祸,喜事成了泡影。

关悦问他:"那你现在有对象了吗?"话一出口,连关悦自己也觉得惊讶。这么直接、泼辣地问一个陌生的男人,她竟然脸不红心不跳。

坤明先是一愣,然后摇了摇头。

关悦继续追问:"为什么不找对象?"

"这不她过世才一年多吗?"

"看你傻愣愣的,人倒还重情重义的。"关悦继续着凌厉的攻势,被林红扯了一下衣服。林红说:"悦悦,别弄得人家不好意思。我们应该谢谢坤明,没有他未婚妻的身体,我今天也不可能坐在这里。"

氛围一下子客气起来,这让坤明也慢慢放松下来。三个人聊到后来,相互留了联系方式,约定有空再叙。

从咖啡馆出来,林红和关悦又逛了商场,祖孙俩一直在议论坤明。关悦说:"一见面印象真不好,他那贪婪的眼神让我受不了。没想到接触了以后,人也没那么坏。"

"可能是太思念他未婚妻了,也是个不幸的人,结婚前遇到这种事。"

"您好像想帮他圆梦啊。"关悦调皮地说。

林红拍打着关悦,仿佛回到了少女时代。关悦也注意到了,祖母见到这个坤明后,心情发生了微妙的变化。想到祖母以后有可能也嫁出去,似乎两人又回到了同一种状态,这种奇妙的体验让关悦变得亢奋起来。

关悦回家后跟父亲说了见面的情况。强子说那是好事,让他们可以慢慢接触,了解一个人不是一天两天的事。

"您没看到,两个人看对方的眼神都会冒光的。"关悦捂着嘴巴偷偷地乐。

"看来是看对眼了。"

"我说我奶奶已经七十五岁了,他也就愣了一下,好像并不介意。"

强子说:"可如果告诉他,你奶奶只能活十年,人家还能接受吗?"

"这确实是个问题,等时机成熟了,再跟他坦白情况吧。"

强子担心的是,如果两个人有了感情,最终因为这个而分手,林红承受得了这个打击吗?

关悦说:"这是恋爱的代价。世上每天都有年轻人分分合合,他们有因为怕受伤、怕分手,就不谈恋爱吗?"强子觉得女儿说得也有道理,就开始放任他们自由发展。

林红从生活的困境中走了出来,她几乎每天都会去赴约。坤明告诉她,她的身体名字叫洪晓丽,以前是一家健身俱乐部的瑜伽教练。出事的那天,他们本来商量好了去看婚纱,因为俱乐部太忙,耽搁了约定的时间,所以她匆匆忙忙地赶路,竟然出了意外。

林红说:"没关系,你愿意叫我晓丽,我也答应。"

坤明说:"她刚走的那段时间,我感觉天塌了,每天都把自己锁在房间里,不停地翻她留在家里的遗物。家里人怕我沉陷在这段感情中走不出来,给我介绍了很多相亲的对象。其实我也想早点走出来,但去相了亲,发现到处都是她的影子,我喜欢用她的标准去衡量每一个人。"

林红说:"我能理解!这不老天还是眷顾你嘛,又把她还回来了。我活着也感到了沉甸甸的责任,不光替自己活着,也是代她活着。"

坤明抹了抹眼角,说:"你这么善良,跟她也很像,我只希望不要委屈了你。"

"不会的。你没出现的时候,我有个很合得来的孙女,但她嫁人了,我都不知道接下去的生活该怎么办。"

"就是第一次陪你来见面的悦悦?"坤明回想起第一次见面时的尴尬,不由得有点脸红。

"是啊,她平时没这么霸道。我还有个五十多岁的儿子,下次你们见面了,估计也会尴尬的。"

"总要面对的,相处久了,就习惯了。"

他挑了个周末,决定去拜访强子一家。林红紧张得一大早就开始收拾家里,她特意把关悦和小辉都叫回了家。一直等到上午十点,门铃声才响起来,关悦跑去开了门,坤明拎着大包小包进来了。

强子很客气,把他迎进了客厅。坤明有些紧张,看着强子差点喊了声叔叔。关悦笑了起来,她把林红拉到厨房,两个人开始准备点心。

强子跟坤明说:"其实你辈分比我大,可以喊我强子,也可以喊我小强。我父亲在的时候都这么喊我。"

坤明注意到了墙上关胜的照片,他看了一眼,又低下头去,说:"我和她挺聊得来。她人善良,跟我过去的未婚妻很像。"

强子拍着大腿,说:"这也是一种奇异的缘分。你和你未婚妻没完成的婚礼,现在有机会可以完成了。"

坤明的脸一下红到了脖子处,他说:"我很珍惜她。只要你们愿意,我代阿红谢谢你们。"

"只是——"强子迟疑了一下说,"有个情况要跟你说清楚。因为她是冷冻了五十年再复活的人,用的是你未婚妻的身体和器官,医生说她最多只能活十年。"

坤明愣了一下。强子说:"之所以到现在才告诉你,我们不是为了故意隐瞒,而是等条件成熟。这事我们也没告诉过她,不知道比知道好,我希望你也不要告诉她。当然如果你觉得接受不了,可以再作考虑。"

没想到坤明马上说:"我可以接受。只有十年,我们就好好地在一起十年;只有一年,我们就好好地在一起一年;哪怕只有一天,我们也要在一起。"

"这事不用急着答复,你可以回去好好地考虑一下。"强子说。

"你不了解我的感受,我不想再失去她了。"坤明着急起来,"人活着充满了未知数,有时候知道还剩多少日子,不见得是件坏事,十年也可以是一生。"

六

当强子和关悦把林红要结婚的消息告诉关胜的时候,关胜一句话也没说,他坐在沙发上一动不动,仿佛一下子衰老了。强子这时候才意识到父亲不是心大,而是迫不得已。他也有些懊悔,但事已至此,又不能再说什么。

临走时,关胜叫住了强子,轻轻地叮嘱了他:"你母亲后续的医疗费用我们都承担了,不能给他们的生活增添负担。"强子答应了下来,他发现父亲的眼睛里含着泪,刚想给他递纸巾,父亲起身离开了客厅。

林红和坤明结婚后,关悦经常去看望祖母,发现她的性格变得更加开朗了。某一天,关悦也惊讶地发现自己纠结了很长时间的称呼,突然也变得顺理成章了。在众目睽睽之下,她大声地叫了她一声"奶奶",林红愣了一下,竟然答应了。这像一道阻拦了很久的堤坝,在那一刻,它自动决堤了。喊了那一声"奶奶"之后,关悦一连喊了好多声,林红也应了好多声。之后,她们两个人抱着,笑得喘不过气来。

那段日子里,强子发现父亲经常不在家,问他去哪里了,他也不肯说。后来,强子悄悄地跟踪了他,发现他一个人去了墓地,墓地位于一座小山上。五十年前,林红过世的时候,遗体就火化了,把她葬在那里。按照风俗,林红的墓穴旁同时修建了关胜的坟墓,两口墓穴连在一起,像个大写的 M。每次扫墓的时候,关胜总喜欢把墓地前后的杂草修剪一遍。那口空置的墓穴经过日积月累的雨淋雪冻,墙体变得酥脆。剥落得厉害的时候,关胜就亲自粉刷一遍。

那些日子里,关胜对墓地表现出无限的向往。他把里里外外都打扫得异常整洁,每天都在坟墓前摆放一束野花。坟墓上小到一株杂草,大到一丛刺藤条,他去一次就收拾一次,到后来都被拔完了。他知道终有一天他会躺在这里,和林红一起,再也没有人可以把他们分开了。

不知道是对未来的向往,还是别的原因,关胜稳定了多年的肺癌又复发了。他住进了医院,一天天地消瘦下去,咳嗽也越来越厉害。强子和关悦都停掉了手中的工作,陪在他身边。每次吃饭的时候,他们都劝他多吃点,可以康复得快一些。关胜总是摇头。日复一日,连关悦的话也不管用了。他仿佛放弃了求生的希望,想加速赶往另一个世界。

临终前,关胜出现了大量的幻觉。他几十年没喊过妈妈,在昏迷中却开始喊妈妈。有时候,他会没完没了地讲胡话。强子俯下身去听,也没听明白具体讲了什么。他跟关悦说,可能是在讲他年轻的时候。最后的时刻,关胜说了句清晰的话。他从病床上挺起身来,跟强子说:"我看到你母亲了,她的头发也白了。"

强子和关悦商量了一下,觉得这时候已经没必要再隐瞒林红了,他们赶紧告诉了她。林红得知关胜还活着时,她在电话里就痛哭了起来。

坤明陪着她来到了关胜的病床前,关胜已经陷入深度昏迷之中。看着病床上瘦得只剩下一副骨架的关胜,林红站了很久,才靠近了关胜的身边。她轻轻地说了一声:"我终于看到你了。"关胜一点反应也没有。林红问:"为什么现在才告诉我?"

关悦说:"爷爷不想打扰您现在的生活。其实您从医院出来后的一切都是他安排的,他一直在替别人考虑。"

关悦说着,林红的眼泪就掉了下来,她说:"他是一个多么小气的人,怎么会同意我嫁给别人?"

"这事我们也考虑得不够成熟。正像您自己说的,您现在不光是我的祖母,还是他的妻子。"关悦指了指坤明说。

林红哭成了泪人,她说:"我首先是关胜的妻子,然后才是坤明的妻子啊。"

这时候,连着关胜的呼吸机仪器"嘀——"地跳动了一下,在一个很大的波动之后,脑电波变成了一根直线。

关胜的遗体火化后,林红捧着他的骨灰盒,把它送到了墓地。

她一路上都没有说话,仿佛是去跟过去告别的。当大家来到关胜的坟墓前时,林红一眼认出了自己的坟墓。她愣了一下,随后在大太阳底下簌簌发抖。关悦安慰她说:"别害怕!里面代表着您的过去。现在您获得了重生,相信爷爷也会理解的。"

林红站在那里掩面而泣。这表情是如此相像,关悦仿佛看到了当年的祖父,一个在医院的走廊里,一个在墓地的坟墓前,跨越了五十年,他们仿佛有了彼此的呼应。

那天天气很好,天空蓝得像海洋,阳光照射下来,有种清水泼下来的感觉。林红平静下来后,轻声跟关悦说,让大家回避一下,她有些话想跟关胜单独说。

等强子和关悦走远了,林红抚摸着墓碑上关胜的照片,第一次细细地注视眼前这个微笑的老头。虽然家里的厅堂上也挂着一幅同样的照片,她出院后看过一眼,再也没敢仔细地打量。关胜与印象中的样子不太一样了,年轻时的国字脸不见了,胡子也少了,眉毛变长了,头发稀疏得可怜,这让他看起来有点像慈眉善目的和尚。

她扶着墓碑说:"我不知道你为什么躲着不见我。刚出院的那段时间,我看到你的照片,不知道该怎么面对你,只想找个地方躲起来,想着怎么可以逃走。我也怀疑过你是不是真的没了,不知道为什么我后来竟然没去找你,可事后我很后悔。这么多年了,听悦悦讲你都是一个人过来的。我多想早点醒来陪陪你,想当面跟你说声对不起,错过了你最好的年华。当年我走得太匆忙,没来得及跟你好好地道个别,我不知道现在跟你说还晚不晚。我还记得我们结婚时,婚礼的主持人问我,不管贫穷富贵、生老病死,是否愿意嫁给你?我多想亲口告诉你,现在这么问我,我还会说愿意。"

远处的强子好奇地看着自己的母亲,他问关悦:"你猜她在说什么?"

关悦远远地张望了一眼,她说:"说什么我不知道,但我猜爷爷已经原谅了我们大家,他在照片上笑呢。"

强子伸长了脖子望向墓碑,模模糊糊的,好像关悦说的还真有点道理。

(发表于《钟山》2018 年第 3 期)

密　码

毕业论文答辩完后,我和苏梅都觉得完成了人生的一个重要阶段。那天傍晚,我们去了胖嫂酒家吃饭。胖嫂已经跟我们很熟,她说,知道我们要去,给我们预留了螺蛳和土豆。那天,胖嫂酒家人山人海,都是快毕业的学生。胖嫂在炉灶前忙活,满头大汗,肥嘟嘟的脸被灶火映得通红发亮。苏梅突然心生了不舍,她说:"跟胖嫂认识了四年,不知道以后还有没有机会再见到她。"我说:"想她了就回来呗。"

我不得不承认,苏梅想得比我长远。人生中,很多曾经熟识的人,走着走着就失去了联系,可能再也不会相见。只是那时候,我并没有这样的见识,苏梅则伤感得多。我总觉得这是因为她是个女孩子,心思比我细腻。

毕业前夕,饭馆如集市,到处都是离别的氛围,似乎过了今天,就没有了明天。胖嫂养的几只猫在桌底下钻来钻去,吓得苏梅惊叫连连。苏梅对动物皮毛过敏,严重到看见猫狗就会起鸡皮疙瘩。我俯身去驱赶猫群,它们在桌底下跟我兜圈子,并没有要离去的意思。

"没办法,成精了,也许它们知道可以浑水摸鱼。"我无奈地摊了一下手。

苏梅站了起来,顺势跺了跺脚,似乎这样就能清理掉裤腿上的猫毛。她说:"不吃了,去门口溜达一会儿。"

"那我也不吃了。"我跟着站了起来。苏梅一脸诧异地看着我,看了有好几秒钟,我又默默地坐回了原来的位置。那感觉很滑稽,我不是黏女朋友的人,但我不明白为什么会突然来这么一出,颇有些好笑。

苏梅走了,那几只猫却安静下来,蹲坐在我的脚边。它们抬起头看着我,我扔了几根鱼骨头下去。它们吃得飞快,吃完了,继续瞪大眼睛看着我。我知道,这些都是胖嫂收养的流浪猫。胖嫂经常唠叨,说现在的人不长情,养动物纯粹为了好玩,新鲜劲一过,就不管它们的死活。这些流浪猫到了胖嫂这里,算是找对了地方,每只猫都吃得体态浑圆,而且毛皮也变得油光发亮。

我看着剩了大半的一桌菜,突然失去了食欲,想招呼那群猫上桌。它们却很规矩,继续蹲坐在地上天真地看着我。我把碗碟里的几个菜都泼到了地上,它们潮水般地围拢过来。我招待完了"宾客",从胖嫂酒家出来。苏梅一个人站在大街旁,背对着我,她的对面是我们学校的大门。夜晚有风,微风吹拂着她的长发,轻舞飞扬。我迷离了一下,觉得她从来没有像今天这么美。

我和苏梅开始得有点莫名其妙。那时候,她和班里的另一个女生走得近,经常能看到她们手挽手地去教室,手挽手地去食堂打饭,手挽手地散步。她们好得像一对连体婴儿,遇到同学就甜甜地笑。那个女生的笑容打动了我的下铺。我下铺为了支开苏梅,怂恿我去约她。于是,我们兄弟硬生生地拆散了她们姐妹。

我一直觉得苏梅不是我理想中的女朋友。她谈不上有多漂亮,说话也总是底气不足。我私下觉得,我中意的女朋友会比她更好一些。也因为这个原因,别人纷纷在校外租民房同居,我们还是仅限于一起逛逛街。苏梅有一次向我略带暗示地抱怨,她说她同寝室的人问我是不是生理上有缺陷。我觉得受到了侮辱,吓唬她说:"要不要检查一下?"她满脸通红地摇摇头,跑开了。

我相信,夜幕能让人产生胆大包天的勇气。那天从胖嫂酒家出来后,我从背后一把抱住了苏梅,她惊吓得差点喊出声来,扭头看到是我,停止了挣扎,她说:"也没见你喝酒,怎么发酒疯了?"我确实有点醉了,把她箍得死死的,生怕她飞走似的。这是我们交往以来最热烈的一次拥抱,我感觉身体像一堆干柴,被点燃了。

在学校的头两年，日子慢得像在爬。没想到临近毕业了，日子迈开双腿，开始飞奔。对苏梅的感觉也如此，以往都是她来约我，问我要不要一起出去散步，要不要一起看个电影。这几天，我突然开始有了焦虑感，频繁地约她，但我一直没有问她毕业后的打算。之前，她有一次说起过，她父母就她一个女儿，希望她毕业后能回到哈尔滨。我肯定不可能去哈尔滨，南方人想想那里的冰天雪地就觉得冷得不行。苏梅说，哈尔滨一到十月份就开始供暖，在房间里只要穿件单衣就行。我没有接她的话，心想总不可能在房间里待五六个月吧，出了门不是一样被冻成冰棍吗？这还是次要原因，主要原因是我母亲的那个病。

她七八年前就患了阿尔茨海默病，这几年病情越来越严重，常常认不出我和父亲，也常常忘记她自己是谁。唯一庆幸的是，她从来没走丢过。母亲查出这个病后就辞职了，一直待在家里。天气好的时候，父亲会领着她到外面走走。后来，她也不愿意出去了，家里墙壁上到处贴着提醒的纸条。到了外面，她发病的时候会不愿意跟我父亲回家。所以清醒的时候，她常常自责，觉得给我们添了很多麻烦。她渐渐养成了不出门的习惯，在我眼里，她越来越像一个活物，沉默、一动不动。有时候，我也搞不清楚，她究竟是不是清醒着。

我一直犹豫着要不要跟苏梅讲这些，她好几次流露出对我家庭的好奇。我想，如果毕业意味着分开，讲这些都是多余的,给彼此一个宽松的环境和美好的印象可能比什么都重要。但没料到,临近分别的时候,苏梅跟我下了个赌局,这事又起了变化。

那天晚上,苏梅到宿舍楼下来喊我。她说,他们班级晚上吃散伙饭,但她不想去了。

我说:"不去,以后会落下话柄的。"

苏梅一脸不屑,她说:"该告别的都已经告别过了,无非喝醉酒,再抱头痛哭一次。"

我无言以对,她又说:"喝醉也跟你喝,我们还没好好地喝过一次酒。"

我说:"一个女孩子,喝酒不好。"

苏梅撇下嘴角,一脸不屑,她说:"没喝醉过,我觉得对不起大学的这四年时光。"确实,这几天如果在夜晚的校园里走一圈,能碰到很多被架着走的人,男的女的都有,一边走一边发酒疯。我没想到,苏梅还羡慕这个样子。

那天晚上,我觉得苏梅早已在心里下定了决心,她以生铁般的意志为所欲为地和我拼酒。我几次夺下她手里的杯子,她一直吵着让胖嫂再给她拿。我实在没办法,想把她灌醉了事,没想到她一直吵吵嚷嚷,并没有醉到趴下。

从胖嫂酒家出来后,两个歪歪斜斜的人相互搀扶着,沿着大街一圈一圈地走,看到宾馆亮着的灯箱就慢下来,一直走到大街上人烟稀少,我们才钻进了一家青年旅馆。

狼狈不堪的夜晚中,我模糊地听到苏梅在抱怨,她说她感觉房子的墙壁都是倒立的。直到黎明时分,冲完澡,两个人才从恍惚的泥泞中挣扎出来,苏梅跟我说:"你别内疚,这都是我自愿的。"

她这么一说,我竟然觉得有点委屈。这情绪是如此丢人,我开始拼命地掩饰,背过身去,在床头柜到处乱翻。苏梅问我找什么,我说想找支香烟抽抽。苏梅说旅馆里怎么可能有香烟,要么去街上买一包,她也想来一支。

我穿上衣服,出了门。推门的响动惊醒了服务台熟睡的工作人员,他从行军床上直起身,看了看我,又睡了回去。旅馆的隔壁就是一家24小时营业的连锁超市。一掀门帘,门口装着的感应玩偶熊就发出"欢迎光临"的声音。那声音仿佛是电子的,不像是人声录制的。我在香烟柜台前站了很久,最终还是挑了包"中南海"。

回到旅馆房间,苏梅看了看香烟,突然又不想抽了,我也顿时失去了抽烟的兴趣。于是,那包开封的"中南海"被丢在了床头柜上。我站在那里,酒完全醒了,我感到了一种奇怪的陌生感。这种感觉就是确定事情发生过,但又遗忘了。

我不知道是为了温习还是为了熟悉,又脱了衣服,钻进了被子。我毫无头绪地对苏梅说了一句:"难为你了。"说完以后,我觉得有些凌乱,又补充说:"是我不好,应该是我主动来提这个要求。"

天没亮透,我们就从宾馆出来了。出来后,又开始后悔,这个点回学校,肯定会遭到校卫的盘查。于是,我们在冷清的街头到处游荡。好在学校附近的早点摊已经亮了灯,老板开始生炉子,我和苏梅走了进去。老板是个老头,这年纪的人后半夜都没觉,所以起得特别早。这家店是他女儿开的,但店里就他一个人。他用深邃的眼神看了我们一眼,嘀咕道:"这么早。"苏梅低下了头。我问他:"早饭有了没?"老头说:"没看见吗?炉子才刚生好。"他说着拉开了冰箱门,看到里面放着一包馄饨,拎了出来,说:"馄饨有,可以给你们烧。"

"好,来两碗馄饨。"

他慢吞吞地去烧馄饨,一路都嘀嘀咕咕,不知道在念叨什么。

我捧着苏梅的手,说:"你一定要回哈尔滨吗?"

苏梅笑了一下:"那得看有没有人邀请我去福建,如果没人邀请,我就只能回老家了。"

"那太好了!"

吃完馄饨,回校的路上,我们看到陆陆续续有毕业生趁着还未亮透的天色开始离校,这看起来像一场溃败。我看到好几个人走到半途,又停下来,举着手机拍学校那幢破旧的实验楼,没完没了的样子,让我们很鄙视。逆着人流往回走,我们又看到后面突然有人大喊着追上来,撤退的人流中有人行李箱落了地,离别成了一次纠结的肉搏。

我和苏梅站在不远处看着他们紧紧拥抱,相互拍打着对方的后背,恍然间,仿佛看到了自己在跟人告别。这鬼地方,我以为毕业了不会有什么感情,没想到也跟着掉入了伤感的旋涡中。旁边偶尔有低年级的同学经过,他们不停地回头,看着这些陌生的学长学姐做出如此夸张的举动,隐约间仿佛觉得也跟自己有关。

白天很快到来了,校园内又恢复了原来的秩序。我和苏梅各自回了自己的宿舍,临走之前需要大清理一次,把该扔的都扔了。苏梅打电话过来说,她的宿舍已经一地狼藉,好几个同学已经走了。宿管阿姨叫了好几个同伙,虎视眈眈地盯着她那一堆书,已经问了她好几遍,书还要不要留。

我说:"知道你舍不得,都发快递吧。"

"快递好贵,都称斤两收费的。"

"要不都扔了吧。不过扔了,等于把回忆也扔了。"我笑了笑,能听到苏梅因为纠结而抓头发的声音。

最终,苏梅还是狠狠心把这些旧书都寄回了东北老家。她说,虽然寄回去,以后也不一定会翻出来看,但至少给青春买了保险,不至于以后后悔。

我在手机上订了两个人的车票。从我们学校到我家有两千多公里,坐高铁需要十多个小时。苏梅说,国家大真没意思,换在欧洲,这距离都可以出好几个国了。

我订的是早晨七点半的票。晚上,我总担心睡过头。事实上,我凌晨两点就醒了。心里有事,我总是睡不踏实。

我和苏梅约定六点钟在地铁站门口碰头。可那天到了地铁站门口,门还没有开,大街上人烟稀少,安静得有些陌生。我给苏梅打了电话。她在电话里说,快到了,快到了。我一抬头,果然看见她凌乱地从远处跑过来。

在地铁站门口等了一会儿,晨曦弥漫了东边的天空,现出火热的橘红色,又是一个大晴天。苏梅说:"好早啊。"

"像不像一个著名的电视节目?"

"什么?"

"《早安中国》。"

苏梅咯咯地笑了起来,她说:"好狼狈啊!因为赶火车,连寝室的人都没好好道别。我起床的时候,她们都还睡得迷迷糊糊的。我推她们,她们眼睛都不睁一下,还以为是在上学的时候呢。"

正说着,地铁站的门突然从里面打开了。开门的工作人员打着哈欠,看到我们,她打了一半的哈欠突然停顿下来。我看到她眼睛里憋出了泪花。

我们买了票,上了地铁。车厢里的灯很亮,整列车厢就我们两个人。在北京待了四年,我们还是头一回碰到这么空的地铁,能从车厢尾巴看到车厢的头。我本以为地铁的线路是直的,没想到它也会转弯,转弯的时候,车厢像蛇一样地扭动。地铁像块大吸铁石,每过一站就像吸铁一样,把五颜六色的人群吸进了车厢。几站过后,车厢内就拥挤起来,空气也显得有点浑浊。

苏梅说:"坐完这趟地铁就拜拜,再也不想坐北京的地铁了。"

我说:"先别忙着下结论,离开三天说不定又想念这里的煎饼馃子了。"

苏梅缠着我问厦门有什么好吃的,我说大概最著名的就是蚵仔煎。苏梅的眼睛亮了,她大惊小怪地说:"那不是台湾的吗?"我说:"是啊,我们那里饮食习惯跟台湾差不多。生活习惯也是,早上九点钟懒洋洋地起床,然后喝上午茶,到中午才去上班。"苏梅说:"我以为南方都是精明人,勤劳得每天憋着尿奔波,没想到厦门人这么懒。我喜欢,我喜欢。"

说话间,地铁进了火车站。我们在迷宫似的车站内拐来拐去,来到了地上的候车室。清晨的候车室还没拥挤到让人头皮发麻的程度,我阴差阳错地朝一排空位走去,坐下后才发现,不知哪个促狭鬼把牛奶饮料瓶倒翻在座椅底下。我一脚踩在饮料上,赶紧跳了起来。鞋底沾上了饮料,很滑,我在光滑的大理石地板上拖了几下。苏梅发出恶心的嫌弃声。

我拉着她换了一个地方。一路上,鞋底都很黏腻,发出怪异的黏合声。苏梅说:"你的鞋底已经成拔丝地瓜了。"

我笑着说:"好形象啊。"

苏梅一脸正经地说:"这叫语言天赋,东北人都这样。"她就是这么个人,给点赞美就忘乎所以。我想到了一种虫,小时候常玩,放在手心里不停地爬,爬到手的边缘了,就用另外一只手接过来,它接着慌不择路地爬,以为爬过了十万八千里,其实一直在原地打转。我想到这个,不觉笑出声来。

苏梅捶了我一下:"你笑什么?看起来像个贼,不会是好事。"

我抱着双手说:"天赋异禀,由衷佩服!"

苏梅笑着说:"谁说的?你们的方言我就不懂。闽南语的歌我不喜欢听,觉得黏糊糊的。"说完,她笑得更加大声,惹得周围的人奇怪地打量我们。

来到检票口,人群排成了长龙。我们身前是一对年轻的夫妻,妈妈抱着几个月大的婴儿,爸爸在逗孩子。苏梅扯了扯我的衣角,小声跟我说:"他们一家真和谐。"我这才发现,他们的身后还跟着两个老太太,一个是奶奶,一个是外婆,全家人的注意力都在那个婴儿身上。

我悄声回了苏梅一句:"现在的小孩排场好大,前呼后拥的,四个大人陪着。"

苏梅说:"都这样,以后你有了小孩就知道了。看他们拿的东西,一两个人根本拿不过来。"我这才注意到,每个老太太都提了两大袋东西,里面塞满了婴儿的奶瓶、奶粉、刷子,还有水果零食和五颜六色的衣服。

我贴着苏梅的耳朵说:"我的小孩应该也是你的小孩。"

苏梅害羞起来,她说:"谁知道呢?人这一辈子变数多了。"

"你不打算嫁给我吗?"

苏梅没有接我的目光,和我斗起嘴来:"为什么要嫁你?这么便宜嫁人,我也太亏了。"

我听了有些茫然。这两天来,苏梅像换了个人,她不再是以前柔顺的羔羊了,仿佛身上长出了一些刺,总是喜欢跟我唱反调。

我的目光越过了她的脖子,看到那个奶奶的脸长得像核桃。相比之下,苏梅散发出逼人的朝气。她脖子的肌肤真年轻,能看到一层细细的绒毛。我呼出去的气让那些绒毛微微地摇摆起来,我忍不住亲了她一口。那个奶奶大概看不得年轻人肆无忌惮的亲热模样,眉头一皱,背过了身去。

苏梅的脸红了起来,她又悄声说:"你看,他们家的儿媳妇多贤惠。"我注意到那个年轻的妈妈,她很安静,这种安静让她看上去比一般人更干净。她的每一根头发都很松软,一丝不乱,就用一个黑色的皮圈扎着。她也不化妆,但我敢肯定,她的皮肤是香的。因为怀抱中的孩子就趴在她的肩头上啃,那里流了一大摊婴儿的口水。她从她丈夫手里接过纸巾,擦拭干净,看着孩子轻轻地笑一下,眉眼之间全是母性的

密 码 265

光辉。

检票的广播响了起来,排队的长龙缓慢地往前移动。来到站台上,一个五六岁的小女孩在大声地朗读电子指示牌上的字:请照顾好身边的老人、小孩,在黄色指示线外排队候车。她读成了:"在黄色提示岁外非队候车。"她妈妈在帮她纠正错别字。纠正了以后,她却不敢再读了。

上了车,找到了座位,发现我们的座位隔开了,一个在左侧,一个在右侧。苏梅抱怨起来:"怎么是分开的啊!你怎么订的车票?"我连忙说:"可以跟人家换一下。"

左侧一排是两个位子,已经坐了一位僧人。他穿着一身黄色的僧袍,头发贴着头皮,长了短短的一层,看起来硬得像钢丝板刷。我跟他说明了情况后,他善意地笑了笑,自觉地坐到了另一侧。后来又上来一个时髦的女人,大波浪鬈发,还有火烈的嘴唇。她在僧人旁边坐了下来,坐了一会儿,又走了,不知道在嫌弃什么。

火车很快地开动了。一出了车站,苏梅就打量着窗外的北京城,仿佛要把它全都装入眼睛中带走。我说:"没错吧?喊着要逃离的人是你,舍不得的人也是你。"

苏梅犟嘴说:"我就最后看一眼,然后彻底忘了它。"

我说:"干吗?搞得有仇似的。"

苏梅没有再说什么。我知道她心里憋了口气,除了交了个男朋友,她这四年一无所获。她其实成绩还算不错,学校最初保送研究生的名单上有她的名字。但敲定最终名单的时候,隔壁专业的一个人挖走了这个名额。这让她一直耿耿于怀。

火车一路向南疾驰。窗外一会儿是群山,一会儿是田野,那些城市的建筑群仿佛是从地平线的尽头冒出来的,从一个小圆点逐渐变成眼前的庞然大物。车厢里乘务员走过来又走过去。看了几遍,我感到了无聊。

从济南站上来一拨福建人,他们大概是组团来山东旅游的。这拨人上来后,车厢内变得异常热闹。苏梅被他们吵得有些烦躁,戴上耳机开始听音乐。大概他们的聊天声还是干扰了她,她听了一会儿又摘下了耳机,抱怨道:"他们一直说话不累吗?"

我说:"我对福建人比较了解,他们只要有伴,聊天的热情就会持续不断。"

苏梅又问:"他们这么开心,在聊什么呢?"

我竖着耳朵听他们眉飞色舞地讲闽南话。他们一圈玩下来,似乎对山东的印象很一般,尤其是山东厨师烧的菜。他们昨天去吃了一家广东餐馆,结果精致的粤菜愣是被厨师烧成了东北菜的模样,端上来一大盘,看一眼就饱了。他们一边嘲讽一边笑,仿佛这才是这趟旅游的最大亮点。

苏梅翻了翻白眼,嘀咕道:"小市民都有地域优越感,东北菜怎么了?我觉得挺好啊。"

我顺着她说:"就是,我也这么觉得,东北饺子好吃,和福建的肉燕有一拼。"

苏梅又问我肉燕是什么。我说跟馄饨差不多,不同的是皮用肉做,馄饨是面包肉,肉燕是肉包肉。苏梅偏执地认为,那就是个肉丸,跟馄饨不是一回事。

她想着想着,又笑起来,说:"你说的是沙县小吃吧?那东西难吃,跟东北饺子怎么比?"

我说:"到了厦门,你吃一下就知道了,说多了费口舌。"

苏梅又塞上耳机,开始装睡,装着装着,竟然真的睡着了。她的头靠在我的肩膀上,长发垂下来,盖住了她的脸。她的呼吸很轻柔,几缕头发在那里微微地拂动。我突然有点担心吵醒她,一动不动地坐在那里。她足足睡了一个多小时。醒来后,她好像觉得出了丑,有些难为情,问我到哪里了。我说:"快出江苏了,有没有进入浙江我也不知道。"

随着离福建越来越近,我发现苏梅开始有些微微的紧张。她似乎才想起来要跟她妈妈说一下,于是拨通了她妈妈的电话。在电话里,她说话声音很小,说学校已经放了,她想去厦门看一看,如果有合适的工作,她也想先尝试一下。她妈妈大概有点急,生怕她被别人骗走。苏梅小声说,有同学结伴去。

我愣了一下,发现自己还只是她的一个同学。我听到她妈妈问这同学是男的还是女的,苏梅的脸涨得通红,小声说是女的。我暗暗地笑，耸动的肩膀招惹了苏梅。她狠狠地掐了我一把，我从座位上站了起来。她气呼呼地瞪着我，模样有些可爱。

我第一次亲眼见识到这么笨拙的谎言，想继续逗逗她。但她很快地回到了电话中，跟她妈妈继续说着毕业后的打算。从她们的谈话中可以看出来，她和她妈妈非常亲昵。她们的对话是小声的，完全放松的。苏梅在谈到毕业后的打算时充满了淡淡的忧愁，她说："我也不知道该去找什么样的工作，仿佛还没学好，心里也没准备好，大学就结束了。您猜我的真实感受是什么？我们就像一群鱼苗，那种小得像米粒的鱼苗，刚被孵化出来，学校就把我们倒入了社会的洪流中。"

我被苏梅说得有点可怜起来。她说的也有一定的道理。每年毕业季，就相当于开闸泄洪，应届毕业生组成了一群蔚为壮观的人流，浩浩荡荡地从学校出来，奔向社会。找工作这码事有时候跟上战场似的，相互踩踏，饥不择食，真的有点惨不忍睹。

苏梅的妈妈大概在问她找对象的事，她意味深长地看了我一眼，然后说："有合适的也会考虑，不会傻傻地去考虑究竟是先成家还是先立业。"

她妈妈大概在逼问她究竟有没有，苏梅支支吾吾地说："有好感的人有，也不知道以后会怎么样。"她妈妈又问她是哪里人，苏梅就撒起娇来，不肯细说下去。她只说了一声："嗯，是南方人。"随后，她又担心起来："今天我们聊的东西，您不要跟爸爸去说啊！我好担心您管不住自己的嘴。"

她们终于挂了电话，我说："你们聊的那些事，你觉得你妈妈真的会替你保守这个秘密吗？"苏梅笑了一下，说："我故意这么说的，她一准回头就告诉我爸爸了。有些事女儿和爸爸不方便说，只能通过传话的方式解决。"

"看不出来，你心机还这么深。"我故作惊讶地逗她。

"是啊，现在你后悔了吧？以后要辜负我，我不会放过你。"苏梅故意张牙舞爪地说。

我说："放心吧，你背井离乡去厦门，孤苦伶仃一个人，我下不去手。"苏梅一听把她描述得这么惨，又掐了我一把，突然问我："你以前听没听说过一个传说？"

"什么传说？"

"我有点忘记了，好像是讲一条大蛇成了精，白天的时候化身为一个老头，骗各种各样的村民在夜晚上山，夜晚他就现出原形，匍匐在山顶上。很多村民受他蛊惑，按照他白天的提示，循着两只红灯笼往山上走，其实都走进了他的肚子里。"

"你说的两只红灯笼是蛇的眼睛？"

苏梅笑了笑，说："是的。有段时间我晚上特别害怕城市夜幕中的高楼，黑乎乎的像头怪兽，关键是楼顶上忽明忽灭的红色信号灯,像极了传说中的蛇眼。"

"你胆子够小的。"

"老实交代,你是不是蛇精化的?"

跟苏梅一路说笑,我发现时间过得很快,转眼间,到了厦门站。父亲来接我们,出了车站,他老远地看到我,向我们使劲地挥手。我们走了过去,父亲殷勤地迎上来给我们提行李。去停车场的路上,他前前后后问了我们好几遍饭吃了没。

上了他的车,兴高采烈的氛围才稍微缓和下来。我和苏梅坐在汽车的后排,能从车内的后视镜里看到父亲皱巴巴的额头和蓬松的灰头发。他的头发一根根竖起来,像带着静电。苏梅在手机里偷偷地发我短信,说我父亲长得像爱因斯坦。

车子上了高架路后,一路畅通起来。苏梅一直看着窗外,经过跨海高架桥的时候,她"哇"地喊了一声。父亲马上问她,是不是第一次来厦门。他们交谈起来,仿佛不用我过渡。

到了家里,父亲掏出钥匙,跟苏梅说了一句:"杰仔的妈妈这里有问题。"他指了一下脑袋,说:"你第一次见,可能会不太习惯。"推门进去,没见到我母亲。父亲寻找了一圈,他喃喃地说:"会去哪里?"楼下的房间都找遍了,还是没见到人。父亲赶紧出了门,我们也跟了出去。一抬头,发现母亲就趴在二楼阳台的栏杆上。

父亲松了口气,他冲她招手:"下来!杰仔回来了,他还带了他的……朋友。"父亲在"女朋友"三个字上栽了个跟斗,生硬地掰成了"朋友"。

母亲默默地看着我,不为所动。

苏梅怯生生地喊了她一声"阿姨",她也没有任何动静,就那么静静地趴在阳台的栏杆上,看着我们。

父亲有些尴尬,他跟苏梅解释道:"可能又犯病了。不管她了,我们进去坐。"

苏梅跟着我们进了屋。父亲在那里忙活起来,他烧了开水,给苏梅泡了红茶,又去煮了肉燕。苏梅好奇,跟着我去看了锅里的肉燕,她说:"这就是馄饨啊。"父亲笑了起来,他说:"你也可以喊馄饨,不过馄饨是面包肉……"

"这是肉包肉。"苏梅抢着说,"可我看看,它还是一张面皮啊。"

父亲耐心地跟她解释起来,说这肉是怎样经过捶打,然后怎么制作出来的。苏梅这才有点明白过来。父亲又说,等哪天空点了,他亲手做给她看。

我和苏梅又回到了客厅,她问我,这茶叫什么。我说是大红袍。她又一阵惊叹,说原来这就是大名鼎鼎的大红袍啊。我说厦门离武夷山不远,大红袍就是那里出产的,有机会可以去那里看看。

喝了一会儿茶,苏梅突然偷偷地问我:"你妈妈怎么还没下来?"

我说:"不管她了,她想下来自己会下来的。"

"她经常这样吗?"

我突然觉得有点不好意思。其实我很想好好地跟苏梅谈一下我的母亲,但总是觉得时机还不成熟,或者话到了嘴边,又觉得太仓促了。我说:"你会不会认为我故意瞒着你?"

她点了点头,然后轻轻地咬了一下自己的嘴唇,说:"得这个病真可怜,你们平时说话吗?"

我说:"她清醒的时候,会说几句。但不知道为什么,这几年我们之间的话越来越少了。有时候会产生这样的感觉,觉得我说的话,她不一定会听到。"

这时候,父亲端着一碗热气腾腾的肉燕出来了。他端到了苏梅的面前,说:"尝一下,味道跟馄饨还是不一样的。"我看着苏梅认真地品尝起肉燕来。她尝了一个,忽然发现我们都没有吃。这让她很不好意思,她说:"你们分一点,我一个人吃不了这么多。"

父亲连忙说:"锅里还有,我去盛来。这个我们经常吃,不稀罕。"说着,他又跑去了厨房间。等他再出来的时候,手上多了两个小碗。他在我面前放了一碗,还有一碗他端去了楼上。

苏梅吃着肉燕,又问我:"你妈妈犯病时,连你爸爸都不认识吗?"

我说:"应该是的,这病就残忍在这里。"

苏梅默默地搅着碗里的肉燕,但我看得出来,她在留意楼上的动静。父亲在跟母亲说话,用的是闽南语,但具体说什么,我也听不清楚。我觉得有点不好意思,因为现在才让苏梅了解这个情况,仿佛带着欺瞒的味道。

我们坐在圆桌前,静默得有些尴尬。好在父亲又下来了,他似乎急于知道苏梅对肉燕的评价。苏梅跟他说,味道果然不一样,更筋道些,有嚼头,还有汤也很鲜,感觉放了很多味精。父亲笑起来,他说:"我们从来不放味精和鸡精,味精这东西不健康,家里已经有好多年没用了。"

"听说味精吃多了,脑袋会变笨。"苏梅跟了一句,突然觉得影射了什么,没有说下去。父亲和我都笑了笑,但我知道那表情很干涩。

父亲问苏梅老家在什么地方,苏梅说哈尔滨。父亲突然觉得很门当户对,他说:"哈尔滨好,我不喜欢北京、上海这些大城市。那些地方的人都有优越感,尤其是北京人,自己就住五十平方米的房子,仿佛全天下都是他们家的。"

苏梅好像找到了知音,她说在北京待了四年,她也喜欢不起来,说白了那就是中国的中心,全国各地的人都拥向那里去淘金,城市变得拥挤不堪,高峰时都不敢乘地铁,就怕挤进去了,到站还下不了车。苏梅看了我一眼,又说:"算了算了,让那些有梦想的人待北京吧。我觉得厦门好多了。"

我知道,她这句话是说给我听的。有过一阵子,我特别想留在北京,毕竟那里有最好的医院。我还想着等自己稳定了,把母亲接过去,带她去看看病。但毕业来得太快了,所有投出去的简历都没有回音,我只能南下回家。

后来,父亲和苏梅又聊起了找工作的事。苏梅突发奇想地说,她想去人工智能领域碰碰运气,因为厦门有这方面很强的科技公司,前几年那个著名的社交机器人据说就是厦门这边的公司开发的。苏梅托着下巴,天真地说:"把人会的东西都教给机器人,那是多么厉害的一件事。"

我说:"不是一直有人担心机器人统治人类吗?据说前些年,国外某个公司开发了两个机器人,它们一交流,产生了人类听不懂的语言,于是试验马上被终止了。"

苏梅说:"那不是挺好吗?语言就像密码,有可能诞生新的天书。"

我说:"有什么好的,人造上帝,离灭绝不远了。"

父亲看着我们争执,尴尬地笑了两声。

吃完肉燕,苏梅说她吃出了一身热汗,想到外面透透气。来到外面,海风阵阵,吹得人很舒服,苏梅说:"这里的天气太爽了。"她说着,抬头看了一眼天空,发现我母亲还是一个多小时前的模样,趴在阳台的栏杆上一动不动地看着我们。

苏梅尴尬地冲她挥挥手,母亲还是一点表情也没有。

我说:"别管她了。"

苏梅喃喃地说:"她为什么要一直趴在阳台上呢?这么久,不累吗?"

我说:"她经常这样。"

苏梅心事重重,被一双眼睛注视着,让她感到浑身不自在。我跟她提议,去附近哪里走一走,她立刻就答应下来。我们回屋跟父亲说了一声,父亲说:"是该让杰仔带你去走一走。"他把车钥匙取了出来,我说不用了,就附近走走。

父亲突然用闽南话问我,苏梅是不是被我母亲的样子吓到了。我愣了一下,也用闽南话回答他,说好像是有点。父亲又说,那你路上安慰安慰她,早不犯病晚不犯病,偏偏在这个时候。我说,知道了。我抹了一把脸,脸上热辣辣的。

苏梅一直看着我们,她似乎意识到我们在说她,装作一脸天真的模样。但我能感受到她的别扭,这种被屏蔽在外的感觉确实有点让人抓狂。

从家里出来,我们拦了一辆的士,告诉司机去集美。车程也不过十来分钟。从上车开始,苏梅就不停地往后张望。她似乎想看看我母亲是否还在阳台上,但车窗外的榕树很快挡住了她的视线。

苏梅问我:"你母亲这样多久了?"气氛陡然间变得有些沉重,我说:"可能七八年了,也可能十来年了。太久了,有点忘记了。"

"你们不给她治疗吗?"

"看过了。这个病没法治,只能靠药物缓解,让它变坏的进度慢一点,药一直在吃呢。"我说着,突然有些气呼呼,好像被人误解,内心受了委屈。然后是长时间的沉默,的士开到了海边公园。

我们下了车。海面开阔而宁静,有点敞开怀抱迎接人的意思。风景一美,苏梅就忘了刚才的窘境。她摆出各种搞怪的造型,一会儿把远处的集美大桥托在手心里,一会儿张开嘴巴,佯装要吞海水。我忙着给她拍照。拍着拍着,她说:"突然有点不想回去了,晚上你能和我一起住宾馆吗?"

我有点犯难。苏梅又说:"算了算了,你不住家里,你爸爸会以为我是个坏女人。"

"你一定要住外面吗?"

苏梅看着我,不说话。

明晃晃的太阳映在海面上,碎成了一大片小光点。苏梅拉着我的手说,海风这么舒爽,去爬爬旁边的小山。我们又去了那座山,没想到山上有座庙,规模还不小,本以为供奉着妈祖,没想到里面竟然是观音。我跟苏梅说:"我竟然也没来过这座庙,它像凭空冒出来的,没有妈祖的庙在厦门很少见。"

苏梅不说话,到了庙里虔诚地跪拜。这让我觉得有几分滑稽,但我并没有说她。到了那样的场合,我内心其实也有顾忌。从庙里出来后,苏梅一直搂着我,好像我会消失似的。其实在庙宇门口搂搂抱抱,让我感觉很别扭。我问她怎么了,苏梅忧愁地说:"怎么办呢?"

我说:"什么怎么办?"

苏梅却不回答我,她突然踩了我一脚,很重。我喊了声疼,她顿时满脸通红。

到了傍晚,父亲打电话来喊我们吃饭。苏梅本意大概不想回去,但她的眼色使晚了,我已经答应了父亲马上回去。于是,她一路不情愿地跟我回了家。父亲问我们去了哪里,我说去看了集美大桥。父亲又跟苏梅说:"这里的气候和哈尔滨差别挺大的吧?夏天也不太热,海风大。"苏梅点了点头,说:"厦门的夏天好过多了。"

摆好了菜肴,母亲也没下楼来,苏梅怯生生地问父亲:"要不要叫阿姨一起来吃饭?"父亲说:"不管她,不管她。"

吃饭的时候,我说到了那个寺庙,父亲说庙里有个和尚是他好朋友,前两天还邀请他过去聊天。我说,没听你说起过啊。父亲说,那个和尚是别的寺庙过来挂单的,可能住一阵又会去别的地方。

父亲把好吃的菜都挪到了苏梅跟前,他说:"他请我过去聊天,我犹豫了一下,还是没去,怕聊着聊着,又鼓动我出家。"

我的筷子停住了，苏梅也惊异地看着父亲。父亲笑了笑，说："哪有那么容易出家？我放手了，你妈妈怎么办？当然，我也怕聊多了，把和尚聊还俗了。他本来就是个酒肉和尚，经常约我外面一起吃饭，吃饭的时候百无禁忌，鱼肉都来，让他点菜，点的第一个菜准是大肠煲。"

我搁下筷子，说："你怎么结交这样的和尚？"

父亲尴尬地笑了笑，说："其实，他们的生活和我们也没多少区别。他看到了我们家的状况，经常开导我，出家人无非就是个看破和放下。"

正说着，楼梯上响起了脚步声。母亲从楼上下来了，她似乎又清醒了，看着我笑，看着苏梅笑，她还有些不好意思。苏梅招呼她一起吃饭，她摆摆手。我突然感到了陌生，那个我曾经很熟悉的母亲不见了，现在她和我连句话也不说了。父亲尴尬地招呼苏梅吃菜。母亲看了我们一眼，又回到楼上去了。

饭桌上，谁也没说话。父亲突然又用闽南语跟我说，那个和尚想来帮我们做场法事，他说可以帮助我母亲祛除心魔。我用闽南语回敬父亲："这样的骗人把戏你也信？"父亲见我言辞激烈，声音小了下来，他说："我知道不起作用，但也没有坏处。这个事情怎么说呢，它本来也就是个心理安慰……"

他的语气是如此低三下四，似乎在乞求我在苏梅面前不要失了仪态。苏梅吃惊地看着我们,我冲她说:"这不关你事,是我们俩之间的事。"苏梅红着脸说:"能不能不要用方言,好见外的。"我用普通话跟苏梅说了一遍,苏梅说:"这也用不着发火,不愿意可以不做啊。不过我觉得试试也没事,又没什么损失。"

那天,吃完饭后,苏梅在屋子里转了好几圈。看着她漫不经心的样子,我知道她还在惦记着住宾馆去。趁着父亲收拾了碗筷,在里屋洗刷的时候,她劝我,以后跟父亲说话不要这么冲,他也不容易。

我说:"那怎么办?说都已经说了。"

"你可以当作忘记了呀。"

说到忘记,我又下意识一颤,说:"大脑这东西,其实厉害的不是记住了什么,而是忘记了什么。"

苏梅又宽慰我:"阿姨会好起来的。"

我苦笑了一下:"怎么可能!"

里屋传来了父亲搓筷子的声音,之后又安静下来。屋子外的潮汐声隐隐约约地大了起来,苏梅问:"是不是涨潮了?"说着,她推开了门。远处星火点点,苏梅雀跃起来,问我:"什么时候可以走?"

"真要住外面去?"

"嗯,你一起去吗?"苏梅说这话的时候,我知道她真的有点舍不得我了。我说:"那我去跟他说一声。"

父亲听说苏梅要走,连忙摘了围裙,出来挽留苏梅。屋子里你来我往,一下子变得热闹起来。母亲又从楼上下来了,走到楼梯一半,她站住了,还是那样默默地看着我。我留意到,她手上多了一张照片。我问她:"你下来吗?"她又摆摆手,掉头回了楼上。

父亲挽留了几个回合后,终于也放苏梅走了,他让我把苏梅安排好。苏梅突然提出来要去跟我母亲打声招呼再走,我们都说不用了,她却很坚决,让我一起陪她上了楼。

母亲的房间灯亮着。推门进去,坐在台灯前的母亲好像受了惊吓,霍地站了起来。她一站起来,跟前就多了一个很大的人影。我说:"苏梅要住到外面去,跟你来道个别。"她不知所措地看着我们。苏梅很客气地鞠了一躬,说:"阿姨,希望您多保重身体,回头我再来看您。"

这时候,父亲也进来了,他指着我说:"这是你儿子,还认识吗?"他说着,又指着苏梅说:"这是儿子的朋友,一起读书的,来跟你打招呼。"他说着走到了母亲身边,开始给她整理东西。我这才发现,梳妆台上铺满了照片。父亲对我说:"都是你的。你每次去外面,我就偷偷地拍一张照片,洗出来给她。她经常拿出来看,搞得一塌糊涂。"

我和苏梅都走了过去。照片有几十张,大概是从我读高中的时候开始拍的。从照片上看,父亲的拍照技术很粗糙。有的照片脑袋顶到了相片边缘,有的可能是偷拍,匆忙之间没对上焦，整个人看上去有点模糊。我忽然间醒悟过来，这四年，每次去北京上学，父亲把我送到火车站，都要在火车站前跟我合张影，当时我还觉得有些别扭，原来是这个用途。

我翻着那些照片，喉咙口涌上一股热流。母亲手里还抓着一张我高中时的照片，在我和照片之间来来回回地看着。

那天，从我家里出来，上车的时候，苏梅把我拦下了，她说："你别去了，我自己能解决。"我说："又不走，把你安顿好就回来。"

上了车，一路沉默。苏梅突然紧紧地拽住我的手臂，毫无征兆地大哭起来。我也跟着悲伤起来。果然，第二天，苏梅就回了哈尔滨。她坚持没让我送，似乎我一送，她就狠不下心回家了。

当晚，她给我发来了一条短信，说已经安全抵达哈尔滨了。看着那条短信，我有一股想哭的冲动。母亲从楼上走了下来，她似乎又清醒了。这次，她走到我跟前，递给了我一个红包，说还没给见面礼。我想说苏梅已经离开了，但话到嘴边，突然又咽了回去。

（发表于《花城》2020年第4期）